NE RAMENEZ JAMAIS UNE FILLE DU FUTUR CHEZ VOUS

Hors-série
Sous la direction de Denis Guiot

ISBN : 978-2-74-852065-1

25, avenue Pierre-de-Coubertin, 75013 Paris

NATHALIE STRAGIER

NE RAMENEZ JAMAIS UNE FILLE DU FUTUR CHEZ VOUS

SYROS

À Clarisse

PREMIÈRE PARTIE

CHAPITRE 1

Parfois, j'avais l'impression de vivre avec des êtres appartenant à une espèce différente de la mienne. J'étais une étrangère dans ma propre maison, une extraterrestre perdue sur la Terre. Dans ces moments-là, je me sentais seule.

– Qu'est-ce que tu veux manger, Andrea ? a demandé mon père.

Debout devant la cuisinière, il préparait des œufs brouillés, avec du chorizo évidemment. Pendant longtemps, le régime carnivore de ma famille ne m'avait pas gênée, mais depuis peu j'étais devenue végétarienne et cela me dérangeait de plus en plus, surtout à sept heures du matin.

– Rien, merci, ai-je répondu.

– Tu as tort de ne rien prendre au petit déjeuner. Je ne sais pas comment tu fais pour tenir jusqu'à midi.

Mon père me regardait, la tête penchée sur le côté. Comme d'habitude, ses lunettes étaient posées de travers sur son nez. Je ne savais pas s'il penchait la tête parce que ses lunettes étaient de travers ou s'il posait ses lunettes comme ça parce qu'il avait pris l'habitude de se tenir penché. Ça lui donnait un air fragile, comme s'il était un peu cassé.

– Je peux te faire une orange pressée au moins, a-t-il proposé. Pour les vitamines...

– Ça, je veux bien. Merci.

C'était un peu lourd, cette insistance de sa part chaque matin, mais ça partait d'une bonne intention. Il s'inquiétait toujours pour moi plus que pour les autres.

Mon père s'est mis à presser une orange avec enthousiasme. Sans doute avait-il le sentiment de m'éviter une hypoglycémie imminente. De mon côté, je ne tenais pas à entrer en conflit avec lui dès le matin. Je voulais profiter de son état d'esprit favorable pour le relancer :

– Tu as réfléchi, pour cet été ?

J'ai bien vu qu'il était contrarié. Mon obstination à aborder ce sujet chaque jour lui déplaisait. En règle générale, mon père n'aimait pas me dire non. Je le savais et il m'arrivait d'en jouer mais, sur ce point précis, je ne parvenais à rien depuis des semaines déjà.

– Je n'ai pas changé d'avis, a-t-il répondu.

– Mais tu as fait exactement pareil quand tu avais mon âge... Tu as même voyagé en stop. C'est encore plus risqué, le stop !

– Les temps étaient différents. Tiens, bois.

J'ai pris le verre de jus d'orange.

– Je ferai attention. Je t'appellerai tous les jours.

– Ça ne suffit pas. Tu seras loin de la maison. On ne sait pas ce qui peut arriver.

Il m'énervait quand il était comme ça. Toujours à imaginer le pire. Selon lui, le monde était peuplé de méchants. Mon père était flic et il pensait comme un flic.

J'ai rétorqué en essayant d'être blessante :

– Tes parents étaient plus cool. Toi, tu as des préjugés du Moyen Âge.

Il a encaissé. J'avais visé juste, mais il a tenu bon. Il s'est contenté de proposer :

– Si tu veux, je t'inscris à une colo. Un séjour solidaire, tiens, qu'est-ce que tu en dis ? Quelque chose avec de l'humanitaire, ça te plairait sûrement. Peut-être même en Afrique, il faut que je voie les tarifs.

– Ce n'est pas ça que je veux faire.

– Tu dis que tu veux voyager pour te confronter à la vraie vie et rencontrer de vrais gens.

– Justement, ça ne risque pas de se produire si je suis encadrée par des animateurs.

Mon frère a entendu la conversation en descendant les escaliers. Il a donné son avis, évidemment :

– Ça serait plus raisonnable pourtant.

Pierrick venait juste de fêter ses dix-huit ans mais il se considérait comme un adulte depuis longtemps. Être l'aîné de notre fratrie lui donnait réponse à tout.

Il a attrapé une rondelle de chorizo directement dans la poêle et l'a engouffrée avec appétit. Comme souvent, il n'avait pas pris la peine de se raser et s'était contenté d'enfiler le premier pantalon de sport venu, assorti d'un de ses tee-shirts préférés. Sur celui-là, il y avait le dessin stylisé de deux mecs en train de se battre à coups de pied. Pierrick faisait de la boxe thaïe depuis plusieurs années et c'était à peu près la seule chose qui l'intéressait. Il était nul en anglais et allait sûrement se ramasser une sale note au bac, mais il maîtrisait parfaitement le vocabulaire thaï dès lors qu'il portait sur les coups de pied circulaires et les parades bloquées du coude. Si la boxe ne lui était d'aucun secours pour éviter le rattrapage début juillet, elle était très efficace côté muscu. Avec ses cheveux coupés très court, Pierrick avait des allures de *bad boy*.

Tout en se servant un café, il a continué de jouer son rôle préféré, celui de père adjoint :

– Tu peux pas partir comme ça, toute seule à travers l'Europe, avec seulement un billet de train en poche.

– Je ne serai pas seule. Je serai avec Mathias.

Mathias était mon meilleur ami et il allait fêter ses dix-huit ans dans deux semaines.

– Justement, ça ne me rassure pas, a repris mon père. Je ne veux pas te savoir sur les routes, seule avec un garçon.

Ce genre de préjugé me mettait en boule. Mathias n'allait pas me sauter dessus sitôt la porte du train refermée ! Je me suis efforcée de garder mon calme pour ne pas braquer mon père.

– Tu le connais pourtant, tu sais bien qu'il n'y a pas de problème avec lui.

– Il venait souvent à la maison quand il était plus petit, mais je l'ai croisé il n'y a pas longtemps. C'est un homme maintenant.

– Il te drague ? a demandé Tiago en entrant dans la cuisine et en s'asseyant à table.

Il ne manquait plus que ça. Mon petit frère s'en mêlait avec son cerveau prépubère.

– On ne t'a rien demandé, ai-je répliqué.

– Tu es amoureuse de lui ? a continué Tiago.

Je l'ai regardé, affligée. Il avait attrapé un morceau de pain et le faisait grignoter à l'un de ses rats, juché sur son épaule. Je ne savais pas s'il s'agissait de Naruto, de Luffy ou d'Ichigo. Mon père avait limité l'élevage de Tiago à trois rats maximum, tous des mâles pour éviter une croissance exponentielle du nombre de rongeurs dans la maison. Chacun d'eux avait droit à tour de rôle à une apparition quotidienne à la table familiale. Mon petit frère tenait beaucoup à ce que ses rats soient traités comme des membres de la famille à part entière. Je supportais cette lubie en me disant qu'il avait dix ans seulement et que ça lui passerait.

Par contre, je ne pouvais pas le laisser dire n'importe quoi sur Mathias et moi. J'ai donc rectifié immédiatement :

– Mathias est mon ami. Personne ne drague personne.

– Alors que tu es une fille et que c'est un garçon ?

– Papa, tu peux le faire taire ? me suis-je agacée.

Mais mon père a poursuivi, tentant de mettre en pratique ses rudiments de psychologie :

– Si tu es amoureuse, tu peux nous le dire, tu sais... Je suis à l'écoute.

– Je connais Mathias depuis l'école primaire. S'il devait y avoir quelque chose entre nous, ça serait fait depuis longtemps.

– Ça ne veut rien dire, a commenté Pierrick.

– Moi, je suis sûr que tu l'as déjà embrassé, a déclaré Tiago alors que son rat s'attaquait à un morceau de pomme.

– C'est vrai ? s'est informé Pierrick.

Je fulminais. Je ne supportais pas leur façon de se liguer contre moi, particulièrement quand le sujet du débat était en réalité non seulement ma relation avec Mathias, mais aussi et surtout mon voyage de cet été. Ils ne comprenaient donc pas que je tenais vraiment à ce projet ?

– De toute façon, a poursuivi mon père, ça ne change rien au problème. Il est hors de question que ma fille parte à l'aventure à l'autre bout de l'Europe.

– Il faudra bien que tu me lâches un jour. Tu ne peux pas être derrière moi en permanence.

– Tu n'as que seize ans.

– Et alors ?

– C'est trop jeune. Tu voyageras quand tu seras majeure.

Pierrick a hoché la tête en me regardant gentiment :

– On fait ça pour ton bien.

Tiago a ajouté simplement :

– Je te l'avais dit. Et puis c'est mieux comme ça. Tu réduis ton empreinte carbone en restant ici.

Et ils ont continué leur petit déjeuner. Selon eux, la question était réglée.

Ils se ressemblaient, tous les trois. Les mêmes yeux marron, le même regard masculin sur le reste du monde, les mêmes idées préconçues sur les filles. J'étais la seule à avoir les yeux verts, les yeux de ma mère.

Je me sentais en colère. Je ne voulais pas abandonner.

– Si j'étais un garçon, tu me laisserais partir ?

– Pierrick n'est jamais parti comme ça à seize ans.

– Évidemment, la seule chose qui le préoccupe, c'est s'il va gagner son prochain combat. Mais s'il l'avait demandé, tu aurais dit oui ?

– Arrête d'insister, Andrea. C'est non.

– C'est dégueulasse. Tu me traites comme une gamine parce que je suis une fille.

– Peut-être. Mais je n'ai pas tort puisque tu es une fille.

– C'est du sexisme !

– Non, c'est du réalisme. Une jeune fille sur les routes est plus en danger qu'un garçon.

– Tu es sérieux ? Tu entends ce que tu dis ? Elle est où, l'égalité des sexes ?

– Fin de la conversation. Que tu sois une fille ou un garçon, c'est moi ton père et c'est moi qui décide.

La plupart du temps, j'étais plutôt heureuse de vivre avec mon père et mes frères. Je trouvais les filles trop compliquées, toujours à faire des histoires et à se prendre la tête. Parfois même, j'avoue, être la seule fille de la maison comportait des avantages, comme un accès prioritaire à la salle de bains à l'heure de pointe. Mais à d'autres moments, c'était pesant. Ça aurait été tellement mieux si ma mère avait encore été avec nous…

J'ai attrapé mon sac en pestant et je suis partie en claquant la porte. J'espérais bien faire culpabiliser mon père et l'amener à changer d'avis au plus vite.

En sortant de la maison, j'ai hurlé. Je venais de me faire perforer le pied par un talon aiguille.

– Tu peux pas faire attention ? m'a jeté Nelly avec un regard noir. J'ai failli tomber à cause de toi.

Indifférente à ma douleur, elle a repris sa route vers le lycée. Nelly était une fille de ma classe. Comment faisait-elle pour marcher avec des chaussures pareilles ? D'une certaine façon, c'était admirable. Il fallait sûrement des heures d'entraînement pour parvenir à ce résultat. Mais quel intérêt, à part celui de ressembler à une photo de magazine ? Pensait-elle que la féminité se logeait dans les talons de huit centimètres minimum ? Personnellement, je n'étais pas maso, je préférais mes Converse.

Le vent soufflait fort. J'ai frissonné, il faisait froid pour un matin de juin. J'ai regretté de ne pas avoir mis mon blouson avec la capuche à moumoute.

J'ai emprunté la rue qui surplombe la voie ferrée et rejoint le flot des élèves qui se rendaient en cours. Le lycée était juste à côté de chez moi. Au début, j'avais trouvé ça pratique. Maintenant moins. Entendre la sonnerie d'interclasse quand la fenêtre de ma chambre était ouverte, c'était pénible.

Déçue de n'avoir pas encore réussi à convaincre mon père, j'ai cherché Mathias des yeux. Ses parents avaient déjà donné leur accord pour le laisser partir cet été. Il avançait pendant que je faisais du surplace.

Chez Mathias, ils étaient un peu juste financièrement, mais ils avaient compris que lorsqu'on est jeune, on a besoin de bouger. Depuis plusieurs mois, on multipliait les baby-sittings et l'aide aux devoirs à la sortie de l'école primaire pour gagner de quoi financer notre voyage. On avait suffisamment d'argent pour acheter notre pass Interrail et on bossait maintenant pour payer les nuits en auberge de jeunesse. Et quoi qu'en disent mes frères, il n'y avait pas de drague dans nos relations.

La perspective d'un été sans bouger d'ici me frustrait. Toujours les mêmes rues, les mêmes maisons en meulière, les mêmes pains au chocolat dans la même boulangerie, les mêmes trains aux mêmes heures qui reliaient invariablement Paris et la banlieue, la banlieue et Paris. Il ne se passait jamais rien ici. Bien sûr, on partirait sans doute en famille deux semaines en Dordogne, mais la Dordogne, je connaissais déjà. Moi, je rêvais de passer les frontières.

Soudain, j'ai ralenti, le regard attiré vers l'autre côté de la rue. Il y avait de nouveau ce groupe de filles... Je me suis arrêtée pour mieux les observer.

Ce n'était pas la première fois que je les remarquais. J'avais déjà vu une bande de filles comme ça, il y avait un an près de la gare, et une autre fois en septembre dernier devant le Monoprix. Une quinzaine de filles, toutes de mon âge autant que je pouvais en juger. Chaque fois, elles restaient groupées à l'écart, comme si elles ne voulaient surtout pas se mélanger aux gens tout autour.

Quelque chose en elles attirait mon attention. Cette fois-ci, je voulais comprendre pourquoi. Elles avaient beau se tenir près de l'entrée du lycée, j'étais sûre qu'aucune d'elles ne faisait partie de l'établissement, sinon je l'aurais reconnue.

Elles étaient toutes de grande taille. On aurait dit une équipe de basketteuses. Plusieurs portaient des sweats à capuche. Certaines avaient exactement le même, un modèle rose avec un papillon en strass dans le dos. Je les ai comptées. Trois, quatre... Cinq ! Elles étaient cinq à porter le même sweat ! Elles avaient eu un prix de gros dans la boutique ou quoi ? À leur place, j'aurais déjà jeté le mien à la poubelle. Rose avec un papillon en strass ? Ridicule.

Ce qui m'a frappée également, c'est que toutes, absolument toutes, portaient un jean. Pas une n'avait mis une jupe, un short ni même des leggings. Deux ou trois arboraient un jean slim plutôt correct, mais quelques-unes d'entre elles avaient choisi ce matin dans leur penderie un jean pattes d'eph, dont un à franges. Incroyable. Qu'est-ce qui leur était passé par la tête ?

Parmi ces ados, il y avait une femme plus âgée, cinquante ans peut-être. Elle aussi était grande, très grande même. Elle était vêtue d'une jupe droite gris anthracite et d'un chemisier à jabot couleur crème. Sur ses cheveux blonds, presque blancs, elle avait accroché un petit chapeau noir avec des fleurs en tulle. On aurait dit la directrice d'un pensionnat pour jeunes filles dans les années 1930.

Peut-être s'agissait-il de touristes étrangères... Mais que faisaient-elles ici ? Il n'y avait rien à voir dans le coin.

La grille du lycée allait bientôt se refermer et les cours débuter, mais je ne voulais pas repartir sans avoir éclairci le mystère. Je me suis approchée. Autre chose m'a alors sauté aux yeux.

Aucune, absolument aucune de ces filles n'était jolie. Il y avait des Blanches, des Noires, des Asiatiques, des métisses... mais elles étaient toutes moches. Vraiment laides. Elles avaient les cheveux gras et de l'acné. Pas de l'acné discrète, mais de gros boutons bien visibles. Comme si ça ne suffisait pas, certaines portaient de grosses lunettes aussi démodées que le reste de leur tenue.

Des filles pas spécialement belles, on en croise tous les jours, c'est même le cas de presque tout le monde et le mien en particulier, mais là, on aurait dit qu'elles l'avaient fait exprès. Un club ouvert aux filles de grande taille mais interdit aux filles normales ? Un groupe de parole réservé aux candidates qui ont cru pouvoir devenir top-modèles grâce à leur stature mais qui se sont fait recaler violemment ?

J'avais beau détester les filles qui se la jouent et ne peuvent pas sortir de chez elles sans se maquiller, celles qui font sport en minishort et petit débardeur tout en prenant des poses comme si un paparazzi rôdait, je faisais tout de même un minimum attention à mon apparence. Quand j'avais un bouton, je mettais de la crème pour le soigner et un peu d'anticernes pour le cacher, je me lavais les cheveux sans attendre qu'ils deviennent gras et j'essayais de ne pas engouffrer trop de bonbons, vu que j'avais déjà deux ou trois kilos en trop. Et franchement, je ne connaissais personne qui se moquait de son style à ce point-là. Même les personnalités provoc du lycée, les gothiques ou les autres, composaient en réalité savamment leur style, c'était évident.

Alors, qui étaient vraiment ces filles ? Quelque chose ne collait pas.

– Andrea !

J'ai tourné la tête. Mathias venait vers moi. Même si on n'était jamais dans la même classe à cause de notre différence d'âge, on se voyait tous les jours au lycée. Mathias était vaguement dyslexique et clairement pas doué à l'écrit, ce qui le pénalisait beaucoup en cours. Il avait doublé son CP et traînait depuis son année de retard. Il plaisantait parfois en disant qu'avec un peu de chance il redoublerait à nouveau et qu'on se retrouverait enfin dans la même classe. Cependant, malgré son problème d'orthographe, je ne me faisais pas de souci pour lui. Il était maintenant en première L et compensait sa personnalité peu scolaire par une étonnante culture générale. Il visait les meilleures écoles de journalisme et voulait devenir photographe de guerre.

Il m'a rejointe, l'air sombre. Depuis toujours, quand Mathias souriait, ses yeux noirs me donnaient envie de rire en retour, mais quand il était triste, je me sentais aussitôt triste moi aussi. Ce jour-là, c'est sa colère qui m'a envahie.

– Il a été tué, m'a-t-il annoncé en me montrant son smartphone. Tu sais, le journaliste qui avait disparu. On a retrouvé son corps. Je viens de le lire sur Internet.

Mathias m'en avait parlé la veille. Il lisait la presse chaque jour et était toujours très atteint quand un journaliste se trouvait ainsi pris à partie. Cette fois, c'était un photoreporter qui avait l'habitude de travailler dans des pays en guerre. Sa mort me choquait moi aussi.

– Sérieux, a repris Mathias, si personne ne dénonce la violence, il se passera quoi ? Il y a la guerre mais on s'en fout ? Les gens se font tuer mais tout le monde s'en branle ?

Il s'est tu, envahi par le découragement.

– C'est quoi, ce monde dans lequel on vit ? a-t-il murmuré.

On a avancé lentement vers la grille. J'appréhendais la question qu'il allait forcément me poser. Ma réponse n'allait pas lui remonter le moral.

– Et pour cet été, tu en es où ? a-t-il demandé. Tu as parlé à ton père ? On va pouvoir commander les pass ?

Ce pass, moi aussi j'en rêvais. Un billet ouvert permettant de prendre le train partout en Europe, à volonté pendant un mois. Je voulais me sentir libre, pouvoir décider chaque matin de ma nouvelle destination, rester quelques jours de plus si l'endroit en valait la peine ou partir plus loin sans me poser de questions... Avec Mathias, nous avions décidé de nous concentrer sur l'Europe de l'Est, et en particulier les pays de l'ex-Yougoslavie, Serbie, Monténégro, Croatie, Bosnie-Herzégovine. On voulait éviter les destinations touristiques et découvrir comment ça se passait dans cette région qui était encore en conflit il y avait à peine plus de vingt ans. Dans l'idéal, on serait bien allés jusqu'en Ukraine, mais le pass Interrail ne nous emmenait pas jusque-là et c'était peut-être un peu trop risqué quand même... Nous gardions ce projet en tête pour l'an prochain.

Sauf qu'en attendant, mon père posait toujours son veto et j'étais bloquée ici.

– Tu n'as pas réussi à le faire changer d'avis ? a deviné Mathias.

– Non.

Il était aussi contrarié que moi.

La sonnerie du lycée a retenti. Une surveillante a commencé à fermer la grille.

– Merde, on est encore à la bourre, a dit Mathias. Tu viens ?

– J'ai un truc à voir d'abord...

– Tu devrais éviter de traîner. Tu as déjà pas mal de retards ce trimestre. Tu vas finir avec un avertissement et, si ça arrive, ton père acceptera jamais de te laisser partir.

Je savais que Mathias avait raison mais ma curiosité était trop forte.

– J'ai encore vu ces filles. Je voudrais leur parler.

– Quelles filles ?

Mathias était de nouveau concentré sur son smartphone. Un bip l'avait prévenu de l'arrivée d'un nouvel article sur l'assassinat de ce journaliste. Il ne m'écoutait plus.

– Les filles bizarres qui viennent parfois en groupe, ai-je insisté. Tu te souviens pas ? Je t'en ai déjà parlé...

Mais quand je me suis retournée, le groupe de basketteuses avait disparu. J'ai regardé à gauche au bout de la rue, à droite vers la forêt... Plus personne. Elles s'étaient volatilisées.

– Faut y aller, a dit Mathias, sinon on est bons pour le bureau de la CPE.

Il a glissé vite fait son smartphone dans sa poche et il est parti vers la grille. Je me suis retournée une dernière fois dans l'espoir de voir les filles, en vain. La rue était calme maintenant, tous les élèves étaient entrés dans le lycée. J'ai redescendu un peu la rue pour regarder au coin si elles n'étaient pas plus loin, se dirigeant vers la gare peut-être, mais ce n'était pas le cas.

J'ai remonté la rue pour passer moi aussi la grille du lycée à temps, mais il était trop tard, elle était fermée. Mathias ne m'avait pas attendue, la cour était déserte. J'allais devoir sonner et demander un billet de retard.

– Toi aussi, tu cherches les filles mystérieuses ?

J'ai tourné la tête. C'était Yoan, un garçon de ma classe. Il avait un an d'avance et vingt centimètres de retard. En comptant le poids de ses lunettes, il devait peser autant que mon petit frère, ou à peine plus. Je ne l'aurais pas imaginé capable de remarquer quelque chose dans le monde réel. D'habitude, il était complètement à la masse. À la récré, il restait dans un coin à lire des mangas de science-fiction et en cours de français, il proposait toujours des sujets invraisemblables. Madame Bovary finissait enlevée dans un vaisseau spatial, et le Misanthrope s'avérait être un extraterrestre infiltré sur Terre. La prof avait du mal à gérer ce qu'elle appelait une étonnante créativité. C'était plutôt marrant de la voir essayer de garder son calme, mais aucun enseignant ne saquait jamais Yoan. Il avait d'excellents résultats dans toutes les matières scientifiques, et son allure chétive aurait donné mauvaise conscience à n'importe quel prof sadique, sauf au prof de sport bien sûr, ce macho indécrottable.

– Tu ferais mieux de filer en cours, me suis-je moquée. Tu vas avoir ton premier retard de l'année.

– On pourrait essayer de les retrouver pour savoir qui elles sont...

– Qui ça, « on » ? J'ai pas besoin de ton aide.

Yoan n'a pas relevé.

– De toute façon, a-t-il dit, ça se termine toujours comme ça. Quand on les voit quelque part, elles ne restent jamais longtemps et elles finissent par disparaître.

Yoan avait raison. Je n'avais jamais vu ces filles plus de quelques minutes d'affilée. Mais le petit surdoué m'énervait. J'ai ironisé :

– Tu penses qu'elles viennent d'un autre système solaire et qu'elles ont embarqué dans leur engin supra-rapide ?

Cette idée a semblé l'amuser.

– Beuh non. Aucune machine ne peut matériellement dépasser la vitesse de la lumière. C'est physiquement impossible.

– Tu me rassures. Je pensais que tu étais encore parti dans un trip de science-fiction, ai-je persiflé.

– Je dis seulement qu'il faut penser d'une autre façon, en oubliant ce qu'on croit savoir. Le surnaturel est peut-être juste sous nos yeux.

Décidément, Yoan était prévisible. Obsessionnel même. Persuadé que nous n'étions pas seuls dans l'univers et qu'un jour l'extraordinaire s'engouffrerait dans notre petite vie désespérément normale. Sachant que pour Yoan, est ordinaire tout ce qui ne comporte pas d'antennes vertes accrochées à un cerveau de la taille d'un ballon de basket.

Je n'ai pas poursuivi sur ce sujet et j'ai sonné à la grille. La surveillante est venue nous ouvrir. Elle s'est adressée à Yoan :

– Dépêche-toi. Tu prends un billet et tu files en cours.

J'allais suivre Yoan qui se dirigeait déjà vers le bureau de la vie scolaire, mais la surveillante m'a arrêtée à la grille.

– Pas toi. Tu essaies de battre un record, c'est ça ? En retard tous les jours ?

– Si on discute, ça sera encore pire.

La surveillante n'a pas apprécié mon insolence.

– Ne bouge pas d'ici. Tu ne fais aucun effort depuis le début de l'année. Je vais chercher madame Ragon.

Ragon, la CPE. Ça sentait les ennuis. Quand on a seize ans, que peut-on faire d'autre qu'aller en classe ? J'ai attendu, résignée.

– S'il te plaît... Aide-moi...

C'était une voix mélodieuse et incertaine. Je me suis retournée et j'ai levé les yeux. Elle était là, juste devant moi. Elle mesurait au moins une tête de plus que moi. Elle me regardait à travers de grosses lunettes en plastique bleu pétrole. Un serre-tête imitation peau de serpent aux couleurs de l'arc-en-ciel retenait ses cheveux huileux. Elle avait de l'acné, ce n'était pas beau à voir.

J'ai reculé un peu. Aux pieds, elle avait enfilé des sandales en plastique, du genre que l'on met à la piscine pour ne pas attraper de verrues. Elle avait jugé utile de porter également des chaussettes au motif léopard. Son pantalon, un jean bien sûr, était trop court et trop large. Sale aussi. Sur ses fesses tombait une tunique façon *tie-and-dye seventies*, dans les tons mauves. Par-dessus, elle avait passé un sweat à capuche. Le modèle rose avec un papillon en strass dans le dos.

Mais maintenant, elle était seule, sans ses copines bizarres. Elle me regardait. Dans ses yeux, j'ai lu de la panique.

C'est comme ça que j'ai rencontré Pénélope.

CHAPITRE 2

J'ai jeté un œil vers le bureau de la CPE. Ragon n'allait pas tarder à en sortir. J'ai vite interrogé la fille :

– Comment tu t'appelles ?

– Pénélope.

– OK, Pénélope. Moi c'est Andrea. Suis-moi.

Je l'ai entraînée vers le bas de la rue. Si Ragon nous voyait, c'était sûr, elle allait me crier de venir m'expliquer dans son bureau : et pourquoi êtes-vous toujours en retard, et pourquoi faites-vous demi-tour au lieu d'aller en cours, et ainsi de suite. Elle ordonnerait aussi à Pénélope de s'en aller car elle n'avait rien à faire devant un établissement qui n'était pas le sien. Je voulais éviter ça. J'avais trop envie de savoir qui était cette fille.

Juste avant de tourner au coin de la rue, j'ai regardé derrière moi. Personne. Je me suis mise à l'abri des regards derrière une maison, en faisant signe à Pénélope de me suivre. Là, nous étions tranquilles.

Pénélope semblait angoissée. Elle me regardait comme si j'avais le pouvoir de la sauver, et le monde entier avec.

– Qu'est-ce qui t'arrive ?

Elle est restée muette, on aurait dit qu'elle n'avait pas compris. J'ai insisté :

– Tu as des emmerdes ?

Toujours pas de réponse. J'avais l'impression que son cerveau moulinait pour trouver la solution à une question sur les fonctions polynômes de degré 2.

– Déjà, si tu m'expliquais pourquoi tu es habillée comme ça ?

Cette fois, elle a répondu :

– C'est ma tenue pour le voyage.

– Quel voyage ?

Pénélope s'est mordu la lèvre.

– Je ne peux pas le dire. En principe, je n'ai même pas le droit de t'adresser la parole.

– Tu habites où ?

– Je ne peux pas le dire.

– Tu vas à quel lycée ?

– Je ne peux pas le dire.

– On va pas aller très loin comme ça.

– Aide-moi. Je t'en prie.

Vu son air perdu, en effet, elle avait besoin d'assistance.

– Je veux bien, ai-je répondu, mais il faudrait que tu m'expliques comment.

– Je dois rentrer chez moi.

– Je peux te donner...

J'ai fouillé dans ma poche. J'ai trouvé des pièces.

– ... Trois euros pour t'acheter un ticket de bus. Ça te suffira ?

– De l'argent ?

– Oui. Trois euros, j'ai dit.

– L'argent ne m'est pas utile.

Elle était bien la seule à penser une chose pareille. Elle a poursuivi :

– Mes amies sont parties sans moi.

– Qu'est-ce que vous faisiez là, toutes ensemble ?

Pénélope a hésité. J'ai eu l'impression qu'elle avait peur de se faire gronder si elle me répondait.

– Nous visitions.

– C'est quoi, ton groupe ? Tu es en voyage scolaire ?

Pénélope s'est un peu animée. Elle semblait contente que je comprenne.

– Oui, nous sommes dans le même lycée.

J'ai imaginé un instant le lycée de Pénélope. Le moins que l'on puisse dire, c'est que les critères de mode n'étaient pas les mêmes qu'ici, mais je commençais à comprendre. Elle venait d'un autre pays, elle était donc forcément différente des filles du coin. Ça m'intéressait.

– Tu fais un échange avec une classe de mon lycée ? Pour apprendre le français ?

Cela expliquait aussi les difficultés de Pénélope à comprendre ce que je lui disais. Elle se débrouillait quand même très bien pour une étrangère, avec juste un léger accent dont je n'arrivais pas à identifier l'origine.

– Je dois retrouver mes amies, a-t-elle dit.

Je me suis efforcée de parler plus lentement en articulant bien :

– Tes copines ne sont pas entrées au lycée, sinon je les aurais vues. À mon avis, elles sont plutôt parties de l'autre côté. Tu sais si elles devaient prendre le car ? Vous deviez visiter Paris aujourd'hui ? C'était quoi votre programme ?

– Nous ne devions pas rester si longtemps.

Pénélope avait l'air complètement paumée.

– Le mieux, c'est qu'on prévienne Ragon que tu as raté le car.

Les yeux de Pénélope se sont agrandis d'effroi.

– Ragon, c'est un homme ?

À ce moment-là, j'ai eu le vague sentiment que Pénélope n'allait m'apporter que des ennuis et que j'aurais mieux fait d'aller voir ailleurs. Mais pour une fois que j'avais l'occasion de discuter avec quelqu'un venant de l'étranger, je voulais en profiter. Je suis donc restée et je l'ai rassurée.

– Madame Ragon. C'est une femme. Elle est un peu revêche mais elle a un bon fond. Enfin, je crois. À vrai dire, il y a débat sur le sujet.

Pénélope s'est légèrement détendue mais elle a continué de secouer la tête :

– Même si c'est une femme, je ne dois parler à personne.

Le discours habituel expliquant aux enfants qu'il ne faut pas s'adresser à des inconnus, moi aussi je l'avais entendu. À seize ans toutefois, je m'autorisais à transgresser la règle. Apparemment, ce n'était pas le cas de Pénélope.

– Tu préfères donner un coup de fil ? Si ton portable ne passe pas en France, on peut utiliser le mien. Tu as le numéro de la prof qui vous accompagne ?

La lèvre de Pénélope s'est mise à trembler. Elle se retenait de pleurer.

– Je ne sais pas, a-t-elle murmuré.

Allons bon. On n'était pas rendues. Elle n'était vraiment pas dégourdie.

Elle a ajouté d'une voix de petite fille perdue :

– Si je m'éloigne d'ici, elles ne me retrouveront jamais.

Elle avait l'air un peu cruche quand même. J'ai pris sur moi pour rester sympa. Elle était peut-être déficiente mentale, après tout.

– De toute façon, tes copines vont sûrement passer la journée à visiter la tour Eiffel ou le Louvre, elles ne reviendront pas avant ce soir.

– Je dois rester là pour les attendre.

– Tu vas t'ennuyer. Viens avec moi, je t'offre un verre.

– Je dois rester là.

– Allez, suis-moi !

– Je dois rester là.

Je l'ai prise par le bras pour l'emmener au café mais elle s'est dégagée d'un geste brusque. Elle avait de la force et j'ai failli perdre l'équilibre. Elle a hurlé :

– Non !

J'ai été surprise par la violence de sa réaction.

– C'est toi qui m'as demandé de l'aide, lui ai-je rappelé.

– Je n'aurais pas dû, je me suis trompée. Laisse-moi tranquille.

Pénélope me regardait durement, presque avec haine.

– Calme-toi, ai-je tenté. Tu vas prendre le temps de tout m'expliquer et on trouvera une solution, j'en suis sûre.

Mais Pénélope m'a tourné le dos, décidée à ne plus m'adresser la parole.

Tant pis. Je ne pouvais pas obliger cette fille à me parler. Ragon ou quelqu'un du lycée finirait bien par la remarquer et la recueillir. Je me suis éloignée et elle est restée dans son coin, veillant à ne plus croiser mon regard.

Les premiers élèves ayant cours à neuf heures ont commencé à arriver. Je me suis jointe à eux pour entrer au lycée sans me faire remarquer.

Toute la journée, Pénélope est restée là. Seule. Je la voyais de la fenêtre pendant les cours, ou à l'interclasse en passant près de la grille. Elle n'a pas bougé, ni mangé ni bu, elle n'a parlé à personne. Elle était debout, immobile, le regard dans le vide. C'était presque flippant de la voir comme ça.

Quand je suis sortie du lycée à la fin des cours, je ne l'ai plus vue. Elle avait sans doute retrouvé ses amies. J'ai cessé de penser à elle. Je devais réfléchir à ce qui comptait vraiment, à savoir trouver le bon argument pour convaincre mon père de me laisser partir cet été.

Je m'apprêtais à rentrer à la maison pour me préparer une tartine de Nutella quand j'ai remarqué une voiture de police garée un peu plus bas. Deux hommes en uniforme se tenaient à côté. Pénélope leur faisait face.

Elle était pâle comme la mort.

Nos regards se sont croisés. Elle n'a pas prononcé un mot mais ses yeux parlaient pour elle. J'ai allongé le pas et me suis dirigée vers la voiture.

À ce moment-là, j'ai reconnu un des policiers, Lionel Leval. Je ne l'avais pas vu depuis longtemps et ses cheveux avaient viré au gris, mais c'était bien lui, un des collègues de mon père. Je ne l'aimais pas trop. Je me suis arrêtée en gardant mes distances.

– Mademoiselle, a dit Lionel en s'adressant à Pénélope, le lycée nous a appelés pour nous signaler votre présence. Vous avez un problème ?

Pénélope n'a pas répondu. Elle a juste reculé d'un pas sans le quitter des yeux.

– Vous pouvez nous donner votre nom, s'il vous plaît ?

Pénélope n'a pas fait un geste. Elle regardait Lionel comme un cobra prêt à mordre.

– Vous avez vos papiers sur vous ? Mademoiselle ?

Lionel s'est avancé vers Pénélope. Alors, tout s'est passé très vite. Elle lui a donné un coup de poing en pleine tête, vif et rapide. Lionel s'est écroulé par terre, le nez en sang et la pommette entaillée.

J'étais abasourdie. Cette fille était folle !

Aussi surpris que moi, l'autre policier s'est ressaisi et a essayé de ceinturer Pénélope, mais elle l'a giflé si violemment qu'il a vacillé. Sonné, il allait dégainer son arme quand Pénélope s'est jetée sur lui et l'a griffé à la joue. Elle semblait agir à l'instinct, se battant d'une façon bien peu académique, mais elle était tellement déterminée que cela la rendait incroyablement efficace. En moins d'une seconde, le deuxième flic s'est retrouvé plaqué au sol. Il faut dire que Pénélope était nettement plus grande que lui.

Elle s'est relevée, le visage rouge barré par une mèche de cheveux ; elle avait perdu son serre-tête arc-en-ciel dans la bagarre. Elle a regardé autour d'elle, désorientée. Déjà, le deuxième flic commençait à se relever, sonné. Son arme était tombée un peu plus loin. Dans deux secondes, il la verrait et la braquerait sur Pénélope. Elle allait avoir un maximum d'ennuis.

Depuis que j'étais toute petite, je détestais la violence. Quand deux enfants se battaient à l'école, je restais tétanisée, et quand un autre enfant me poussait pour passer devant moi sur le toboggan, j'étais incapable de me défendre. Non seulement je ne supportais pas les gestes agressifs, mais ils me rendaient malade. Physiquement. J'avais mal au ventre et je n'avais plus qu'une envie, partir.

C'est ce que j'aurais dû faire ce jour-là. Une fille aussi agressive aurait dû me déplaire de façon viscérale. Mais Pénélope avait quelque chose de spécial... Comme une fragilité qui contrastait avec sa force physique.

Et puis je voulais comprendre. Alors, sans réfléchir, je me suis précipitée, j'ai saisi son poignet et l'ai tirée vers moi.

– Cours.

Cette fois, Pénélope ne m'a pas repoussée. Je me suis mise à courir et elle m'a suivie. On a dévalé la rue.

Un coup d'œil rapide par-dessus mon épaule m'a permis de voir qu'un attroupement de lycéens se formait autour des policiers.

On a tourné pour prendre le sentier qui traversait les HLM. Les poubelles à couvercle jaune encombraient le chemin, je les ai poussées sans me préoccuper des ordures renversées.

En débouchant de nouveau dans la rue, j'ai bousculé monsieur Bulinski, le prof de SVT, qui marchait tranquillement pour rentrer chez lui.

– Faites attention enfin ! a-t-il protesté.

J'ai accéléré encore mais Pénélope avait du mal à suivre. Ses claquettes de caoutchouc ne lui tenaient pas aux pieds et à chaque pas elle manquait de tomber. Je me suis énervée :

– Mais pourquoi tu as mis des chaussures de piscine ?

– Ce sont des chaussures de piscine ? s'est-elle étonnée.

– Tu croyais que c'était quoi ? Des baskets de running ?

Je me suis penchée pour lui retirer ses claquettes et je les ai jetées au loin. Pénélope a protesté :

– Eh !

– Tu préfères que la police te rattrape ?

À cet argument, Pénélope n'a pas répondu et, cette fois, c'est elle qui m'a pris la main. En chaussettes léopard, elle s'est avérée bien meilleure sprinteuse. Maintenant, c'était moi qui avais du mal à suivre.

– Où allons-nous ? m'a-t-elle lancé.

Un train est passé en contrebas, filant vers Paris. J'ai crié pour couvrir le vacarme :

– Tourne à gauche !

Une minute plus tard, à bout de souffle, j'ai claqué la porte de ma maison derrière nous. J'ai tendu l'oreille. Apparemment, personne n'avait réussi à nous suivre.

Chez moi, nous étions tranquilles. J'ai repris ma respiration. Mon père était au commissariat, Pierrick au lycée et Tiago à l'école. Il n'y avait personne à la maison. Je me suis écroulée sur le canapé tandis que Pénélope restait debout, regardant tout autour d'elle, l'air égaré.

Mon excitation était retombée et je suis redescendue sur Terre brutalement. Dans quel merdier je m'étais fourrée... ?

J'imaginais le spectacle qui se déroulait en ce moment même devant le lycée. Le SAMU était sans doute sur place et prodiguait les premiers soins aux deux policiers blessés. D'autres flics avaient sûrement été appelés en renfort, et deux ou trois voitures devaient stationner au milieu de la rue, gyrophare allumé, bloquant la circulation et créant un embouteillage dans le quartier. Les élèves du lycée qui étaient arrivés juste après la bagarre – le massacre, plutôt – étaient probablement déjà interrogés. Bulinski, le prof de SVT, aussi. Si personne ne connaissait l'identité de Pénélope, la mienne ne ferait pas de doute. Mon père, qui était certainement dans son bureau au commissariat, n'allait pas tarder à être mis au courant. C'est tout juste si je n'entendais pas déjà son téléphone sonner et l'exclamation horrifiée qu'il allait pousser en apprenant ce que j'avais fait.

Pénélope avait la main qui saignait. Pas étonnant, vu la violence avec laquelle elle avait giflé Lionel Leval. J'ai cherché un pansement dans un des tiroirs de la cuisine et j'ai soigné sa blessure.

– J'ai faim, a déclaré Pénélope.

Elle ne manquait pas de culot, celle-là ! On venait d'échapper à deux policiers armés, dont un était un ami de mon père et avait peut-être le nez cassé, et cette idiote pensait à son estomac ? Elle a vu ma réaction et a ajouté en guise d'excuse :

– Je n'ai rien mangé depuis ce matin.

Cela dit, elle n'avait pas tort : moi aussi j'avais faim. Le stress m'avait ouvert l'appétit. J'ai fouiné dans le placard de la cuisine.

– Tu veux quoi ? J'ai des Napolitain, des Barquette, des Chocapic, des Coco Pops et des BN. Et des Prince aussi.

Pénélope m'a regardée, interloquée. Elle n'avait pas l'air de connaître ces marques. Décidément, elle venait du bout du monde.

– Tu préfères du Nutella ?

– Je veux bien une pomme. As-tu ça ? a-t-elle demandé.

J'ai pris une pomme dans le panier à fruits et la lui ai tendue. Elle a fait une grimace dégoûtée en la prenant.

– Pourquoi la peau de cette pomme colle-t-elle aux doigts comme ça ?

– Tu sais bien, c'est à cause des produits chimiques qu'ils mettent dessus, les pesticides, tout ça. Il faut la passer sous le robinet.

Pénélope a reposé la pomme comme si elle venait de se brûler avec.

– As-tu du lait ? a-t-elle interrogé.

– Si tu préfères.

– Oui. Merci.

Je lui ai servi un verre de lait qu'elle a reniflé puis goûté prudemment. Satisfaite, elle l'a bu d'un trait.

J'ai abordé le sujet qui fâche tout en mangeant :

– Je me suis renseignée tout à l'heure au lycée. Il n'y a pas d'échange linguistique en ce moment.

– En es-tu sûre ? a-t-elle fait avec embarras.

Elle avait soudain le regard fuyant. Elle me cachait quelque chose, c'était évident.

Il n'y avait pas que son comportement qui était intrigant. Sa façon de parler aussi me surprenait depuis le début. Elle prononçait toutes les négations et respectait scrupuleusement les formes interrogatives. Soit elle était bien étrangère et parlait le français comme dans son manuel, soit elle fréquentait une école privée hypersélecte, où les profs exigeaient un niveau de langage soutenu. Dans le premier cas, j'avais du mal à imaginer de quel pays elle venait. Dans le second, je ne comprenais pas pourquoi elle avait l'air aussi égarée. Même si elle était pensionnaire, elle était déjà sortie de son lycée quand même !

– Si tu me disais enfin pourquoi tu étais là avec tes copines ?

– Je te l'ai dit. Nous visitions.

Je n'appréciais pas qu'on se foute de ma gueule en me racontant n'importe quoi.

– Il n'y a rien à visiter ici, ai-je rétorqué. C'est une banlieue comme les autres.

– Merci de ton aide. Je vais repartir maintenant.

Elle a reposé son verre de lait et elle est sortie de la cuisine.

– Juste un conseil, ne retourne pas du côté du lycée. Ta tête est mise à prix là-bas.

Je l'ai vue réapparaître sur le pas de la porte, tendue.

– Pourrais-je rester ici encore un peu ? a-t-elle demandé.

– Seulement si tu me dis d'où tu viens.

Un bruit de clé dans la serrure m'a empêchée d'insister. D'après la façon brutale d'ouvrir la porte, c'était Pierrick qui rentrait.

– Merde. C'est mon frère, ai-je dit en reculant vers le fond de la cuisine.

– Y a quelqu'un ? a crié Pierrick en posant lourdement son sac par terre dans l'entrée.

D'un coup, les emmerdes que cette mytho pouvait me causer me sont clairement apparues. Mon inquiétude a dû être contagieuse car aussitôt, Pénélope a eu l'air effrayée. Elle a chuchoté :

– Il est dangereux ?

– Si tu considères son mètre quatre-vingt-neuf et sa masse musculaire, oui. Cache-toi tout de suite.

– Où ?

– Dans ma chambre, en haut. Première porte en face de l'escalier.

Pénélope a filé en prenant garde de ne pas faire de bruit – ouf, elle n'était donc pas complètement stupide – et a disparu à l'étage. Si Pierrick la voyait, c'était la catastrophe. Il était forcément au courant de l'agression des flics devant le lycée et n'aurait pas de mal à identifier Pénélope. Il allait aussitôt s'inquiéter pour moi, me reprocher d'avoir de mauvaises fréquentations et envisager sérieusement d'en parler à mon père.

Deux secondes plus tard, Pierrick est entré dans la cuisine.

– Tu es toute seule ?

Je me suis composé un air détendu.

– Oui. Papa et Tiago ne sont pas encore rentrés.

Pierrick a avisé le tas de paquets de gâteaux posés sur la table.

– Pourquoi tu as sorti tout ça ? Tu n'as rien mangé ce midi ?

– Si si.

– Tu ne peux pas te nourrir uniquement de salade, de gâteaux industriels et de yaourts, a-t-il dit en me regardant d'un air soucieux. Déjà que tu ne manges plus de viande. Tu vas être carencée si tu continues comme ça.

Pierrick prenait très au sérieux son régime alimentaire pour favoriser la prise de muscle. Il était incollable sur les apports en protéines, le taux idéal de glucides et je ne sais quoi encore concernant l'index glycémique. Il me saoulait avec ça.

– Je plaisante pas, Andrea. C'est important, l'alimentation.

– D'accord, je vais faire attention, ai-je répondu en espérant écourter la conversation.

Je me suis soudain crispée en entendant le parquet de ma chambre au premier étage craquer sous les pas de Pénélope. J'ai regardé Pierrick. Avait-il entendu ? Heureusement, il ne pensait qu'à la quantité de vitamines qui me manquaient chaque jour et il n'avait rien remarqué.

– Tu dois faire attention à ta santé, a-t-il repris. Supprime la viande si ça te plaît, mais compense au moins par des shots de protéines végétales. Je sais bien que tu n'aimes pas quand je te parle comme ça, mais c'est mon rôle de grand frère...

– Je vais faire mes devoirs.

Je me suis dirigée vers ma chambre sans lui laisser le temps de me demander si j'avais aussi besoin d'aide en maths.

Il fallait à tout prix que je trouve le moyen de faire sortir Pénélope avant que mon père ne rentre à la maison et sans que mon frère la voie passer. Au pire, je serais alors accusée d'avoir aidé une délinquante à s'enfuir, mais je m'excuserais, je dirais qu'elle était partie dans une autre direction tout de suite après avoir agressé Lionel et son collègue, alors que moi j'étais rentrée à la maison. Je me garderais bien de préciser que je l'avais emmenée avec moi... Bon, dit comme ça, c'était moyen, il allait falloir me montrer un peu plus convaincante, mais le moment venu je pourrais sûrement improviser quelque chose de correct. L'essentiel était que personne de ma famille ne sache que j'avais poussé le bouchon jusqu'à amener Pénélope sous notre toit.

Hélas, je n'avais pas monté trois marches que j'ai entendu la porte d'entrée s'ouvrir de nouveau. C'était Tiago et mon père qui rentraient.

CHAPITRE 3

Tiago a posé son sac de classe par terre en constatant d'un air blasé :

– L'homme est un loup pour l'homme. C'est pas une surprise.

Mon petit frère avait parfois des expressions inattendues dans la bouche d'un garçon de son âge.

– Va directement à la douche, Tiago, a soupiré mon père. Et n'oublie pas que tu as un exercice de grammaire à faire pour demain.

Tandis que Tiago montait au premier, mon père s'est assis pour retirer ses chaussures. Il avait l'air fatigué.

– De quoi parle Tiago avec cette histoire de loup ? ai-je demandé d'un air innocent.

J'avais une petite idée de la réponse...

– Il y a eu une agression devant le lycée, a-t-il répondu.

Une fille a frappé Lionel Leval et un bleu tout à l'heure. Tu es au courant de quelque chose ?

Le moment que je redoutais était donc arrivé. Mon père savait maintenant que sa fille était une délinquante mais, motivée par un pitoyable instinct de survie, je ne pouvais m'empêcher d'espérer le contraire... Je me suis repassé le film des événements.

Au début, quand ils interrogeaient Pénélope, les deux flics me tournaient le dos et ensuite, j'avais le sentiment que Lionel Leval ne m'avait pas vue. Après, tout était allé très vite et je n'étais plus sûre de rien... Est-ce que je pouvais décemment espérer échapper au couperet ?

J'ai essayé de lire dans le regard de mon père. Il avait les sourcils froncés et l'air contrarié. Ça m'a filé un coup. Est-ce que Lionel Leval avait quand même eu le temps de me repérer ?

– Andrea, je te parle, a insisté mon père. Est-ce que tu étais là pendant cette agression ?

Peut-être qu'il me testait, attendant de moi que je me dénonce spontanément. Je ne savais pas quoi faire.

– Une agression, oui, j'ai vu, enfin vite fait...

– Vite fait comment ?

– J'étais assez loin, j'ai pas trop compris ce qui se passait... Ton collègue est blessé ?

– Des contusions seulement. Heureusement parce qu'il aurait pu avoir le nez cassé.

– Tant mieux.

– Cette adolescente s'est montrée extrêmement violente. Tu la connais ? a interrogé mon père.

– Pas du tout.

– D'après les témoins, elle s'est enfuie avec une autre ado.

L'étau se resserrait autour de moi... Dans le doute, j'ai estimé judicieux de souligner la responsabilité très relative de cette seconde fille.

– Mais cette autre fille n'a rien fait de mal, elle n'a pas été violente, ai-je fait remarquer.

– Apparemment non. Mais elle a aidé la première à s'échapper. C'est de la complicité, c'est grave quand même. Tu ne trouves pas ?

Le regard interrogateur de mon père ne me quittait pas. Ce petit jeu du chat et de la souris était plus pesant que des aveux immédiats. OK. J'avais perdu. Je me suis résignée à dire la vérité.

– Écoute, papa... parfois, on fait des choses sans réfléchir...

– Tu cherches une excuse à ces deux filles ?

– Non, enfin oui... Je pense que tout est allé très vite et qu'elles n'ont pas forcément réfléchi...

Mon père m'a coupé la parole. Il était franchement mécontent cette fois.

– À seize ou dix-sept ans, on n'est plus un enfant, on est capable de se rendre compte de ce qu'on fait.

– Pas vraiment... C'est quand même encore très jeune, seize ans...

– C'est toi qui me dis ça ? s'est exclamé mon père. Toi qui veux être considérée comme une adulte ?

– Peut-être que la fille qui a frappé tes collègues avait un problème… Peut-être qu'elle est psychotique…

Cette option ne me semblait pas si absurde, à la réflexion.

– S'il pense que c'est utile, le juge pour enfants demandera une expertise. Pour toutes les deux.

Le juge, carrément… Qu'est-ce qui m'avait pris d'aider cette grande malade boutonneuse ? J'aurais mieux fait de passer mon chemin. Et puis j'étais emmerdée pour mon père. Il faisait de son mieux pour nous élever, tous les trois. Je lui faisais honte et je ne me sentais pas fière. J'ai demandé, sombre :

– Ça va aller vite ? Le tribunal, tout ça ?

– En principe oui, enfin… dès qu'on les aura identifiées.

J'ai observé mon père, surprise. Est-ce que j'avais bien compris ? Il ignorait que j'étais mêlée à cette affaire ? Je n'arrivais pas à croire à une chance pareille. Il fallait m'en assurer. Je l'ai questionné prudemment :

– Tu veux dire que vous ne savez pas exactement qui a fait ça ?

– On a du mal à recueillir des témoignages valables. La plupart des élèves sont arrivés après, et personne n'a été capable de nous donner le nom de ces filles.

– Personne d'autre ne les a reconnues ? Un prof par exemple ?

– Ton prof de SVT les a croisées alors qu'elles s'enfuyaient mais il n'a pas eu le temps de voir leurs visages.

– Et Lionel Leval ne va pas faire un portrait-robot ?

– Si, bien sûr. Il a décrit très précisément celle qui l'a frappé. Un portrait insolite, je dois dire.

Ça ne m'étonnait pas.

– Et l'autre fille ?

– Elle n'a été vue que de dos, a répondu mon père. Elle portait une veste en jean, comme la moitié des élèves.

Tout ça était rassurant mais je ne pouvais pas m'empêcher d'être encore un peu inquiète :

– Peut-être que Lionel la connaît. Il travaille ici depuis longtemps.

– Il était déjà inconscient quand elle a aidé sa copine à s'enfuir. Non, je pense qu'il sera très difficile de les identifier.

C'était comme si on me retirait le poids d'un éléphant mort des épaules. Mon père m'observait :

– Ça va ? Tu as l'air bizarre...

– Je viens juste de me souvenir que la prof de maths nous a donné un gros devoir à faire à la maison. Il faut que je m'y mette. Mais sinon, je suis désolée pour tes collègues.

– Tu n'as pas reconnu ces filles, toi ?

– Non. J'ai seulement vu deux silhouettes s'enfuir en courant. Désolée de pas pouvoir t'aider.

– Tant pis. Je suis pessimiste, je te l'avoue. J'ai l'impression qu'elles vont s'en tirer sans aucune sanction.

J'ai renchéri hypocritement :

– C'est dur.

En arrivant dans ma chambre, j'ai fermé la porte derrière moi et poussé mon pouf devant pour la bloquer. Pénélope était debout, elle se rongeait les ongles.

– Il faut que tu partes d'ici. Tout de suite.

Pénélope a pris un air effaré.

– Mais… où vais-je passer la nuit ?

J'ai fouillé dans le tiroir de ma table de nuit.

– Je te donne de quoi te payer un hôtel. Si on te demande, tu dis que tu as dix-huit ans.

J'ai pris trois billets de cinquante euros. Ça me faisait mal. Cent cinquante euros, c'était presque vingt heures de baby-sitting et un tiers de mon pass Interrail. Mais je n'avais pas le choix. Je les ai tendus à Pénélope.

– Prends.

– Crois-tu vraiment que l'argent est une solution à tous les problèmes ? a répondu Pénélope avec désapprobation.

– À mon problème du moment, oui, c'est-à-dire toi. Tu trouveras un hôtel un peu plus bas dans la rue qui longe la voie ferrée.

– Je ne peux pas sortir seule dans le noir !

– D'abord, on est seulement le soir, et en juin la nuit tombe tard. Ensuite, il est hors de question que tu restes chez moi.

– Mais… dehors, il y a plein…

Elle a hésité, comme si elle venait de se rendre compte qu'elle allait faire une gaffe, et a repris :

– … Dehors, il y a plein de gens !

– Et alors ?

– Alors c'est beaucoup trop dangereux ! Je refuse de partir.

Et pour appuyer son propos, Pénélope s'est assise sur mon lit.

– Tu vas quitter ma maison, et tout de suite.

– Non, a affirmé Pénélope.

Énervée contre elle, je l'ai prise par le bras mais elle s'est agrippée à mon lit. J'ai tiré sur ses mains pour qu'elle lâche le montant en bois, mais Pénélope avait de la force et même en enfonçant mes ongles dans sa peau, je ne suis pas arrivée à lui faire lâcher prise. J'ai essayé de m'y prendre autrement :

– Comme tu veux. Je vais chercher mon père. Il va te mettre dehors.

– Tu ne feras pas ça. J'ai tout entendu. Tu as peur qu'il comprenne la vérité. Tu ne veux pas être accusée de complicité avec moi, la fille qui a frappé deux hommes de la police.

Il ne manquait plus que ça. Cette fille était idiote, mais seulement quand ça l'arrangeait. Cette fois, elle m'avait piégée. Comment me débarrasser d'elle ? J'avais beau chercher, aucune idée ne me venait.

– À table ! a crié mon père au rez-de-chaussée.

– Bon, ai-je cédé, coincée. D'accord, tu passes la nuit ici. Mais demain, tu t'en vas et je n'entends plus jamais parler de toi, compris ?

– Compris.

– En attendant, tu ne sors pas de ma chambre et tu ne fais pas un bruit.

– D'accord.

– Surtout quand je te laisse seule pour descendre dîner. Parce que si mon père ou mes frères t'entendent...

– J'ai un cerveau, tu sais.

Mouais. Ce n'était pas faux, elle venait de le prouver.

– J'y vais. Évite de marcher dans la chambre parce que le parquet craque.

– Pas de problème. Andrea ?

J'avais déjà la main sur la poignée de la porte. Je me suis retournée.

– Oui ?

– Pourrais-je avoir un autre verre de lait, s'il te plaît ?

J'ai tendu l'oreille pendant tout le dîner, raide sur ma chaise, mangeant à peine. Mais je n'ai pas perçu le moindre signe de vie au-dessus de ma tête. Pénélope était sans doute assise sur mon lit, immobile, attendant son verre de lait.

Je me suis dépêchée d'avaler mon dîner. Pour mon père et mes frères, c'était steak et patates. Je me suis contentée des pommes de terre.

Dans ma poche, mon portable a vibré. J'ai jeté un œil discret à l'écran. C'était un message de Mathias : *Viens chez moi.* J'ai répondu en cachette de mon père : *Pourquoi ?* Une minute plus tard, j'ai reçu la réponse : *Préparer notre itinéraire.*

Difficile de répondre plus en détail tant que le dîner n'était pas fini. Mon père n'appréciait pas ce genre d'aparté. J'ai engouffré ma Danette pendant que mon père rappelait à Pierrick que le bac approchait. Il insistait pour le voir réviser davantage. Mon frère résistait, estimant injuste que l'on puisse prendre tennis en option au bac et pas boxe thaïe.

J'ai demandé l'autorisation de monter dans ma chambre pour faire mon devoir de maths et l'ai obtenue facilement. Avant de partir, j'ai fait un détour par la cuisine, ouverte sur la salle à manger.

– Tu bois du lait, maintenant ? a fait remarquer Tiago.

J'ai replacé la brique de lait dans le frigo et répondu :

– Pourquoi pas ?

– Sans Coco Pops dedans ?

Tiago me regardait avec surprise.

– Andrea a raison, a approuvé mon père. C'est bourré de calcium et bien meilleur sans vos céréales trop sucrées.

L'air dégagé, j'ai disparu dans l'escalier, mon verre de lait dans les mains.

Dans l'escalier, avant d'entrer dans ma chambre, j'ai répondu au texto de Mathias : *Mon père n'a pas changé d'avis*. Réponse quelques secondes plus tard : *Justement. Un itinéraire précis, ça va le rassurer.*

Ce n'était pas bête. Plutôt malin, même. Si mon père savait exactement quel train on prendrait et dans quelle auberge de jeunesse on dormirait, jour par jour et nuit par nuit, il se laisserait peut-être convaincre... On pouvait même indiquer chaque fois le numéro de téléphone de l'auberge. Ça voulait dire qu'on ne pourrait pas décider de notre destination au dernier moment, mais la proposition de Mathias était une concession utile. Elle prouverait à mon père qu'on était sérieux et qu'on ne partait pas sur un coup de tête, comme des gamins inconscients.

J'allais répondre à Mathias que j'arrivais tout de suite, ce qui ne posait pas de problème car il habitait à quelques rues de chez moi, mais je me suis arrêtée dans mon élan. J'avais Pénélope.

Cette fille était toujours dans ma chambre et je ne pouvais pas prendre le risque de la laisser sans surveillance. Elle était trop étrange. Impossible de savoir ce qui risquait de lui passer par la tête, et puis Tiago pouvait tomber sur elle en entrant pour m'emprunter mon casque audio, ou mon père pour déposer une pile de linge propre.

À contrecœur, j'ai renvoyé un message à Mathias : *Demain.* Mon téléphone a vibré : *OK.* Même s'il ne l'exprimait pas dans sa réponse, je devinais son incompréhension. Moi qui me plaignais toujours de ne pas pouvoir voyager...

Je me suis remonté le moral en me disant que c'était l'affaire de vingt-quatre heures. Demain, Pénélope serait partie et je pourrais reprendre le cours de ma vie.

J'ai poussé la porte de ma chambre et me suis arrêtée net. Ça puait le parfum.

– Qu'est-ce que tu as fait ?

– Chhhut ! Veux-tu que ton père t'entende ?

Elle avait raison. J'ai refermé la porte derrière moi et me suis efforcée de ne pas crier. Pénélope était assise sur mon lit, l'air tranquille.

– C'est mon parfum ! Tu as fouillé dans mes affaires ?

– Ça sentait mauvais. Quelque chose que vous avez fait cuire dans la cuisine, je crois. J'avais l'impression d'étouffer.

L'odeur du steak grillé, j'imagine, mais de là à parfumer exagérément ma chambre... J'avais envie de l'étrangler.

– Tu as vidé tout le flacon ?

– La moitié seulement.

Génial. La moitié d'un parfum super-cher que j'avais eu à Noël. J'avoue, je ne l'utilisais jamais puisque je n'aimais pas ça, mais quand même. J'aurais dû me méfier pendant le dîner. Comme quand un enfant reste silencieux trop longtemps parce qu'il est occupé à faire une bêtise.

J'ai ouvert la fenêtre pour faire entrer de l'air frais.

– Peut-être en ai-je mis un peu trop, a admis Pénélope.

Cette fille était un boulet. Je n'avais qu'une idée en tête : vivement demain.

Je me suis réveillée au milieu de la nuit. La lumière du réverbère entrait par la fenêtre entrouverte. Un léger courant d'air agitait le rideau mais ma couette empestait encore le parfum.

Couchée sur la chauffeuse dépliée par terre à côté de mon lit, Pénélope ne dormait pas. Elle pleurait. C'était ses sanglots qui m'avaient tirée du sommeil.

– Ça va ?

– Oui, a-t-elle répondu.

Elle a essuyé rapidement ses larmes avec sa manche. À ce moment-là, j'avoue qu'elle m'a fait de la peine.

Je ne comprenais toujours pas quel était son problème mais je savais une chose : elle était complètement dépassée. Son histoire d'amies qui l'avaient oubliée ne tenait pas debout. Si elle voulait vraiment rentrer chez elle, pourquoi elle ne rentrait pas toute seule ? Elle était bien arrivée jusqu'ici, ça ne devait pas être si compliqué de refaire le chemin en sens inverse. Bien sûr, j'avais envisagé l'hypothèse de la fugue. Cela expliquerait sa réaction violente avec les policiers... Mais ça aussi c'était invraisemblable. On ne fugue pas avec une quinzaine d'amies.

– Comment tu vas faire, demain ? lui ai-je demandé doucement.

– Ne t'inquiète pas. Je vais partir de chez toi.

– Je te trouverai une paire de chaussures pour remplacer tes claquettes de piscine. Tu sais où aller ?

– Oui. Je vais retourner devant ton lycée.

– Surtout pas ! Quelqu'un risque de te reconnaître et d'appeler la police.

– Je resterai discrète.

J'hallucinais.

– Mais pourquoi tu veux retourner là-bas ?

– Pour que mes amies me retrouvent. En ce moment, elles me cherchent partout pour me ramener avec elles.

– Tu crois ? ai-je demandé avec scepticisme.

– Bien sûr. Elles ne vont quand même pas m'abandonner ici !

Pour elle, c'était une évidence. Pas pour moi.

– Pourquoi tu ne veux pas me dire où tu vis ?

– C'est trop loin, a-t-elle répondu. Et puis, de toute façon, tu ne connais pas.

– C'est comment, chez toi ?

– Un peu comme ici... et en même temps, ça n'a rien à voir.

– Moi, je pense que c'est très différent. La preuve, depuis que je t'ai rencontrée, tu es complètement décalée.

– C’est normal, cet endroit m’est inconnu.

– Il n’y a rien d’étrange pourtant ici.

– Tu as raison. Rien du tout.

Menteuse. Elle pensait le contraire, je le voyais bien... Sauf que je ne saisissais pas ce qui la mettait aussi mal à l’aise. À plusieurs reprises, j’avais même eu le sentiment que Pénélope avait peur. Mais peur de quoi exactement ? C’est ce que je n’arrivais pas à comprendre.

Je lui ai tendu une boîte de mouchoirs.

– Pénélope... Et si tes amies ne reviennent pas te chercher ?

Silence.

– Alors, autant mourir, a-t-elle dit simplement.

Le lendemain matin, quand je me suis réveillée, Pénélope n’était plus là.

Sur le matelas posé par terre, j’ai vu une feuille de mon bloc-notes avec seulement ce mot écrit en majuscules maladroites : *MERCI*.

Elle avait donc tenu parole, elle s’en était allée. Avec ses chaussettes panthère aux pieds. Elle n’avait pas attendu que je lui donne une paire de chaussures. Je n’avais même pas entendu la porte se refermer.

J’ai repris ma vie normale et me suis habillée pour le lycée, moitié soulagée, moitié frustrée de ne pas avoir compris qui était vraiment cette fille.

Dehors le vent soufflait toujours, poussant les nuages au loin comme s’ils étaient impatients d’être ailleurs.

Je les ai suivis du regard, mes cheveux volant dans mes yeux. Toujours, quand il faisait ce temps-là, je pensais à ma mère. Le vent soufflait fort ce jour-là aussi, il y avait dix ans exactement... Je ne me souvenais pas bien du reste, mais de cela, oui : les nuages fuyaient dans le ciel. Comme si ma mémoire s'était attachée aux détails et pas à l'essentiel.

La sonnerie du lycée m'a rappelé que j'étais déjà en retard. J'allais claquer la porte de la maison quand Pierrick m'a rattrapée, en route pour le lycée lui aussi et pas plus ponctuel que moi.

– Qu'est-ce que tu fais après les cours ? m'a-t-il demandé.

– Rien.

– Je vais passer prendre Tiago à la sortie de l'école. Je veux pas qu'il reste à l'étude, pas aujourd'hui. On ira manger une glace. Tu viens avec nous ?

– Je ne crois pas. Allez-y sans moi.

Pierrick était déçu mais pas surpris. Il a insisté quand même :

– Tu pourrais venir, pour une fois.

– J'ai trop de choses à faire. À plus.

Je suis partie en courant comme si je trouvais important de ne pas être en retard au lycée, laissant Pierrick marcher seul. Je me sentais coupable d'avoir refusé de les accompagner. Mon frère avait raison, on aurait dû passer cette journée ensemble, tous les trois, mais c'était au-dessus de mes forces. Penser à ma mère me faisait trop mal. Chaque année, pour le jour anniversaire de sa disparition, je préférais vivre normalement.

Pierrick au contraire cherchait un moyen de passer cette journée de façon particulière sans trop savoir comment s'y prendre. Que faire pour commémorer la disparition de notre mère ? Un anniversaire, ça se fête, mais que fait-on pour l'anniversaire d'une disparition ? On ne pouvait même pas aller se recueillir sur sa tombe puisqu'il n'y avait pas de tombe.

L'an dernier, Pierrick avait proposé une balade en forêt, en mode nature et gazouillis d'oiseaux, et l'année d'avant, il voulait qu'on reste éveillés tard le soir pour regarder les étoiles, allongés sur la pelouse du jardin. J'avais décliné.

C'était la première fois qu'il avait l'idée d'aller manger une glace. Moi, je ne m'imaginais pas choisir un cornet double chocolat-vanille en évoquant le souvenir de ma mère. Je ne m'imaginais pas faire quoi que ce soit, en fait. En cela, j'étais comme mon père. Lui aussi allait passer la journée à travailler, pour oublier.

Je suis arrivée devant le lycée. Je me demandais où était Pénélope. Je l'ai cherchée des yeux. Elle avait l'air décidée à revenir ici, mais dans la rue, puis devant la grille où s'agglutinaient les élèves, je ne l'ai pas aperçue. Soit elle était bien cachée, soit ses amies étaient vraiment venues la récupérer.

Une voiture a freiné juste devant moi en faisant crisser ses pneus.

– À ce soir, mon poussin ! a crié la conductrice d'une voix éraillée par des années de tabagisme.

Yoan est descendu de voiture et a claqué la portière. J'ai jeté un œil à sa mère au volant. C'était une femme nerveuse et menue, qui avait toujours une cigarette à la main. Elle déposait souvent son fils le matin et, presque chaque jour, elle changeait de look. Cette fois, elle avait des cheveux rouge vif et portait un débardeur orange. Son allure était aussi originale que celle de Yoan était classique. Elle est repartie en manquant de brûler le stop en bas de la rue.

– Salut, m'a dit Yoan.

– Salut, ai-je répondu.

Je l'ai vu chercher du regard autour de lui.

– Les filles bizarres ne sont pas là aujourd'hui, a-t-il dit.

– Elles ont dû repartir sur leur planète.

Vexé, il a haussé les épaules, conscient que je me moquais de lui, et a passé la grille.

J'ai profité de la pause-déjeuner pour parler de notre itinéraire avec Mathias. Je recommençais à y croire. En nous montrant organisés et responsables, nous pouvions espérer infléchir la décision de mon père. Sur nos portables, nous avons entrepris de repérer notre itinéraire. C'était très excitant d'entrer enfin dans le vif du sujet, et on était tous les deux enthousiastes. Mathias avait retrouvé son sourire lumineux et je me sentais bien.

Je suis rentrée à la maison après les cours, chargée de l'examen détaillé des auberges de jeunesse de Bosnie-Herzégovine et de Croatie. Distance de la gare, prix pour une nuit, coordonnées téléphoniques. Mathias devait s'occuper de la Serbie et du Monténégro. Nous pensions aussi économiser de l'argent et du temps en prenant des trains de nuit. On avait envie de dévorer des kilomètres.

J'ai jeté mon sac à dos dans un coin du salon et je me suis dirigée vers la cuisine. J'avais décidé de reporter mes devoirs à plus tard dans la soirée pour commencer tout de suite mes recherches avec une assiette de Granola au chocolat noir et du jus d'ananas.

Le frigo était resté ouvert. Tiago avait dû mal refermer la porte en se servant de céréales ce matin. Ça m'a étonnée de sa part, lui qui insistait toujours pour qu'on économise le moindre kilowatt en éteignant la lumière dès qu'on sortait d'une pièce, ne serait-ce que deux minutes.

Ce qui m'a étonnée davantage encore, c'était le bouchon de la bouteille de lait, tombé par terre. Tiago était le premier à nous engueuler quand on oubliait de trier un emballage et il récupérait tous les bouchons pour la collecte à l'école, celle qui permet paraît-il d'acheter un fauteuil roulant. Alors ce bouchon abandonné, ça ne collait pas. À moins que...

Un doute à l'esprit, je me suis précipitée dans les escaliers. Il y avait quelques gouttes de lait sur les marches. Je ne voulais pas y croire... Je suis montée quatre à quatre.

J'ai poussé la porte de ma chambre et je l'ai vue. Tête penchée en arrière, Pénélope terminait la bouteille de lait comme une ivrogne qui ne veut pas en perdre la dernière goutte. J'avais laissé ma fenêtre entrouverte ce matin. Elle avait dû se servir de la glycine pour se hisser jusqu'au premier étage.

Quand elle m'a vue, elle a juste dit :

– Mes amies ne sont pas venues me chercher.

Et dans ses mots, il y avait tout le désespoir du monde.

Pénélope était de retour chez moi, toujours aussi perdue, toujours aussi étrange. Qu'allais-je faire d'elle ? Je ne pouvais pas la laisser squatter ma chambre indéfiniment. Je devais affronter le problème. Ma rencontre avec Pénélope, l'agression contre les policiers, sa nuit passée ici, je devais tout dire à mon père. Ça allait chauffer, mais je n'avais plus le choix.

– Mon père va bientôt rentrer, ai-je déclaré. Je vais lui parler.

J'ai posé la main sur la poignée de la porte pour ressortir de ma chambre, mais Pénélope s'est levée d'un coup et m'a barré le chemin.

– Tu ne peux pas.

– Qu'est-ce que tu imagines ? Que je vais te garder ici pendant longtemps encore ? En te montant de temps en temps une bouteille de lait ?

Pénélope était fermement adossée à ma porte, décidée à m'empêcher de sortir.

– Ton père ne comprendra pas.

– C'est sûr, il va être furieux. Mais après, il va se calmer et il t'écoutera. Tu es mineure, il est flic, il est censé te protéger.

Mais Pénélope semblait prête à tout pour m'empêcher de parler. Je me suis même demandé si elle n'était pas capable de me frapper comme elle l'avait fait avec les flics. J'ai tenté de la calmer :

– Tout se passera bien, tu verras. Tu lui expliqueras ta situation. Il a travaillé à la brigade des mineurs au début de sa carrière. Il fera de son mieux pour t'apporter son aide.

– Il ne peut pas m'aider.

– Mais si. Par exemple, si tu es en fugue, il essaiera de comprendre pourquoi tu es partie de chez toi et il trouvera un médiateur pour arranger les choses avec tes parents.

– Et si c'est autre chose ?

– Il comprendra quand même. C'est quelqu'un de bien, mon père.

C'était vrai. J'avais beau râler contre lui plus souvent qu'à mon tour, il avait toujours assuré avec Pierrick, Tiago et moi.

– Personne ici ne peut me comprendre, a affirmé Pénélope.

– C'est un sentiment que j'éprouve souvent, mais entre nous, même si on dit ça, on sait bien que c'est faux, non ?

– Même toi, si je te disais la vérité, tu ne me croirais pas.

– Tu as tort. Je te connais seulement depuis hier mais je suis déjà prête à croire n'importe quoi à ton sujet.

Je ne mentais pas. Cette fille était tellement inadaptée qu'il y avait forcément une raison incroyable à ça. Je m'attendais à tout, sauf à ce qu'elle a alors déclaré :

– Je viens du futur.

CHAPITRE 4

Pénélope m'a prise par les épaules et m'a obligée à m'asseoir sur mon lit.

– Tu as du mal à me croire, c'est normal, mais dans cinq minutes, tu commenceras à t'y faire.

La vérité se frayait un chemin dans mon esprit. Je ne m'étais pas trompée quand j'avais envisagé que Pénélope puisse avoir des problèmes côté cerveau. J'en étais sûre maintenant, elle s'était échappée d'un hôpital psychiatrique. Et de toute évidence, elle n'était pas consciente de sa propre folie.

Elle a commencé à m'expliquer son délire comme s'il s'agissait de faits incontestables.

– Je n'ai pas le droit de te le dire, mais puisque je suis coincée ici, tant pis, je n'ai plus le choix. Je suis née en l'an 2171.

Elle m'a regardée pour voir ma réaction. J'ai estimé qu'il valait mieux ne pas la contrarier. Je ne voulais pas qu'elle devienne violente. J'ai pris un air poli.

– Vraiment ?

– Le 2 juin 2171 exactement. J'ai seize ans.

Cette fille était schizophrène, ou un truc comme ça.

– Au lycée, a-t-elle poursuivi, on passe le BAC.

Je me suis retenue de répondre qu'il n'y avait rien d'original à ça. Je craignais de la braquer. Mon père n'était pas encore rentré et je ne savais pas comment ça pouvait tourner. Je n'avais pas envie de me retrouver avec le nez cassé ou autre chose. J'ai donc répondu gentiment :

– Oui, nous aussi.

– Nous avons des épreuves anticipées... a-t-elle poursuivi.

– Comme nous. Le français par exemple, on le passe en première.

– Nous aussi nous passons le français en première. Mais nous passons l'épreuve pratique d'histoire-géo en seconde.

Pour le coup, ça, c'était un délire original : une épreuve du bac en seconde, avec un intitulé, « épreuve pratique », dont je n'avais jamais entendu parler.

– Ah bon, me suis-je intéressée d'un ton conciliant.

– C'est l'épreuve la plus difficile. Elle ne dure que trois minutes mais c'est très stressant.

J'ai tendu l'oreille. Dans la rue, une portière de voiture venait de claquer, mais la porte de la maison ne s'est pas ouverte. Ce devait être un voisin. Déçue, je me suis tournée de nouveau vers Pénélope avec un sourire encourageant. Je voulais gagner du temps.

– Et c'est quoi, cette épreuve ?

– Le voyage dans le passé. On vient passer trois minutes au Moyen Âge.

– Au Moyen Âge, oui, bien sûr.

Est-ce que je portais une longue robe avec un chapeau pointu et du tulle accroché au bout ? Est-ce que je me rendais au lycée à cheval ? Est-ce que je disais tout le temps « diantre », « sacrebleu » ou « peste soit du maroufle » ? Je suis restée silencieuse mais Pénélope m'a répondu comme si elle avait deviné ma pensée.

– Je sais que tu trouves ça bizarre. Pour toi, le Moyen Âge, c'est l'époque des chevaliers et des châteaux forts.

Bonne nouvelle. Pénélope était capable de moments de lucidité.

– Un peu, oui. Moi, j'ai un téléphone portable, il y a du wi-fi dans toute la maison et, en septembre, je commencerai la conduite accompagnée dans une voiture, pas dans une charrette.

– Je sais. À mon époque, nous appelons ça le Moyen Âge quand même.

Si ça peut te faire plaisir, ai-je pensé.

– L'examen pratique d'histoire se passe en groupe, a-t-elle poursuivi. Toute la classe part ensemble et revient ensemble aussi. Enfin, en principe. Parce que, avec moi, ça n'a pas fonctionné.

– Tu veux dire que tes copines sont retournées dans le futur en t'oubliant ici ?

– Voilà, a-t-elle approuvé avec un sourire surpris. Je ne pensais pas que tu comprendrais aussi facilement.

– Si si, pas de problème, ai-je menti.

– Un accident comme ça ne s'est jamais produit, a repris Pénélope. Tout le monde sait que ton époque est très dangereuse, alors les professeurs veillent à n'oublier personne dans le passé. Tu imagines bien.

– J'imagine très bien.

– C'est pour ça que je ne comprends pas. Pourquoi suis-je restée bloquée ici ?

Je me suis demandé comment Pénélope réagirait si je la confrontais à son hallucination... Peut-être que ça l'aiderait à sortir de son délire ? J'ai tenté le coup, prudemment :

– Et tu as voyagé comment pour traverser toutes ces années ?

– Ça, je n'ai vraiment pas le droit de te le dire. Je serais sanctionnée si je le faisais.

– Tu as une machine à remonter le temps ? ai-je insisté avec une pointe de perfidie. Une sorte de boîte avec des cadrans et des manettes ?

– Non, a souri Pénélope, apparemment aussi amusée que moi à cette idée. Nous voyageons autrement.

J'ai entendu la porte de la maison s'ouvrir. C'était mes frères qui rentraient. Tiago a monté aussitôt les escaliers et a ouvert la porte de ma chambre sans frapper.

– Tu aurais dû venir avec nous, m'a-t-il dit d'un ton de reproche. Les glaces étaient trop bonnes. Après Pierrick m'a emmené à son entraînement. C'était super-bien.

Il s'est arrêté pour dévisager l'inconnue dans ma chambre.

– C'est qui ?

– T'occupe. Papa est avec vous ?

– Oui, il vient de rentrer et tu ferais mieux d'aller vider le lave-vaisselle tout de suite, si tu veux pas te faire engueuler. C'est ton tour, je te rappelle.

En temps normal, cette intervention de mon frère m'aurait irritée, mais cette fois j'étais soulagée. Mon père était enfin là. J'allais pouvoir me débarrasser de Pénélope en lui racontant tout, même s'il ne manquerait pas de me passer un savon...

Tiago a jeté un dernier coup d'œil à Pénélope puis est ressorti de ma chambre. Je l'ai entendu crier dans l'escalier :

– Papa, Andrea a invité une copine, c'est pour ça qu'elle a pas rangé la vaisselle !

D'un coup, j'ai senti Pénélope m'attraper par le poignet et serrer fort. Très fort.

– Reste ici, a-t-elle ordonné.

Elle me faisait peur. J'ai menti :

– Je veux juste aller ranger la vaisselle. Après, je reviens, promis.

– Tu vas lui dire que je suis là. Je le vois dans tes yeux.

Merde. Elle était perspicace.

– Tu as besoin d'aide, ai-je expliqué doucement. Il y a sûrement un médecin qui te soigne, il faudrait le contacter...

– Tu crois que je raconte n'importe quoi, c'est ça ?

– Non...

– Si. Tu penses que je suis folle !

– Ce n'est pas une honte. Ça peut arriver à tout le monde d'avoir des problèmes psychologiques. Viens avec moi. Mon père t'écoutera. Et pour les deux policiers que tu as agressés, tu seras jugée irresponsable, j'en suis sûre.

– Je peux te prouver que je dis la vérité.

Ça devait être terrible d'être à la place de Pénélope. Emmurée dans sa pathologie, dans son monde... Persuadée d'être égarée dans une époque lointaine. C'était triste au fond. Je me suis efforcée de lui parler avec douceur :

– Pénélope... On est en 2019.

– Que jour exactement ?

– Le 6 juin 2019.

– Laisse-moi une minute.

Elle s'est mise à réfléchir et ça lui a demandé un gros effort de concentration. Elle a soudain retrouvé le sourire et a déclaré fièrement :

– Je peux te dire qui sera la présidente des États-Unis élue en 2024.

– Ça sera qui ?

– Emily Davis.

– Connais pas. De toute façon, c'est pas une preuve.

– Bien sûr que si. Je connais l'avenir, cela prouve que je viens du futur.

– D'accord, mais on est en 2019. Ça veut dire qu'on doit attendre cinq ans pour savoir si tu as raison.

– Ah oui...

Pénélope était déçue.

– Il faudrait que je prédise un événement qui va arriver bientôt, a-t-elle dit.

– Voilà. Par exemple, qu'Israël et la Palestine vont signer un accord de paix demain, ou que Barack Obama va se faire assassiner ce soir. Si tu annonçais un scoop comme ça, je ne mettrais plus ta parole en doute.

– Qui est Barack Obama ?

Cette fille vivait sur une autre planète, pas de doute. Obama avait beau ne plus être président des États-Unis depuis les dernières élections, il restait un des hommes les plus célèbres au monde.

Mais Pénélope tenait à me prouver qu'elle connaissait bel et bien l'avenir. Elle ne lâchait pas l'affaire.

– Nous sommes en 2019, c'est exact ?

– Oui, ai-je soupiré.

– Je connais un événement qui s'est passé en 2019.

– Dis toujours.

– C'est l'année de parution du *Journal de Mae*.

– Qui est Mae ?

– Une fille de quinze ans mariée de force à un homme qu'elle n'avait jamais vu de sa vie.

– Je voudrais pas te décevoir, mais il y en a sûrement plus d'une dans ce cas.

– Cette fille-là, c'est différent. Son livre est très connu. Plus tard, elle deviendra ministre dans son pays.

– On peut vérifier. Ce livre est sorti en 2019, tu dis ? Quel mois ?

– Je ne sais plus exactement, a répondu Pénélope, embarrassée. Je n'ai pas révisé avant de venir.

– Si ça se trouve, c'était au début de l'année et ça n'a rien d'une prédiction.

– C'était en 2019 en tout cas, j'en suis sûre. Son livre est très connu à mon époque, nous l'étudions au collège. C'est un très beau plaidoyer pour le droit des femmes.

J'ai ouvert mon ordinateur portable et j'ai tapé quelques mots-clés : *journal de Mae, mariée à quinze ans, droit des femmes*. Rien n'en est sorti.

– Je ne trouve pas.

Pénélope regardait avec curiosité par-dessus mon épaule.

– Est-ce un réseau de communication et d'information ? a-t-elle interrogé.

– C'est Internet.

– Puis-je essayer ?

– C'est pas la peine. Google n'a rien trouvé sur cette fille.

– Peut-être que son livre n'a été publié qu'au mois de décembre… a regretté Pénélope. Le problème, c'est que je ne connais rien d'autre sur 2019…

– C'est normal. Personne ne peut prédire l'avenir.

– Si seulement j'avais mieux appris mes leçons d'histoire, s'est-elle lamentée. Je pourrais te convaincre…

À ce moment-là, j'ai eu de la peine pour elle. Elle semblait tellement perdue.

– Pénélope… Je suis désolée mais je vois pas d'autre solution. Je dois tout dire à mon père.

Elle s'est tue, sourcils froncés, air sombre, puis a proposé :

– Et si tu parlais plutôt à ta mère ? Ça serait mieux.

Et merde. J'ai serré les dents.

Je détestais qu'on me parle de ma mère. Ça m'arrivait trop souvent avec les profs et les adultes en général qui ignoraient ma situation. J'évitais alors d'entrer dans les détails.

– Elle ne vit plus avec nous, ai-je simplement répondu.

Pénélope a semblé interloquée.

– Vis-tu seule uniquement avec des hommes ?

– Heureusement. Je supporte pas les filles, ai-je répliqué en lui lançant un regard noir.

Pénélope a fait une drôle de tête. Cela m'importait peu. Dès ce soir, mon père l'emmènerait loin de chez nous.

– Reste ici pour l'instant. Je t'appelle quand tu peux descendre.

J'ai laissé Pénélope dans ma chambre et je suis allée évaluer l'humeur de mon père.

Il était dans la cuisine, en train de vider le lave-vaisselle à ma place. Il a levé les yeux sur moi et m'a souri avec tristesse.

– Je n'ai pas oublié, tu sais, m'a-t-il dit doucement. Aujourd'hui, c'est spécial pour nous tous.

Il faisait allusion à la disparition de ma mère sans oser prononcer les mots. Il était comme ça, mon père, il avait du mal à parler des choses importantes. Il était désemparé chaque année à cette date mais ne s'en ouvrait jamais à nous. Je me suis efforcée de le rassurer :

– T'inquiète pas, je peux quand même m'occuper de la vaisselle. Comme tu dis toujours, la vie doit continuer.

Je l'ai aidé pour les assiettes. Il a hoché la tête, silencieux, puis a pris un ton enjoué :

– Tu as invité une amie pour dîner ? C'est une bonne idée !

– Elle ne va pas rester, ai-je répondu.

– Qui est-ce ? Une fille de ta classe ?

– Pas exactement...

– Comment elle s'appelle ?

– Pénélope.

– Pénélope comment ?

Question embarrassante. Aucune idée.

– Elle me l'a dit mais j'ai oublié, ai-je improvisé.

Mon père souriait tout de même, il était content que j'amène une copine à la maison car ça ne m'arrivait jamais. À son grand désespoir, je n'avais guère qu'un ami, Mathias. Conséquence de ma vie quotidienne dans une maison uniquement habitée par des garçons, peut-être. Ce n'était pas ma faute après tout.

Il imaginait sans doute ma mystérieuse amie bonne élève et bien élevée, forcément plus fréquentable que Mathias qu'il trouvait sympathique mais un peu trop masculin.

Il allait vite changer d'avis. Pénélope-la-tueuse-de-flics n'était pas exactement l'amie idéale. Considérant que mon père était quand même dans un état d'esprit bienveillant, j'ai appelé Pénélope. Alors qu'elle descendait les escaliers, j'ai chuchoté :

– C'est quoi, ton nom de famille ?

– Fille de Jane.

– Pardon ?

– Je m'appelle Pénélope fille de Jane.

– C'est bizarre comme nom.

– Là d'où je viens, les filles portent le nom de leur mère.

À la réflexion, il me semblait que ça se faisait parfois... En Islande, oui, c'est ça. Comme nom de famille, les filles portaient le prénom de leur mère et les fils le prénom de leur père. Sans doute que c'était l'usage aussi dans d'autres endroits.

Quand je suis entrée dans la cuisine, Pénélope est restée sur le seuil, gardant ses distances, dévisageant mon père avec méfiance.

– Bonsoir Pénélope, a souri mon père. Tu es la bienvenue chez nous.

Il n'avait pas l'air choqué par l'apparence générale plutôt repoussante de Pénélope. Il n'était pas du genre à juger les gens sur leur physique.

J'ai estimé qu'il valait mieux tout avouer rapidement, comme quand on essaie de décoller un sparadrap sans avoir mal.

CHAPITRE 5

Quelques minutes plus tard, c'était fait. J'avais tout dit à mon père. La rencontre avec Pénélope devant le lycée et l'agression des deux flics. Je me suis arrêtée là, jugeant inutile d'évoquer les délires de Pénélope sur son soi-disant voyage dans le temps.

Mon père est resté un instant silencieux, observant attentivement Pénélope. Elle et moi nous tenions face à lui, debout comme des accusées. C'était le calme avant la tempête.

– Tu dis que c'est ton amie qui a agressé Lionel et son coéquipier hier devant le lycée ?

– Oui. C'est Pénélope qui les a frappés. Moi je n'ai rien fait. Enfin, je l'ai juste aidée à s'enfuir parce que je me suis dit qu'elle allait avoir des ennuis et... voilà. Je sais, j'ai eu tort.

– Et pourquoi tu as fait une chose pareille ? a demandé mon père en se tournant vers Pénélope.

Mais Pénélope n'a pas répondu, le regard rivé au carrelage de la cuisine. J'ai pris la parole à sa place.

– Elle est un peu... déséquilibrée. Si tu parles avec elle, tu t'en rendras compte tout de suite.

Mon père a dévisagé Pénélope.

– Pourquoi as-tu frappé ces policiers ?

Pénélope gardait les yeux baissés, obstinément.

– Où sont tes parents ? a encore interrogé mon père.

Même silence de Pénélope.

– Tu as quel âge ?

Je suis intervenue :

– Elle dit qu'elle a seize ans et qu'elle s'appelle Pénélope.

– Elle a sans doute fait une fugue. Je vais consulter le fichier des mineurs disparus.

– Moi aussi j'ai d'abord pensé qu'elle était fugueuse, mais ça ne colle pas vraiment... Elle est trop bizarre, comme si elle venait de très loin.

Mon père s'est tourné à nouveau vers Pénélope.

– Pourquoi tu ne veux pas dire d'où tu viens ?

Silencieuse, Pénélope a gardé son air buté.

– Elle a peur de moi, a constaté mon père.

– Pas étonnant. Elle a peur de tout. J'ai l'impression qu'elle a des problèmes psychologiques. Si elle acceptait de te parler, elle te raconterait des trucs de malade.

Mon père scrutait Pénélope avec attention.

– Je ne pense pas qu'elle soit folle, a-t-il repris. Je crois même savoir qui elle est.

J'ai regardé mon père, interloquée. Comment pouvait-il affirmer une chose pareille ?

– Des collègues ont intercepté un poids lourd hier, tôt le matin, sur la nationale, a expliqué mon père. Il remontait d'Italie en direction de Calais. Derrière les cartons de marchandises, il y avait une vingtaine de clandestins, entassés dans des conditions que je préfère ne pas te décrire. Surtout des hommes mais aussi quelques femmes et enfants. Ils ont débarqué en Europe par les côtes grecques. Dans la confusion, plusieurs ont réussi à s'enfuir. Peut-être qu'elle faisait partie du groupe.

– C'est pas ce qu'elle m'a dit.

– Évidemment. Elle a peur d'être expulsée vers son pays d'origine, alors elle t'a menti.

Depuis plusieurs années, les migrants faisaient régulièrement la une des journaux. Leurs histoires étaient souvent tragiques. Une chose toutefois m'étonnait.

– Ce qui est bizarre, c'est qu'elle parle vraiment bien français. Pas d'accent, pas de fautes de grammaire.

– Peut-être qu'elle était scolarisée dans un lycée français. C'est ça, a interrogé mon père en se tournant vers Pénélope, tu étais inscrite dans un établissement francophone ? Ou alors ta famille a des origines françaises ?

Mais Pénélope n'a pas cillé.

– Alors tu penses qu'elle vient d'où ?

– La Syrie, la Libye, l'Érythrée, la Gambie... Il n'y a que l'embarras du choix, hélas. C'est assez facile d'imaginer le scénario. Est-ce qu'elle t'a dit quelque chose au sujet de ses parents ?

– Non.

– Vu les tarifs exigés par les passeurs, ils n'avaient sans doute pas assez pour toute la famille. Ils ont voulu protéger leur fille coûte que coûte, même si pour cela il fallait la faire partir seule. C'est dangereux mais quand tu veux fuir la guerre, tu es prêt à tout.

J'ai observé Pénélope. Une clandestine... Je n'avais pas pensé à ça. Étaient-elles plusieurs à avoir réussi à s'échapper du camion ? Pénélope et les autres filles que j'avais vues devant le lycée ?

– Dans ce cas, a jugé mon père, il n'y a qu'une chose à faire. Une demande d'asile politique. Tu crois qu'elle a des papiers, un passeport peut-être ?

– J'ai pas l'impression.

– Ça risque de compliquer les choses. Enfin, ça ne sera pas à nous de gérer ça.

– Elle ira où, en attendant que sa demande soit examinée ?

– Je contacterai une association demain. Elle sera sûrement placée en centre d'accueil, en région parisienne ou ailleurs. On manque cruellement de places mais vu son jeune âge, elle sera prioritaire.

J'ai jeté un coup d'œil à Pénélope. Elle avait toujours la tête baissée et j'étais incapable de dire ce qu'elle pensait.

– Et pour l'agression contre tes collègues ?

– Je vais en parler à Lionel.

– Tu crois qu'il va y avoir des suites judiciaires ?

– J’espère pouvoir le convaincre de retirer sa plainte. Il faudra aussi que je discute avec le procureur. Cette fille est mineure, elle est loin de chez elle, sans sa famille. Elle a fui son pays en guerre en mettant sa vie en danger. C’est déjà beaucoup pour une gamine.

Mon père avait raison. Quand je pense que j’avais été troublée un moment, envisageant presque que Pénélope m’ait dit la vérité sur ses origines. Une fille venant du futur. J’étais vraiment trop naïve. La réalité était tout autre, tellement plus violente. Pénélope avait le même âge que moi mais sa vie était autrement plus difficile que la mienne. Je ne m’étais pas montrée très généreuse avec elle.

– Pour ce soir, elle peut dormir dans ma chambre.

– C’est gentil, a souri mon père. Je n’en attendais pas moins de toi.

Je me sentais minable d’avoir été si peu sympa avec Pénélope. Je voulais montrer une meilleure facette de moi-même. Elle était réfugiée d’un pays déchiré par la guerre, quand même !

Afin de détendre un peu l’atmosphère, mon père a déclaré qu’on mangerait des pizzas pour le dîner et j’ai proposé de m’en charger. La pizzeria appartenait au père de Mathias et, à tous les coups, c’était moi qui y allais. Je m’imaginais déjà raconter à Mathias qu’on avait une réfugiée à la maison. Il allait être super-intéressé. Il assaillirait Pénélope de questions quand il la verrait.

J’enfilais mes tennis quand Pénélope s’est collée à moi.

– Je viens avec toi, a-t-elle soufflé.

Elle avait l'air terrorisée à l'idée de rester à la maison. Je me suis dit que mon père l'avait stressée avec son questionnaire de flic.

– Je veux bien, mais je suis pas sûre que ça soit une bonne idée. Tu n'as pas de papiers, si tu te fais contrôler dans la rue, ça va compliquer les choses.

Pénélope a insisté. J'ai été demander son avis à mon père.

– Ne t'inquiète pas pour ça, m'a-t-il répondu. Pénélope ne peut pas être expulsée sans avoir eu la possibilité de déposer une demande d'asile. Et tant que cette demande n'a pas été étudiée, sa présence en France est légale.

Dans ce cas, pas de problème. J'étais très excitée, Mathias allait pouvoir rencontrer ma réfugiée dès ce soir.

Mais d'abord, je devais lui trouver des chaussures, parce que ressortir dans la rue en chaussettes panthère, ça n'allait pas le faire. Je suis retournée vers Pénélope pour estimer sa pointure, quand l'évidence m'a sauté aux yeux. Avant toute autre chose, elle avait besoin d'un bon décrassage. Elle n'était déjà pas très propre quand je l'avais vue pour la première fois, mais maintenant, ça faisait vingt-quatre heures de plus et une certaine limite était atteinte côté odeur de transpiration, malgré le parfum généreusement vaporisé hier.

Je l'ai entraînée dans la salle de bains. Comme je ne savais pas trop comment c'était dans son pays, je lui ai donné quelques explications : mitigeur, réglage de la température de l'eau à droite, débit à gauche. Shampoing dans le flacon bleu, savon dans le blanc. Serviette. Brosse à cheveux. J'ai déballé une brosse à dents neuve et l'ai posée à côté du dentifrice.

Je lui ai aussi laissé un pantalon de sport trop grand pour moi. J'avais perdu le ticket de caisse et je n'avais pas pu le rapporter au magasin. J'ai trouvé également une chemise élimée de mon père qui était censée m'empêcher de me salir en arts plastiques, mais je ne l'avais jamais utilisée.

– C'est pas l'idéal mais j'ai rien d'autre à ta taille.

Puis j'ai attendu en résistant à l'envie d'envoyer un message à Mathias pour lui annoncer notre visite. Je préférais lui faire la surprise.

Vingt minutes plus tard, j'ai entendu s'ouvrir le verrou de la salle de bains.

La fille qui en est sortie était incroyablement belle.

Ses cheveux bruns frisés tombaient en cascade sur ses épaules et semblaient aussi doux que la soie. Sa peau était lisse, sans aucune imperfection, d'un joli teint cuivré. Elle avait de longs cils noirs qui soulignaient ses yeux marron clair avec des petites touches de vert.

À vrai dire, son visage n'était pas parfait. Son nez était un peu long, légèrement busqué, et son menton plutôt carré. Mais de toute sa personne émanait une impression de vie éclatante. En la voyant, on avait l'impression de l'aimer déjà.

Mon pantalon de sport était trop court pour elle et n'importe qui aurait eu l'air d'un clown avec ça sur les hanches. Sur elle, il tombait comme un vêtement de haute couture un peu décalé. On devinait ses jambes longues et musclées. Moi qui détestais les pieds de tout le monde, je constatais pour la première fois de ma vie que des pieds pouvaient être jolis.

On aurait dit un top-modèle. Une fille qui défile sur les podiums du monde entier et que les magazines paient une fortune pour avoir le privilège de la mettre en couverture.

Non. Top-modèle, ce n'était pas encore assez bien pour elle. Elle ressemblait à une créature divine. Une déesse de la mythologie. Aphrodite sortant de l'océan.

Je n'ai pu m'empêcher de jeter un coup d'œil dans la salle de bains. Peut-être que Pénélope était encore à l'intérieur et que cette fille était quelqu'un d'autre ? Mais non, personne. D'ailleurs, je reconnaissais bien ses traits, ses cheveux, ses yeux, son allure générale... Je n'en revenais pas. Bien sûr, elle était propre maintenant, mais cette douche n'expliquait pas tout.

– Ton acné... Comment tu as fait pour l'enlever ?

– C'était du maquillage pour m'enlaidir, a-t-elle avoué.

– Mais pourquoi ?

– Pour le voyage. J'avais aussi mis du gras sur mes cheveux et puis j'avais sali mes vêtements avec de la terre.

J'ai compris. Elle avait voulu voyager sans attirer l'attention sur elle. Bien sûr, c'était plus prudent. Une fille aussi belle aurait forcément eu des ennuis durant son long périple vers l'Europe. En tout cas, son camouflage était réussi.

– Tu comprends, a-t-elle ajouté, je devais essayer de te ressembler, à toi et aux autres habitants du Moyen Âge.

Voilà qu'elle recommençait avec son histoire de voyage dans le temps.

– C'est bon, l'ai-je rassurée, tu n'as plus besoin de me faire croire que tu viens du futur. Tu es une clandestine, on a compris. Ne t'inquiète pas, personne ne va venir t'arrêter pour t'expulser. Tu es en sécurité ici.

Pourtant, Pénélope n'avait pas complètement tort. À côté d'elle, j'avais bel et bien l'air d'une souillon, une espèce de paysanne arriérée. En ce moment j'avais quelques boutons, et mon petit tube de crème antibiotique n'arrivait pas à en venir à bout. Et puis je n'aimais pas mes cheveux, trop fins, trop plats. Certains jours, je me trouvais vraiment moche. J'ai chassé cette idée de ma tête.

Maintenant que Pénélope était propre et à peu près correctement vêtue, restait à résoudre le problème des chaussures. Comment trouver une paire à sa taille ? Elle chaussait au moins du 43. Mes chaussures étaient beaucoup trop petites pour elle et même celles de mon père ne convenaient pas, il ne faisait qu'un 42. Les seules qui pouvaient lui aller étaient celles de Pierrick.

– On va regarder dans la chambre de mon frère.

Je me suis avancée vers sa porte, facilement reconnaissable au panneau *Chantier interdit* qui y était accroché depuis près de dix ans. Il correspondait en général très bien à l'état de la pièce.

Juste à ce moment-là, la sonnerie de mon portable m'a interrompue dans mon élan. C'était un message de

Mathias qui voulait savoir si j'étais OK pour faire l'impasse sur Belgrade et passer plus de temps à Pristina.

Tout en commençant à répondre, j'ai fait signe à Pénélope d'ouvrir la porte.

– Vas-y, je te suis.

Elle a posé la main sur la poignée. J'avais presque fini de répondre d'accord à Mathias quand un cri horrible m'a vrillé les tympans.

Pénélope était sur le seuil de la chambre de mon frère, les mains sur les joues, comme dans le tableau d'Edvard Munch. D'un coup, j'ai eu très peur pour elle. Quelque chose de terrible venait de se passer, mais quoi ?

– C'est qui cette fille ? a protesté Pierrick. Elle pourrait frapper avant d'entrer.

Je me suis avancée et j'ai vu mon frère qui finissait de nouer une serviette autour de sa taille, trop tard pour Pénélope visiblement, qui avait eu le temps de le voir nu. Elle était sous le choc.

J'ai soufflé, rassurée. Finalement, rien de catastrophique n'était arrivé... même si, vu sa tête, Pénélope semblait penser le contraire.

– C'est juste mon frère, ai-je expliqué pour la tranquilliser. Pierrick, je te présente Pénélope. Pénélope, Pierrick.

– Salut, a répondu Pierrick. La prochaine fois, dis à tes copines que c'est ma chambre. C'est privé.

– Désolée. Je pensais que tu étais à la salle de bains.

– J'en sors.

Tenant sa serviette d'une main pour l'empêcher de glisser, il a toisé Pénélope avant de refermer la porte.

– C’est quand même incroyable, ça ! s’est-elle exclamée en se retournant vers moi, fâchée. Combien as-tu de frères, à la fin ?

– C’est le dernier. Après c’est tout.

– Es-tu sûre ? Je ne vais pas en trouver d’autres dès que j’ouvrirai une porte de ta maison ?

Je me suis abstenue de répondre que je connaissais précisément le nombre de mes frères. Pénélope avait perdu pied, un rien l’inquiétait, je devais la rassurer.

– Tout va bien se passer. Viens dans ma chambre. Tu vas t’asseoir deux minutes le temps que je te trouve des chaussures.

Pénélope m’a suivie, l’air contrariée. Je lui ai promis de revenir rapidement et suis ressortie en fermant soigneusement la porte derrière moi.

Dans sa chambre, Pierrick avait enfilé un tee-shirt et un caleçon.

– Tu l’as trouvée où ? m’a-t-il interrogée. Elle est au lycée ? C’est une nouvelle ?

– Elle vient d’arriver en France. C’est une réfugiée. Tu demanderas à papa de t’expliquer.

– Elle est super bien foutue, a-t-il commenté.

– Tu aurais une paire de baskets à lui prêter ? Pas trop pourries, s’il te plaît.

Pierrick a hésité brièvement et m’a tendu sa paire de baskets presque neuve, celle qu’il avait achetée au début du printemps et qui lui avait coûté la moitié de son argent de poche. C’était sympa de sa part. Était-ce le statut de réfugiée de Pénélope qui l’avait touché, ou sa plastique avantageuse ? Je préférais ne pas le savoir. J'espérais juste que mon frère ne serait pas trop lourd avec elle d'ici son départ.

Quelques minutes plus tard, Pénélope et moi marchions silencieusement vers la pizzeria. Je la sentais tendue. J'ai essayé de me montrer agréable avec elle en m'intéressant à sa situation :

– Quand tu seras en foyer, tu retrouveras sûrement des gens qui viennent du même pays que toi. Après, j'espère que ta demande d'asile sera acceptée et que tu pourras vivre en France.

Elle n'a pas répondu. J'avais vraiment envie de lui remonter le moral.

– Si tu veux, tout à l'heure, on pourra essayer d'appeler tes parents. Ils ont encore le téléphone, malgré la guerre ? Ça fait combien de temps que tu leur as pas donné de nouvelles ?

Mais Pénélope a secoué la tête :

– Je veux rentrer chez moi, je te l'ai déjà dit.

Je n'y comprenais plus rien.

– Tu veux rentrer dans ton pays ?

– Non. En 2187.

CHAPITRE 6

Elle recommençait son délire. Ça devait être une façon de nier la réalité, trop violente, insupportable même. J'avais de la peine pour elle.

– Tu sais bien que c'est trop dangereux, ai-je dit doucement. Il y a la guerre.

Mais Pénélope a secoué la tête, obstinée :

– Je ne viens pas de ces pays dont tu parles. Je viens du présent. Mon présent, donc ton futur.

Elle avait dit ça d'un ton impatient, presque méprisant. Ça m'a agacée.

– Ne recommence pas. C'est n'importe quoi.

Juste à ce moment-là, un groupe de garçons est sorti d'un bar. Ils déconnaient et parlaient fort. Ils sont passés devant nous et ont remarqué Pénélope. Évidemment, ils l'ont sifflée et quelques commentaires salaces ont fusé.

Pénélope n'a pas bougé mais tous ses muscles étaient tendus et elle ne les quittait pas des yeux. On aurait dit qu'elle était prête à leur sauter dessus et à les mordre sauvagement. Heureusement, la situation n'a pas eu le temps de dégénérer. Les garçons s'éloignaient déjà en se marrant.

Pénélope s'est adossée au mur. Elle n'avait pas l'air bien du tout.

– Ça va ? me suis-je inquiétée.

Elle était pâle.

– Je n'arrive plus à respirer.

– Fais comme moi.

J'ai respiré lentement, de façon exagérée, pour l'encourager à se calmer, mais Pénélope paniquait :

– J'étouffe...

C'était une crise d'angoisse. J'avais déjà vu ça avec Yoan un jour où le prof de maths lui avait rendu un 15,5 sur 20 au lieu du 19 habituel.

– Viens, ça va passer. On demandera un verre d'eau à la pizzeria.

– Je vais m'évanouir.

J'ai entraîné rapidement Pénélope. La pizzeria n'était plus très loin, elle pourrait s'y asseoir.

– Ce sont les garçons qui t'ont stressée ?

J'imaginais qu'ils lui avaient sans doute rappelé un groupe de miliciens de son pays et qu'elle avait eu peur. C'était bien compréhensible.

– Ils étaient un peu cons mais pas méchants, ai-je poursuivi. Tu n'avais pas de raison d'avoir peur.

– Je n'ai pas eu peur.

– On dirait pourtant.

– Je n'ai aucun problème avec les hommes, a affirmé Pénélope.

Je n'ai pas insisté. Nous sommes enfin arrivées à la pizzeria. C'était un petit restaurant et ce soir, comme d'habitude, les quelques tables étaient presque toutes occupées. Le père de Mathias était devant son four.

– Bonsoir Giacomo, l'ai-je salué.

Il a fait le tour du comptoir pour me faire une grosse bise. Je le connaissais depuis toute petite. Il était né en France et ne connaissait pas très bien l'Italie, mais il faisait les meilleures pizzas du coin.

– Laisse-moi deviner, a-t-il souri. Trois grandes reine avec supplément jambon et une quatre saisons pour toi.

– Tu peux ajouter une quatrième reine. Pénélope, ça te va, une reine, ou tu préfères autre chose ?

– Comme tu veux, a-t-elle répondu, l'air perdu.

– On a une invitée, ai-je indiqué à Giacomo.

– C'est ce que je vois. Tu es une amie d'Andrea ? Alors je te fais la bise à toi aussi.

Et Giacomo, toujours spontané, a pris Pénélope par les épaules et lui a claqué une bise.

Je craignais le pire. Pénélope n'était pas du genre à apprécier cette familiarité. Je la voyais déjà repousser Giacomo avec un uppercut ou hurler suffisamment fort pour alerter tout le restaurant... Mais Pénélope n'a rien dit. Elle était figée comme une statue.

Giacomo a commencé à préparer nos pizzas.

– Ton amie et toi, vous pouvez monter voir Mathias dans sa chambre en attendant. Il travaille sur votre voyage de cet été. Ton père a changé d'avis ?

– Non, justement. On veut le convaincre en lui montrant notre itinéraire.

– Entre nous, je serais à sa place, je refuserais aussi de te laisser partir. Tu n'as que seize ans.

J'allais répondre que j'étais assez grande pour gérer, quand Giacomo a pris un air étonné.

– Qu'est-ce qu'elle fait, ton amie ? a-t-il demandé.

Je me suis retournée. Pénélope s'était glissée sous une table inoccupée du restaurant. On ne voyait plus que le bout des baskets prêtées par Pierrick. J'ai approché et je me suis penchée. Elle était toute recroquevillée, à l'étroit vu sa grande taille. Elle avait même tiré sur la nappe pour mieux se cacher et les assiettes en équilibre précaire au bord de la table menaçaient de se briser par terre.

Je me suis mise à genoux pour lui parler. Les clients me regardaient, intrigués. J'ai chuchoté à l'intention de Pénélope :

– Sors de là.

– Non.

– Tu ne peux pas rester ici.

– Laisse-moi.

– Tu es angoissée, tu te sens perdue, mais c'est normal. Dans quelques mois, tu seras habituée. Tu auras même des papiers et tu pourras vivre normalement. Et puis tu es mieux ici que dans ton pays, à cause de la guerre...

– Il n'y a aucune guerre chez moi. Mon époque est mille fois mieux que la tienne.

– Je t'ai déjà dit d'arrêter avec ça, ai-je répondu, masquant avec difficulté mon énervement. Les voyages dans le temps n'existent pas.

– Je ne veux pas aller dans ce foyer pour les personnes qui n'ont pas de papiers.

– Je suis sûre que les gens là-bas sont très gentils.

– C'est trop loin d'ici. Jamais mes amies ne me retrouveront si je m'éloigne.

Les amies de Pénélope... Comme dans un flash, je les ai revues, groupées devant le lycée... Leur allure générale, leurs habits, leur façon de ne parler à personne... Quelque chose me troublait. J'avais déjà vu deux fois des groupes de filles de ce genre, et toujours pour quelques minutes à peine... En quoi pouvaient-elles avoir un rapport avec ce camion de clandestins interpellé par la police hier matin ? Mon père avait parlé de quelques réfugiés qui avaient réussi à s'enfuir, pas d'un groupe de quinze filles du même âge, habillées comme pour le carnaval.

J'ai regardé à nouveau Pénélope. Si elle n'était pas une réfugiée politique, qui était-elle ?

À ce moment-là, elle a murmuré quelque chose qui m'a vrillé le cœur.

– Ma mère me manque tellement...

Je me suis tue. À moi aussi, ma mère me manquait. Même si je n'avais que six ans quand elle avait disparu, même si je n'avais pas vraiment de souvenirs d'elle, même si je ne me rappelais plus son visage qu'à travers les photos. Parfois, j'imaginais ce que serait ma vie si elle était encore avec nous... D'un coup, j'ai eu envie de pleurer. Me glisser sous la table avec Pénélope et laisser mes larmes couler.

Je me suis ressaisie. Ma mère n'était plus là et on ne pouvait rien y changer. Est-ce que j'emmerdais les autres avec ça ? Est-ce que je me laissais aller à me lamenter ? Se comporter ainsi, ça voulait dire étouffer sous la peine. Je m'étais toujours refusée à ça. Alors ça a été plus fort que moi, j'ai répondu durement à Pénélope :

– Ta mère est loin. Tu dois apprendre à vivre sans elle.

Pénélope a levé les yeux sur moi. Cette idée avait l'air de lui faire tellement mal... J'avais beau lutter contre tout ce qui pouvait ressembler à du sentimentalisme, je me suis sentie proche d'elle.

Ce qu'elle ressentait, je le ressentais moi aussi. Ce n'était pas la douleur du deuil, celle qu'on éprouve quand quelqu'un est mort. Cette douleur-là est sans issue, la mort est sans appel. Mais pour ma mère, c'était différent.

Elle avait disparu et je savais que si elle n'était jamais revenue, c'était qu'elle n'avait pas pu. Elle m'aimait, forcément, elle ne m'aurait pas abandonnée comme ça, ni moi ni mes frères.

À ce moment-là, dans la région, plusieurs femmes avaient été enlevées. Quatre exactement. Ça s'était passé sur une période de plusieurs mois.

Tout le monde ne parlait que de ça. Les gens étaient inquiets, les femmes hésitaient à sortir seules le soir. Je le savais, j'avais retrouvé des articles sur Internet.

La première victime avait disparu alors qu'elle était partie courir dans la forêt. Un promeneur avait retrouvé le cadavre trois jours plus tard.

La deuxième victime avait disparu alors qu'elle revenait du supermarché. Le coffre de sa voiture était plein de provisions. Son corps avait été retrouvé quelques kilomètres plus loin, sur un terrain vague.

La troisième victime avait disparu un dimanche matin alors que sa famille l'attendait tranquillement à la maison. C'était ma mère.

La quatrième victime avait disparu un soir dans un parking désert. On avait retrouvé son corps rapidement, quelques heures plus tard.

Puis les meurtres avaient cessé. Le tueur n'avait pourtant jamais été identifié. Avait-il changé de région ? Était-il mort ? En prison pour un autre assassinat ? On l'ignorait. La liste de ses crimes présumés s'était arrêtée là.

La seule victime qu'on n'avait jamais retrouvée était ma mère.

J'avais beau savoir que c'était vain de m'accrocher à cet espoir, je ne pouvais pas m'empêcher, parfois, d'imaginer qu'elle rentrait à la maison. Qu'elle n'était pas vraiment morte. Qu'une autre raison l'avait empêchée de revenir avant. C'était absurde, je le savais, mais je ne pouvais pas faire autrement. Cette pensée se faufilait dans ma tête sans prévenir, quand je me levais le matin ou quand j'étais bloquée sur un devoir de maths, n'importe quand. Elle s'insinuait en moi et prenait toute la place. Avant de repartir et de me laisser vide.

Je vivais avec ce petit espoir. Celui que ma mère était vivante quelque part et qu'un jour, elle me serrerait dans ses bras.

Cet espoir si ténu, je venais de le reconnaître dans les yeux de Pénélope. Comme moi, Pénélope savait qu'elle ne reverrait jamais sa mère. Comme moi, elle ne pouvait pas s'empêcher d'espérer.

Si sa mère était de l'autre côté de la Méditerranée, même dans un pays en guerre, elle avait une véritable chance de la revoir un jour, de lui parler, de l'embrasser.

Mais je le voyais, le désespoir de Pénélope était plus fort que ça. Cela voulait dire que sa mère ne se trouvait pas à trois mille kilomètres de là. Non, elle était bien plus loin. Trop loin pour pouvoir croire à des retrouvailles, mais pas tout à fait assez loin pour perdre l'espoir. Et cet espoir, je le reconnaissais, il mesurait exactement la même taille que le mien. Minuscule.

À la souffrance de Pénélope, j'assimilais la mienne. Sans argument logique, sans raison rationnelle. Avec mon cœur. Ça ne tenait pas debout, mais j'étais certaine d'avoir raison. Pénélope disait la vérité. Je la comprenais trop bien pour croire encore qu'elle mentait.

Tout ce qu'elle m'avait dit depuis le début, toute cette histoire invraisemblable, tout était vrai. C'était indéfendable et pourtant j'étais maintenant convaincue que c'était l'exacte réalité.

J'ai chuchoté, surprise moi-même par ce que je disais :

– Je te crois.

– C'est vrai ? s'est-elle étonnée, pleine d'espoir.

– Oui, ai-je répondu.

Et personne n'aurait pu me faire changer d'avis. Je savais que je ne me trompais pas.

– Alors, je t'en supplie, a murmuré Pénélope, ne me laisse pas partir dans ce foyer.

Quand je me suis relevée, Giacomo avait déjà glissé les pizzas dans leurs cartons et attendait en nous observant.

– Ça va ? s'est-il inquiété.

– Oui. Merci pour les pizzas.

– Elles ont commencé à refroidir… Tu veux que je les réchauffe ?

– Non merci.

J'ai payé et pris la pile de cartons encore chauds.

Juste à ce moment-là, Mathias est descendu de l'appartement à l'étage. Je l'avais complètement oublié.

– Tu étais là ? s'est-il étonné. Pourquoi tu me l'as pas dit ?

C'était vrai, d'habitude je montais frapper à la porte de sa chambre dès ma commande passée. Il a jeté un coup d'œil à Pénélope.

– C'est une amie à toi ? a-t-il demandé.

J'ai regardé autour de moi. Les clients de la pizzeria avaient repris leur repas mais certains continuaient de nous observer avec curiosité, et Giacomo était tout près de moi, se demandant pourquoi j'étais devenue muette. Comment présenter Pénélope ? J'ai botté en touche :

– Je peux pas rester.

– Cinq minutes au moins, a insisté Mathias. Pourquoi tu n'as pas répondu à mon message tout à l'heure ? J'ai fait la liste de toutes les auberges de jeunesse de Serbie.

– Les pizzas sont prêtes, on doit rentrer. Je te vois demain.

Et j'ai filé vers la porte sans lui laisser le temps de réagir, Pénélope sur mes talons.

Les pensées se bousculaient dans ma tête. Qu'allais-je dire à mon père en rentrant à la maison ? Qu'il s'était trompé, que Pénélope était bien une sans-papiers, mais une sans-papiers du futur ? Que dans ces conditions, on ne pouvait pas la laisser partir en foyer ? Qu'il fallait l'accueillir chez nous ? C'était irrecevable et je le savais. Dès le lendemain, Pénélope serait forcée de s'en aller et de se débrouiller seule dans un monde qui lui était inconnu.

À moins que... Au lieu de sortir de la pizzeria, je me suis retournée vers Mathias.

– Tu pourrais m'en dire plus sur les demandeurs d'asile ?

J'étais certaine qu'il saurait répondre à toutes mes questions. Ça servait à quelque chose de lire la presse tous les jours.

Quand nous sommes rentrées à la maison, les pizzas étaient complètement froides. Mon père s'était inquiété.

– Qu'est-ce qui vous est arrivé ? Il y a eu un problème ?

– Papa... est-ce que Pénélope pourrait rester ici, avec nous ?

Passé la surprise, mon père a refusé catégoriquement. Il m'a expliqué fermement que ce n'était pas possible, qu'il y avait une procédure à suivre. Pénélope allait s'installer dans un centre d'accueil pour demandeurs d'asile où elle serait bien traitée.

Mais j'avais préparé mon coup. Je me suis tournée vers Pénélope, lui faisant signe que c'était à elle. En sortant de la pizzeria, je lui avais tout expliqué. Si elle voulait rester chez nous, il fallait mentir à mon père. Lui faire croire qu'il avait raison, qu'elle était réfugiée et se sentait très seule loin de chez elle. Mon père serait forcément touché. Là, en principe, il suffirait d'insister juste un peu pour qu'il accepte de l'héberger.

Pas de chance, Pénélope était tétanisée.

– Je viens d'un pays en guerre, a-t-elle murmuré, presque inaudible. C'était terrible, toutes ces bombes... J'entends encore leur bruit assourdissant dans mes oreilles...

C'était le début de ce que je lui avais fait apprendre par cœur. J'ai attendu la suite, en vain. Pénélope est restée muette. On était loin de ce que j'avais imaginé. Elle était censée tenir un discours politique musclé, genre fille d'opposants, pour que mon père n'ait aucun doute sur ses origines.

Tant pis. Après tout, ça collait avec son personnage de réfugiée traumatisée. Je lui ai demandé de monter dans ma chambre pour parler seule à seul avec mon père.

Dès qu'elle nous a laissés, je suis repartie à la charge.

– Elle est complètement perdue, tu vois bien. Les foyers sont débordés, si ça se trouve elle n'aura même pas de place. Elle se retrouvera à la rue et ce sera à cause de toi.

– Premièrement, ce ne sera pas à cause de moi mais à cause de la guerre dans son pays, et deuxièmement, elle est très jeune, elle sera prioritaire, m'a assuré mon père. Sur place, elle sera entourée par des travailleurs sociaux sûrement très attentifs.

– Okay, ai-je argumenté d'un ton moqueur, on va imaginer que tu as raison, que les conditions de vie dans ces foyers sont merveilleuses et que Pénélope sera ravie de s'y installer. Et après ?

– Elle attendra la réponse de l'Ofpra, puis elle aura le statut de réfugiée et un titre de séjour officiel.

– Tu es sûr de ça ? ai-je objecté.

– Certain.

– Donc, d'après toi, dans un an ou à peine plus, Pénélope aura des papiers et tout ira bien.

– Elle pourra même demander la nationalité française au bout de quelques années si elle le souhaite.

Mais je savais grâce à Mathias que ce n'était pas si simple…

– C'est cool, ai-je repris. Rappelle-moi quand même le pourcentage de dossiers rejetés par l'Ofpra chaque année ?

Bingo. Mon père était embarrassé.

– Elle sera considérée comme un mineur isolé, ça va jouer en sa faveur. Dans ces conditions, son dossier a plus de chances d'aboutir que celui d'un adulte.

– Tant mieux. Avec quelle probabilité ?

J'avais posé la question mais je connaissais la réponse.

– Ce n'est pas garanti, c'est sûr… a-t-il répondu.

– 38,5 % de chances d'être reconnue comme réfugiée. Je ne sais pas ce que tu en penses mais moi, je trouve que ça ne pèse pas lourd.

J'ai remercié Mathias en silence pour ces informations précises.

– On ne peut pas accueillir tous les réfugiés du monde, a répondu mon père, mal à l'aise.

Je détestais cette phrase qui servait d'alibi à tous les bien-pensants du pays. J'étais déçue de l'entendre dans la bouche de mon père.

– Et si elle fait partie des 61,5 % de demandeurs d'asile qui sont déboutés ?

– Il n'y a pas de raison que ça arrive. Il lui faudra juste prouver qu'elle a fui son pays par crainte de persécutions à cause de ses opinions politiques, sa religion ou son groupe social.

– Facile, ai-je ironisé. Et si elle échoue ?

– Il sera toujours temps de déposer une demande de régularisation classique.

– Sauf qu'elle sera seule dans son foyer pour faire toutes les démarches.

– Elle aura un tuteur.

– Génial. Encore mieux qu'une famille.

– C'est la procédure, Andrea. Arrête de discuter. On ne peut pas la garder chez nous.

– Bien sûr que si. Rien n'empêche un demandeur d'asile d'être hébergé dans une famille en attendant que son dossier soit traité.

Mon père était agacé. Il aurait préféré avoir une fille moins bien informée, ça se voyait.

– La loi l'autorise, mais moi je ne suis pas d'accord.

– Elle a seize ans. Le même âge que moi. Et tu veux la mettre à la porte de chez nous ?

– J'ai déjà à peine le temps de m'occuper correctement de vous trois, je ne peux pas prendre cette responsabilité en plus.

– Je t'aiderai plus souvent pour les tâches ménagères et je serai plus autonome pour le lycée. Si je travaille plus, je peux même remonter ma moyenne générale.

– C'est quand même incroyable ! s'est énervé mon père. J'ai l'impression de parler à une gamine de sept ans qui veut un chien ! Sauf qu'on ne parle pas d'un animal que tu aurais trouvé dans la rue. On parle d'un être humain. Il ne suffit pas de remplir sa gamelle tous les jours et de le sortir de temps en temps.

– Bref, Pénélope est perdue loin de chez elle et tu refuses de l'aider.

– Tu ne te rends pas compte ! Tu te dis que ça serait sympa mais tu ne réfléchis pas à long terme. Tu serais prête à partager ta chambre et toute ta vie avec une fille que tu connais à peine ?

– Oui. On s'entend bien, je t'assure.

Ça, c'était un raccourci un peu rapide mais l'enjeu en valait la peine. Hélas mon père ne se laissait toujours pas convaincre.

– On ne connaît d'elle ni son passé, ni sa personnalité, ni rien du tout. Sans compter qu'elle est visiblement traumatisée par son histoire et qu'elle a sûrement besoin d'un suivi adapté.

– C'est suffisant pour comprendre que si on la laisse, elle va couler à pic.

– Tu la connais depuis vingt-quatre heures seulement, m'a-t-il rappelé sèchement. Cesse d'insister, ma réponse est non.

Je l'avais poussé à bout, il ne changerait pas d'avis. Demain, il conduirait Pénélope dans un centre d'accueil.

J'ai alors décidé d'utiliser un argument qui ne lui laisserait pas le choix. Ça me répugnait mais je ne pouvais pas le laisser chasser Pénélope de chez nous.

J'ai regardé mon père et j'ai balancé mon Scud.

– Si elle habitait avec nous, elle serait un peu comme ma sœur.

Mon père s'est crispé. Il n'aimait pas m'entendre lui rappeler que j'étais la seule fille de la famille. Mais c'était encore insuffisant. J'ai continué :

– On est pareilles, Pénélope et moi. On n'a plus de mère.

Là, j'avais mis le paquet. Un instant, j'ai eu peur d'être allée trop loin. C'était quand même gros, les violons larmoyants. Forcément, mon père allait voir les ficelles de mon stratagème. Mais non, il marchait à fond, je le sentais. J'avais appuyé juste là où ça faisait mal. Je le voyais chercher désespérément quoi me dire.

– Quand je pense à maman, je suis tellement triste, ai-je ajouté comme un coup de grâce.

J'ai chassé le sentiment de culpabilité qui était en train de m'envahir et n'ai pas lâché. J'ai attendu sa réponse en silence.

– Elle te manque, je sais. À moi aussi, elle me manque.

Sa voix n'était plus aussi assurée. Je n'étais pas fière de lui faire mal comme ça.

– Tu sais, parfois, c'est dur pour moi, ai-je repris. Si maman était toujours là, j'aurais quelqu'un à qui parler.

– Je suis là, m'a-t-il répondu doucement.

– Je sais bien mais… c'est pas pareil.

Il a encaissé. Je me détestais. D'accord, mon père était un homme mais je pouvais quand même lui parler de tout. Qu'il ne soit pas une femme ne changeait rien à ça. Alors en lui mentant ainsi, je me sentais injuste.

– Si Pénélope vivait avec nous en attendant sa régularisation, tu te sentirais mieux ?

– Oui, ai-je simplement répondu.

Ce n'était plus utile d'insister. Mes paroles avaient tapé juste. Mon père ne disait plus rien mais je voyais que cette idée était en train de faire son chemin dans sa tête.

Je n'ai pas bien dormi cette nuit-là. Je savais que mon père ne dormait pas non plus et qu'il pensait à moi.

CHAPITRE 7

Le lendemain matin, je me suis réveillée en sursaut. Pénélope avait trouvé mon smartphone et mis de la musique par erreur. Elle n'arrivait plus à l'éteindre et le secouait, paniquée.

– Désolée, je pensais que c'était un téléphone.

– C'est un téléphone, ai-je répondu en le prenant pour couper les Daft Punk. Vous n'en avez pas, à ton époque ?

– Si, bien sûr. Mais ils ne sont pas comme ça.

J'ai laissé Pénélope à contrecœur. J'aurais préféré passer la journée avec elle, j'avais tellement de questions à lui poser... Une fille qui venait de l'an 2187, c'était extrêmement excitant. La chose la plus incroyable qui me soit arrivée. Non, la chose la plus incroyable qui soit arrivée à n'importe qui sur Terre. Je vivais un truc de fou, absolument fascinant. Je mourais d'envie de savoir à quoi ressemblait son époque.

Hélas, j'allais devoir patienter avant d'assaillir Pénélope avec mes questions. Mon père tenait à ce que j'aille au lycée comme d'habitude. Pour lui, Pénélope n'était qu'une jeune réfugiée arrivée clandestinement en France et il ne pouvait pas comprendre mon exaltation.

Il ne m'avait pas encore fait part de sa décision mais au moins, il n'avait plus parlé de foyer. Pour aujourd'hui, Pénélope avait la consigne de ne pas quitter la maison et d'attendre le retour du reste de la famille.

Avant de partir, je lui ai montré où étaient rangées les briques de lait car pour l'instant, elle ne se nourrissait que de ça. La veille, elle avait refusé de toucher aux pizzas. Mon père avait mis cela sur le compte d'une anxiété bien légitime dans sa situation.

J'ai claqué la porte derrière moi, impatiente que la journée de cours se termine.

En arrivant au lycée, j'ai retrouvé Mathias. Je lui ai fait signe, brûlant de tout lui raconter.

– Mathias ! Tu devineras jamais !

– Ton père a accepté d'accueillir ta copine réfugiée ? a demandé Mathias. Il a laissé tomber son idée de foyer ?

– Encore mieux !

J'arborais un large sourire. Une fille venant du futur, c'était mille fois plus intéressant qu'une réfugiée politique. Mathias serait forcément d'accord avec moi.

– Hier soir, je pouvais pas t'en parler, ai-je poursuivi, il y avait trop de gens qui auraient pu m'entendre. C'est tellement dingue, tu vas halluciner.

– Pénélope t'a raconté comment c'est, dans son pays ? Elle est prête à témoigner ?

Soudain, j'ai eu un doute. Mathias était-il capable de me croire ? « J'ai ramené une fille du futur chez moi », ça sonnait faux. Comment le convaincre que je disais vrai ? J'ai cherché la bonne façon de tourner les mots mais je n'ai pas trouvé. Quelle que soit la formulation que j'imaginais, ça avait l'air ridicule.

Mathias attendait, impatient.

– Alors, qu'est-ce que tu veux me dire ?

J'ai changé d'avis pour m'en tenir à la version officielle :

– Je voulais juste te remercier pour ton aide. Sans tes arguments, je m'en serais pas sortie. Mon père n'a pas encore décidé mais j'espère qu'il sera d'accord pour garder Pénélope avec nous.

Mathias a approuvé d'un hochement de tête satisfait. Il se sentait très concerné par l'histoire de cette fille qui avait franchi des milliers de kilomètres pour vivre libre.

– J'espère que ça marchera. Ça serait mieux pour elle que d'aller en foyer. Les conditions de vie sont difficiles pour les demandeurs d'asile.

– J'imagine.

– Et puis comme ça, elle pourra nous raconter. Enfin, si elle veut. Ses parents sont sûrement des opposants. Peut-être qu'ils ont été mis en prison par le régime en place ou qu'ils sont menacés de mort dans leur pays. C'est dur.

– Pour l'instant, elle ne m'a pas donné de détails. En fait, on ne connaît même pas avec certitude le pays dont elle vient.

– Mais tu m'as dit qu'elle parlait français. Ça devrait être facile de discuter avec elle.

– Oui, mais je crois qu'elle est traumatisée.

– C'est clair, ça doit pas être facile, a-t-il dit en hochant la tête avec empathie. Et toi, comment tu vis ça ?

– C'est comme si ma vie avait changé, depuis qu'elle est là.

En disant ça, au moins, j'étais sincère.

– Je comprends. Tu veux que je vienne chez toi ce soir ? On pourra passer un moment ensemble.

– Je sais pas… Je pense que Pénélope préfère rester tranquille pour l'instant.

– Tu as sûrement raison, a-t-il répondu, un peu déçu. C'est trop tôt. Une autre fois alors.

La sonnerie qui marquait le début des cours m'a permis de sortir de cette situation inconfortable. Je m'en voulais d'avoir menti à Mathias. Je me suis promis de chercher un moyen de lui prouver que Pénélope venait vraiment du futur et de lui en parler à ce moment-là.

Toute la journée, Pénélope a occupé mes pensées. Je n'ai pas saisi grand-chose du cours sur les fonctions linéaires ni de celui sur l'emploi du *present perfect* avec *for* ou *since*. Sur un carnet, je notais mes questions pour Pénélope, et la liste ne cessait de s'allonger. Tous les sujets y passaient, des plus sérieux aux plus futiles. Est-ce que les téléphones portables ont été remplacés par un truc de fou, genre puce électronique implantée dans l'oreille interne ? Avez-vous résolu le problème du réchauffement planétaire ? Qu'est-ce que tu étudies au lycée ? L'humanité s'est-elle installée dans d'autres systèmes solaires ? Comment vous vous habillez ? Est-ce qu'il y a des robots androïdes ? Tes profs sont-ils sympas ? Y a-t-il encore des guerres ? Les gens se déplacent-ils en fusée individuelle ?

Je ne me suis intéressée au cours qu'en dernière heure, pour l'histoire-géo. Ironie des programmes de l'Éducation nationale, on était justement en pleine étude du Moyen Âge, et Neuville, le prof, nous expliquait à quel point l'humanité avait progressé depuis cette époque.

J'ai levé la main :

– Peut-être pas. Peut-être que nous vivons toujours au Moyen Âge.

– Que voulez-vous dire par là, Andrea ?

J'étais bonne en histoire-géo, c'était même ma matière préférée. Je participais en cours et j'aimais débattre et argumenter. Le prof me connaissait bien et attendait la suite de mon commentaire. Mais bien sûr, je ne pouvais pas lui en dire plus.

– C'était juste une remarque, ai-je conclu.

Le prof m'a regardée, moqueur.

– La prochaine fois que vous prenez la parole, merci de veiller à ce que votre remarque soit constructive.

Évidemment. Il ne pouvait pas savoir.

En rentrant à la maison, je bouillais d'impatience. Pénélope était assise dans la cuisine, un verre de lait à la main. Voilà une nouvelle question à ajouter à ma liste : Est-ce que, dans le futur, le lait est votre principale nourriture ?

Ça m'a donné faim. Il faut dire que ce midi à la cantine, c'était dégueulasse, comme d'habitude. J'ai attrapé un paquet de palmiers dans le placard.

J'ai commencé à les engloutir tout en hésitant sur la première question à poser à Pénélope, quand j'ai remarqué qu'elle me regardait avec envie.

– Tu en veux ? ai-je demandé la bouche pleine, crachant quelques miettes sur mon carnet où je comptais noter les réponses de la fille du futur.

– Qu'est-ce que c'est ? s'est-elle méfiée.

– Des palmiers.

– C'est cuisiné avec quoi ?

J'ai lu la composition sur l'emballage :

– Farine de blé, sucre, huiles végétales, eau, sel, je te passe la suite.

– Quelle suite ?

– Mono- et diglycérides d'acides gras, correcteur d'acidité, béta-carotène, dextrose de blé.

– De quoi s'agit-il ?

– Aucune idée.

– Tu manges quelque chose sans savoir ce que c'est ? s'est exclamée Pénélope, interloquée.

– Bien obligée. Je ne vais pas faire des études d'agroalimentaire avant de manger un paquet de gâteaux.

Je suis allée ouvrir le frigo pour me servir un verre d'Orangina. J'ai aussi fouiné pour trouver un liégeois chocolat. Je commençais à me sentir frustrée quand heureusement, j'ai dégotté un dernier pot, en bas au fond, derrière les Laitière vanille.

Quand je suis retournée m'asseoir face à Pénélope, le paquet de palmiers était vide. Pénélope avait un air coupable et quelques miettes au coin des lèvres. J'ai souri :

– Je croyais qu'il ne fallait pas manger ces cochonneries dont on ne connaît pas les ingrédients ?

– Si tu savais comme j'avais faim depuis que je suis arrivée à ton époque ! a-t-elle soupiré.

Je pouvais déjà cocher la réponse à une des questions de mon carnet. Non, les gens du futur ne se nourrissaient pas que de lait.

– Ça t'a plu ?

– Ce n'était pas si mauvais, a-t-elle avoué à contrecœur.

– J'ai tout un tas d'autres gâteaux si tu veux.

– Avec toujours des ingrédients bizarres dedans ?

– Plein.

Pénélope n'a pas hésité longtemps :

– Je veux bien goûter.

Je lui ai préparé une assiette dégustation avec le meilleur de notre placard. Des gâteaux à la fraise qui faisaient un clin d'œil, des génoises vanille nappées de chocolat, des sablés à l'huile de palme, des gaufrettes arôme noisette garanties sans noisettes... Tout ce que mon époque pouvait offrir de mieux en provenance du rayon goûter.

Pénélope a testé du bout des lèvres, a apprécié et a entrepris de dévorer tout ce qu'elle avait devant elle.

– Reste-t-il du lait ? a-t-elle demandé la bouche pleine.

– Tant que tu veux. Cela dit, lui aussi doit être bourré de saloperies. Je crois qu'ils rajoutent des vitamines industrielles et il y a aussi le reste des antibiotiques qu'on donne aux vaches.

Pénélope a regardé le lait que je versais dans son verre avec un dégoût soudain. Elle a lorgné vers mon Orangina.

– Puis-je boire la même chose que toi ? Est-ce du jus d'orange ?

– C'était sans doute du jus d'orange, mais alors il y a très longtemps.

Je lui en ai servi un verre. Elle a goûté et fait la grimace.

– Ça pique.

– Oui. C'est bon, hein ?

Pénélope a hoché la tête et pris une autre gorgée. J'ai souri. Le Moyen Âge n'avait pas que des défauts.

– Il faut que je te fasse goûter des chips. Tu vas adorer.

Je cherchais si nous avions un paquet de chips en stock quand j'ai entendu des coups assez forts portés contre la porte d'entrée. J'ai regardé à travers le rideau de la fenêtre. À un mètre de moi, sur le perron, se tenait Lionel Leval.

Merde.

Qu'est-ce qu'il faisait là ?

Je connaissais assez bien Lionel. Quand ma mère avait disparu, il avait participé activement aux recherches. Je n'avais pas de souvenirs de ça mais, par la suite, il était venu régulièrement à la maison. Et puis ses visites s'étaient espacées. J'avais le sentiment qu'il n'était plus trop ami avec mon père.

– Monte dans ma chambre, ai-je soufflé à Pénélope.

J'ai attendu qu'elle disparaisse dans les escaliers et j'ai ouvert la porte. Lionel avait encore des contusions sur le visage et trois points de suture près de l'œil.

– Mon père n'est pas là.

– C'est toi que je viens voir, a-t-il répondu. Je peux entrer ?

Je n'avais pas le choix. Je me suis effacée pour le laisser pénétrer dans le séjour.

– Ça fait longtemps que je ne suis pas venu chez toi. Tu as grandi.

Il regardait tout autour de lui. Je ne me sentais pas à l'aise.

– Tu as entendu parler de ce qui m'est arrivé devant le lycée ? a-t-il poursuivi.

Je n'allais pas mentir. En classe, tout le monde ne parlait que de ça aujourd'hui encore.

– Oui.

– Tu sais peut-être quelque chose sur ces deux filles ?

– Non.

– La fille qui m'a frappé était très grande. Mais il paraît que sa copine était plus petite. Un peu comme toi.

Lionel Leval me soupçonnait-il ? Pourquoi ? J'étais pourtant certaine qu'il ne m'avait pas vue... J'ai essayé de cacher mon malaise.

– Possible. Je suis pas au courant.

– On se connaît depuis que tu es gamine. Tu me le dirais si tu avais une info ?

– Bien sûr, ai-je menti.

Lionel tournait dans le salon. Il a pris le vide-poche en pâte à sel que j'avais fabriqué en maternelle, puis l'a reposé sur la cheminée. Il s'est arrêté pour regarder nos photos de vacances sur le pêle-mêle. Cela me laissait une impression désagréable, celle d'une intrusion.

– Il se trouve que j'ai parlé à ton père aujourd'hui. Il n'a pas l'air très motivé pour enquêter sur mon affaire. Il a même essayé de me convaincre de ne pas donner suite. Il ne m'a pas dit pourquoi. Alors j'ai pensé que ça avait peut-être un rapport avec toi.

Je me suis efforcée de ne pas avoir l'air troublée.

– Pourquoi ?

– À toi de me le dire.

– Vous ne croyez quand même pas que je suis complice de votre agression ?

– Je ne sais pas. Peut-être que si. Ça peut arriver à tout le monde de faire une bêtise.

– Sauf que je n'ai rien fait.

– Alors pourquoi ton père cherche-t-il à étouffer l'affaire ?

– Vous devriez lui poser la question directement.

– S'il agit ainsi pour te protéger, toi ou une copine, je n'hésiterai pas à te dénoncer, et lui avec. Il a beau être plus gradé que moi, je m'en fous.

– Vous faites comme vous voulez. Je n'ai rien à me reprocher.

– Je voulais que tu le saches quand même.

– Vous avez autre chose à me dire ?

– Si tu as peur d'avoir des emmerdes, il est encore temps de me dire la vérité.

Lionel m'a regardée avec insistance. Je ne me suis pas laissé désarçonner.

– Je vous l'ai déjà dit. J'ai rien à voir avec ça.

Au même moment, j'ai vu Lionel tourner la tête. J'ai regardé moi aussi vers l'escalier.

Pénélope était là.

Elle n'aurait jamais dû sortir de ma chambre. Lionel pouvait-il la reconnaître malgré sa métamorphose en top-modèle ?

– Tout va bien ? a demandé Pénélope en fixant un regard froid sur Lionel.

J'ai eu l'impression très nette qu'un simple mot de ma part et Pénélope cassait la gueule à Lionel, pour de bon cette fois.

Lionel devait avoir le même sentiment car il ne détachait plus les yeux de Pénélope, tendu. Je sentais arriver les emmerdes. Une clandestine et un flic, ça n'allait pas coller. Tant pis, je n'avais pas le choix.

– C'est une réfugiée, ai-je menti. On va l'aider à déposer son dossier de demande d'asile politique. Maintenant, si vous n'avez pas d'autres questions, ça serait bien que vous partiez. J'ai beaucoup de devoirs.

Lionel n'a pas répondu. Il se contentait de dévisager Pénélope. Je me suis dirigée vers l'entrée et j'ai rouvert la porte pour lui faire comprendre qu'il devait s'en aller.

– Je dirai à mon père que vous êtes passé.

Avant de partir, Lionel a jeté un dernier regard à Pénélope. Il était visiblement en proie au doute.

La porte refermée, j'ai chuchoté à Pénélope, pleine de reproches :

– Je t'avais dit de rester dans ma chambre !

– J'ai eu peur que tu ne sois en danger.

– En danger de quoi ? C'est un collègue de mon père, il est flic. Que voulais-tu qu'il me fasse ? Qu'il sorte un couteau de sa poche et qu'il me le plante dans le ventre ?

– Je ne sais pas… Il avait l'air dangereux, c'est tout.

– Tu dois arrêter de croire que tout le monde est dangereux à mon époque.

– C'est un peu difficile pour moi de m'y retrouver. Je n'ai plus mes repères.

J'ai soupiré.

– Maintenant, s'il t'a reconnue, on est mal.

– Il ne m'a pas reconnue.

– Comment tu peux en être sûre ? Il te dévisageait avec beaucoup d'attention.

– C'est vrai, il était troublé, mais j'ai vu dans ses yeux qu'il ne comprenait pas pourquoi.

– J'espère que tu as raison.

La visite de Lionel me laissait une pénible impression. En demandant à mon père d'accueillir Pénélope à la maison, je lui faisais prendre des risques. J'avais peur d'avoir fait une erreur en introduisant cette fille du futur dans notre famille…

Une chose était sûre en tout cas. Elle ne pouvait pas vivre chez nous indéfiniment. Je réussirais sans mal à faire croire à tout le monde que Pénélope était une réfugiée mais ce n'était qu'une solution à court terme. D'ailleurs, elle-même ne souhaitait qu'une chose, repartir à son époque. Cela devait donc être ma priorité. Il ne restait plus qu'à trouver comment s'y prendre.

CHAPITRE 8

– Maintenant, tu dois me dire comment tu as voyagé jusqu'à mon époque.

Assise face à Pénélope, j'étais décidée à obtenir une réponse.

– Nous en avons déjà discuté. Je ne peux pas te livrer ce secret.

– Comment tu veux que je t'aide à rentrer chez toi si tu ne me dis pas comment tu es arrivée jusqu'ici ? Si ta machine à remonter le temps est en panne, je pourrai trouver un technicien pour la réparer…

– N'as-tu pas de mémoire ? Je te l'ai dit, nous n'utilisons pas de machine pour remonter le temps.

– Si tu n'es pas coincée ici à cause d'une machine en panne, qu'est-ce qui te manque pour repartir chez toi ?

– Ma professeure d'histoire.

– C'est la femme qui vous accompagnait ? La blonde plus âgée ?

– Oui. Pour rentrer chez moi, j'ai absolument besoin de son aide.

J'ai essayé d'assembler les pièces du puzzle.

– Tes amies et toi, vous êtes venues visiter le passé, c'est ça ?

– Oui. C'est obligatoire pour avoir le brevet.

– Tu veux dire le bac.

– C'est la même chose, a-t-elle répondu.

– Pas vraiment. Le brevet, c'est à la fin du collège, le baccalauréat, c'est à la fin du lycée.

– Nous ne passons pas d'examen à la fin du collège. Nous passons seulement le BAC au lycée. Brevet d'Aptitude Civique. Que signifie le terme « baccalauréat » ?

Je comprenais mieux. J'avais trouvé bizarre que le bac porte toujours le même nom dans le futur.

– Le baccalauréat est un diplôme du Moyen Âge. Parlons plutôt de ton Brevet d'Aptitude Civique. Pour l'épreuve d'histoire, il y a des groupes d'élèves qui viennent régulièrement ici avec leur prof ?

– Les professeurs d'histoire ne choisissent pas tous 2019, mais c'est une année qu'ils trouvent souvent intéressante.

– Pourquoi ?

Pénélope a semblé ennuyée, comme si elle venait de me confier malgré elle quelque chose d'important.

– Si je te livre des informations sur ton futur, a-t-elle répondu, cela peut créer des aberrations dans la continuité temporelle.

– Ça va, tu peux quand même répondre à mes questions sans que ça change le cours de l'histoire.

– Si je t'en dis trop, j'aurai une note éliminatoire pour le BAC et je ne pourrai jamais continuer mes études.

– Pénélope, je te rappelle que tu es bloquée ici. Ton BAC, tu ne le passeras jamais si tu ne m'aides pas.

Pénélope a piteusement baissé la tête.

– Tu as raison.

– J'essaie juste de comprendre comment faire pour t'aider.

– Ma seule chance serait de retrouver ma professeure d'histoire, ou n'importe quelle autre professeur d'histoire de mon époque.

– OK. Pour ça, j'ai besoin de savoir quelle probabilité on a de tomber sur un groupe d'élèves en train de passer le BAC ici et maintenant. Alors réponds à ma question : Êtes-vous nombreux à venir en 2019 ?

– Ton année est souvent choisie par les professeurs car c'est une année charnière.

– Je ne vois pas pourquoi. 2019 n'a rien de spécial.

– Si. Elle est considérée comme la dernière année du Moyen Âge.

– Et après le Moyen Âge, c'est quoi ?

– La Renaissance.

– Vous n'avez pas été très originaux pour choisir le nom de vos époques. Ce sont exactement les mêmes que les nôtres, avec juste quelques siècles de retard. Et à la Renaissance, il va se passer quoi ?

– Votre vie va commencer à s'améliorer.

– Il va y avoir de grandes découvertes, ça va être une période d'explorations ?

Cette idée m'intéressait beaucoup. Je trouvais passionnante la perspective de vivre une époque fondamentale de l'histoire, exactement comme aux XVe et XVIe siècles, quand il y avait eu plein de découvertes scientifiques, quand Christophe Colomb et Magellan étaient partis vers l'inconnu… Mais Pénélope a hésité avant de me répondre. Elle était de nouveau embarrassée. J'ai insisté :

– Explique-moi. On va découvrir plein de nouveaux trucs, c'est ça ?

– En quelque sorte. En tout cas, il va y avoir des changements.

– Si je te demande quels changements, je suppose que tu vas refuser de me répondre.

– Je suis désolée.

J'ai fait abstraction de ma frustration, avec l'intention d'y revenir plus tard.

– Ce qui compte, ai-je repris, c'est qu'on puisse trouver un prof de ton époque. Et d'après ce que tu me dis, c'est tout à fait possible parce que nous sommes à une époque importante de l'histoire et qu'elle est souvent visitée par tes contemporains.

– Oui.

– Et pour l'endroit où on peut les croiser, tu as une idée ?

– Cela peut être n'importe où. Pour le BAC, nous devons juste avoir un aperçu de votre vie quotidienne.

– Devant le lycée par exemple, ou en centre-ville.

– Oui. Quand nous voyageons dans le temps, nous ne voyageons pas dans l'espace. Nous restons exactement où nous sommes.

– Donc toi, tu es partie d'ici ? Tu vis dans la même ville que moi ?

– Je suis née et j'ai grandi ici.

Je suis demeurée rêveuse un instant… Sur ce point au moins, nous étions un peu pareilles, Pénélope et moi. Deux filles nées au même endroit, avec un siècle et demi d'écart.

– J'imagine que ça a énormément changé…

– Oui et non. Ça dépend pour quoi.

J'aurais aimé qu'elle m'en dise plus mais je savais qu'elle n'en ferait rien. Je me suis concentrée sur la façon de l'aider.

– Pour résumer, nous allons devoir attendre que des élèves de ton époque viennent visiter la mienne juste à l'endroit où nous sommes. Ils resteront combien de temps, tu dis ?

– Trois minutes.

– C'est vraiment court. Il va nous falloir une sacrée chance pour tomber sur eux.

– C'est vrai, la probabilité est infime, s'est découragée Pénélope. Nous n'y arriverons jamais…

– Pourquoi pas ? ai-je répliqué. J'ai déjà vu des groupes d'élèves de ton époque.

Pénélope m'a dévisagée, abasourdie.

– C'est impossible. Quand nous voyageons dans le passé, nous faisons toujours scrupuleusement attention à ne pas nous faire remarquer. Tu as bien vu, nous nous habillons comme vous, nous veillons même à avoir l'air sales et en mauvaise santé...

– Quand tu rentreras chez toi, il faudra que tu leur dises un truc : c'est raté. Il ne suffit pas de mettre un jean pour passer inaperçu.

– Bien sûr que si. Vous, les jeunes du Moyen Âge tardif, vous ne portez que ça.

– D'abord, c'est faux. On porte aussi des leggings. Ensuite, il y a jean et jean. Il y a les slim, les bootcut, les skinny, les coupes droites, les flare... Quant aux pattes d'éléphant, c'est hors catégorie.

– Tu veux dire qu'il y a différents modèles selon les castes ?

– Quelles castes ? Non, tu choisis ton jean selon la mode et aussi selon ton âge. Les vieux ne mettent pas les mêmes jeans que les jeunes. Enfin, parfois si, mais quand les vieux commencent à mettre les mêmes modèles que les jeunes, les jeunes changent de mode.

– C'est bien ce que je dis. Vous vous habillez selon votre groupe social.

– Oui, bon, en quelque sorte. Mais les jeans ne sont pas votre seule erreur. Dans ta classe, vous étiez au moins cinq à porter le même sweat ridicule avec un papillon en strass dans le dos.

– C'est un authentique vestige médiéval. C'est George qui l'a acheté.

– Qui ça ?

– George, ma professeure d'histoire.

– Il faudrait savoir, c'est un homme ou une femme ?

– Une femme.

– George est un prénom masculin.

– Pas chez nous. C'est la meilleure professeure d'histoire de mon lycée. Elle est agrégée. C'est un diplôme très rare, très difficile à obtenir. C'est elle qui a acheté mes vêtements lors d'une de ses expéditions à ton époque. Elle a pris un lot de gilets à capuche avec le papillon. J'étais très contente d'en avoir un pour venir ici incognito.

– Alors il faudra que tu expliques à George qu'on a l'air d'être habillés tous pareil mais qu'en réalité, il n'y a pas deux personnes qui mettent le même vêtement dans une même classe.

– Pourquoi ?

– Parce que ça ne se fait pas.

– C'est très étonnant, a réfléchi Pénélope. Le *Guide du comportement médiéval* ne spécifie pas tout ça.

– Le quoi ?

– Le *Guide du comportement médiéval*. C'est un document détaillé élaboré par une ethnologue très connue. Nous l'étudions avant de venir à ton époque.

– Eh bien ton ethnologue est nulle. Elle devrait passer plus de temps à mon époque pour écrire moins de conneries dans son guide.

– Qu'imagines-tu ? a répondu Pénélope, l'air agacée. Que c'est facile de rester des journées entières dans une période aussi sombre de l'histoire ? Les spécialistes ne peuvent pas se permettre de prendre un tel risque ! C'est trop dangereux ! Leur conscience professionnelle et leur esprit d'aventure leur donnent le courage d'effectuer ces séjours au Moyen Âge, mais jamais trop longtemps et toujours en gardant leurs distances avec les médiévaux !

– Résultat, vos spécialistes font du travail de merde. Tu pourras mettre ton bouquin à la poubelle en rentrant chez toi. C'est n'importe quoi. Et pas seulement à propos des jeans ou des sweats. Vous êtes trop sales. On est peut-être au Moyen Âge mais on se lave quand même.

– Pas du tout, a rétorqué Pénélope avec aplomb. Vous avez des poux et vous mettez du parfum au lieu de vous laver.

– Les enfants ont parfois des poux, c'est vrai, mais on leur fait des shampoings spéciaux.

– Chez nous, personne n'a de poux ! Enfin, pas souvent.

– Et vous faites quoi quand un gamin en a ?

– Nous avons des shampoings spéciaux, a avoué Pénélope.

– Tu vois bien, on n'est pas plus sales que vous. Quant au parfum pour cacher quand ça pue, tu confonds avec Louis XIV. C'était il y a trois siècles.

– Ça veut dire qu'en réalité, nous étions très mal déguisées pour ton époque ?

– Oui.

– Alors nous avons été repérées ? a paniqué Pénélope. D'autres gens que toi nous ont vues ? Nous, ou une autre classe auparavant ?

– Franchement, je ne pense pas. Les gens passent sans faire attention. Moi, je vous avais remarquées avant, mais j'étais loin de penser qu'il s'agissait d'un voyage scolaire en provenance du futur.

– Es-tu sûre ?

– Arrête de t'inquiéter pour ça. Au contraire, c'est une bonne nouvelle pour toi. Puisque j'ai déjà vu des gens de ton époque, il y a toutes les chances pour qu'on les remarque à nouveau.

– Donc tu penses que la probabilité pour que je rencontre un groupe de mon époque n'est pas si faible...

– Exactement.

Pénélope semblait reprendre vie à mesure qu'elle retrouvait l'espoir :

– Ça ne sera pas les filles de ma classe ni forcément ma professeure, mais ça sera quand même une personne agrégée, compétente en voyage temporel. Je n'aurai alors plus qu'à courir pour lui dire que je suis coincée ici... Elle m'emmènera avec elle et je rentrerai chez moi !

Pénélope avait de nouveau le sourire et je dois dire que je la comprenais. Évidemment, je trouvais qu'elle exagérait à toujours qualifier mon époque de médiévale, sale et dangereuse. Mais j'avoue que si j'étais perdue cent cinquante ans avant ma date de naissance, je n'en mènerais pas large.

Maintenant, il ne restait plus qu'à espérer que j'avais raison. J'avais vu des groupes d'élèves du futur à deux reprises avant Pénélope. Une première fois en juin dernier, près de la gare. Une deuxième fois cet automne, devant le Monoprix. Ça nous faisait donc une moyenne de deux fois par an. À ce rythme-là, Pénélope risquait de squatter ma chambre quelque temps, mais nous pouvions augmenter la probabilité de rencontrer des gens du futur en passant davantage de temps dehors.

Deux heures plus tard, mon père est rentré à la maison. Pénélope était sous la douche, nous étions seuls dans le salon. Je m'apprêtais à le relancer sur mon idée d'accueillir notre réfugiée à la maison mais il m'a arrêtée d'un geste :

– J'ai passé du temps à éplucher le fichier des jeunes fugueurs. Aucun signalement ne correspond à Pénélope. Je crois que c'est clair, elle n'a pas menti, elle est bien une réfugiée. Alors j'ai décidé de ne pas perdre de temps. Je suis allé à la préfecture et j'ai signalé la présence de Pénélope chez nous. J'ai son dossier de demande d'asile, il n'y a plus qu'à le remplir.

Il m'a montré une liasse de documents.

– Tu avais raison, a-t-il ajouté. On ne peut pas laisser cette jeune fille se débrouiller seule.

Je n'étais pas étonnée, au fond j'étais sûre qu'il prendrait cette décision. C'était juste allé plus vite que je ne le pensais. J'aurais dû être ravie mais j'ai repensé à Lionel. Ça me préoccupait.

– Papa... Il faut que je te parle.

Je lui ai raconté la visite de son collègue. Il n'a pas semblé tellement surpris.

– Ce que Lionel t'a dit est exact. Je n'ai pas réussi à le convaincre de laisser tomber l'enquête sur son agression. Est-ce qu'il a vu Pénélope ?

– Oui.

– C'est une mauvaise nouvelle, a répondu mon père, contrarié.

– Mais on pense toutes les deux qu'il ne l'a pas reconnue. Elle est très différente maintenant, depuis sa douche. Tu as bien vu. Le jour de l'agression, elle portait des lunettes, elle était coiffée autrement, et puis elle était vraiment sale parce que... parce qu'elle avait passé plusieurs jours dans ce camion avec les autres réfugiés.

– J'espère que vous avez raison et qu'il n'a pas fait le rapprochement. Sinon, on peut oublier tout de suite sa demande d'asile, elle n'aura aucune chance d'aboutir.

Mon père était soucieux maintenant.

– J'aurais peut-être dû mentir, ne pas lui dire qu'elle est réfugiée...

– Non. Maintenant que j'ai déclaré sa présence sur le territoire, Pénélope a le droit d'y rester jusqu'à ce que sa demande soit étudiée. C'est légal et elle peut tout à fait vivre chez nous pendant cette période.

– J'espère que tu n'auras pas d'ennuis à cause de Lionel. S'il réalise que c'est Pénélope qui lui a cassé la gueule devant le lycée et que tu es au courant, ça va être un problème. Tu veux changer d'avis, peut-être ?

Il m'a renvoyé la question.

– Et toi ?

C'était sans doute risqué d'héberger Pénélope, mais je n'imaginais pas faire autrement.

– On ne peut pas l'abandonner, ai-je répondu. Elle ne s'en sortirait pas.

– Tu estimes qu'on doit la garder chez nous ?

– Oui.

Mon père m'a souri.

– Moi aussi. En accueillant Pénélope, on se montre humains, tout simplement. Même si on la connaît à peine, je sais ce que j'ai vu. C'est une gamine de seize ans et elle a besoin d'aide.

Je me suis sentie soulagée. Mon père était bien tel que je le pensais. Généreux.

– Papa...

Je me suis mordu la lèvre. Je n'aimais pas lui mentir. Enfin, parfois ça ne me dérangeait pas, mais là c'était trop important. J'avais envie de tout lui dire. Pénélope ne venait pas d'un pays en guerre mais d'une autre époque. Il l'accueillait dans sa maison, il avait le droit de savoir.

J'ai cherché les mots, comme je l'avais fait quand j'avais été sur le point de tout révéler à Mathias... Comment être convaincante ? Comment faire accepter une réalité aussi incroyable ?

– Tu veux me dire quelque chose ? a-t-il demandé.

Il me regardait à travers ses lunettes de travers. J'aimais bien son regard comme ça. Doux.

C'est là que j'ai pris ma décision. Peu importait qui était vraiment Pénélope. Mon père avait un cœur d'or et il était prêt à aider une ado perdue loin de chez elle. Le reste ne comptait pas vraiment. Et puis, si tout allait bien, Pénélope ne resterait pas à la maison trop longtemps.

– Non, rien, ai-je répondu.

– Andrea... tu as bien fait d'amener Pénélope chez nous.

– Même si on a des emmerdes à cause d'elle ?

– Parfois, c'est de cette façon qu'on avance dans la vie. En se créant des ennuis et en les surmontant.

– J'espère...

– J'en suis sûr. Andrea ?

– Oui ?

– Je suis fier de toi.

C'était peut-être idiot, mais je me suis sentie bien.

Mon père avait également inscrit Pénélope au lycée. Il tenait à ce qu'elle soit scolarisée, arguant que l'école est un droit pour tous les enfants résidant sur le territoire national, quels que soient leur nationalité, leur statut migratoire ou leur parcours antérieur. Le proviseur avait vaguement protesté mais mon père ne lui avait pas laissé le choix. C'était la loi. Mon père avait même demandé à ce que Pénélope soit placée dans ma classe pour faciliter son adaptation. Cela faisait partie des avantages d'être commandant de police.

– Au lycée, tu peux dire la vérité, m'a expliqué mon père. Pénélope est une réfugiée en attente de régularisation. Ce n'est pas un problème.

J'ai acquiescé.

C'était donc fait, Pénélope Filledejane vivait désormais avec nous. Dès lundi, elle commencerait le lycée, comme une fille d'aujourd'hui.

CHAPITRE 9

Ce samedi s'annonçait chargé. Il fallait préparer Pénélope pour sa rentrée au lycée, lundi. La matinée était déjà bien avancée mais elle dormait encore profondément sur le matelas déplié par terre. Je suis allée prendre ma douche sans la réveiller.

Quand je suis revenue, Pénélope dormait toujours. Je l'ai secouée.

– Laisse-moi tranquille, a-t-elle marmonné en se retournant.

– Réveille-toi.

– Je n'ai pas envie...

– Tu vas quand même pas dormir jusqu'à midi, ai-je insisté.

– Tu parles comme ma mère, a bougonné Pénélope en rabattant le drap sur elle.

– Je croyais qu'elle te manquait.

– Pas pour tout.

– Habille-toi. On est parties dans dix minutes.

J'ai branché le sèche-cheveux et je l'ai allumé pour terminer de me préparer. D'un coup, Pénélope a émergé de sous la couette.

– Qu'est-ce que c'est ? a-t-elle lancé, les yeux écarquillés.

– Un sèche-cheveux, ai-je crié pour couvrir le bruit de l'appareil.

– C'est merveilleux !

Et elle m'a arraché le sèche-cheveux des mains, dirigeant le souffle d'air chaud sur sa main, ravie.

– Il n'y en a pas à ton époque ?

– Si, mais on appelle ça autrement. Je peux l'avoir ?

– Si tu veux. J'avais presque fini.

Elle s'amusait maintenant à allumer et éteindre l'appareil, l'air satisfait.

– Je voulais dire, peux-tu me le donner vraiment ?

– Pourquoi tu veux que je t'offre mon sèche-cheveux ?

– J'aimerais le garder. Avec un sac aussi pour le ranger.

J'ai haussé les épaules.

– Si ça peut te faire plaisir.

Je lui ai déniché un vieux sac à dos. Elle a placé soigneusement le sèche-cheveux dedans.

– Allez, dépêche-toi. Mon frère nous attend.

Une minute plus tard, Pénélope était habillée et mettait le sac sur son dos.

– Tu veux emporter le sèche-cheveux ? me suis-je étonnée.

– Oui.

– Ça ne sert à rien pour aller faire des courses.

– Je l'emmène quand même. On ne sait jamais.

Pénélope avait l'air décidée. J'ai eu l'impression que si quelqu'un essayait de lui prendre le sèche-cheveux, il s'exposerait à de gros ennuis. Je n'ai pas insisté.

Pierrick avait proposé de nous emmener au centre commercial avant de filer à son entraînement de boxe thaïe. Il avait son permis depuis quelques jours seulement et ne ratait pas une occasion de frimer au volant. Je le soupçonnais aussi de vouloir passer plus de temps près de Pénélope. Le premier centre d'intérêt de mon frère était bien la boxe thaïe, mais le deuxième, c'était les filles.

Sur la route, Pénélope n'a pas décollé le nez de la vitre, le sac à dos posé sur ses genoux. Elle regardait autour de nous, bouche bée. Pierrick a jeté un coup d'œil dans le rétroviseur.

– Ici, tu es en sécurité, a-t-il dit avec le ton du mâle protecteur. La guerre est loin maintenant.

Mais Pénélope n'a pas répondu, subjuguée par le spectacle qui s'offrait à ses yeux. Pour moi, ce n'était qu'une scène de la vie quotidienne, avec du monde dans les rues et des bouchons sur la route. Pour elle, c'était fascinant.

Pierrick s'est garé et est aussitôt descendu pour ouvrir galamment la portière à Pénélope. Il en a profité pour faire rouler ses biceps juste sous ses yeux. Elle l'a regardé faire, plutôt interloquée.

– À tout à l'heure, a-t-il dit. Passez-moi un texto quand vous voulez que je revienne vous chercher.

Il est reparti au volant de la voiture en faisant rugir le moteur, même si c'était plutôt ridicule vu qu'il s'agissait d'une vieille Twingo. Perplexe, Pénélope l'a suivi du regard tandis qu'il s'éloignait.

– Pourquoi ton frère a-t-il cru que je ne savais pas ouvrir la porte de cette voiture ? m'a-t-elle interrogée. C'est facile pourtant, il suffit de tirer sur le levier.

– Pierrick est à fond sur la galanterie.

– La ga... quoi ?

– La galanterie. Quand un mec est galant avec une fille.

– Je ne comprends pas.

– C'est un truc du Moyen Âge. Les hommes sont prévenants avec les femmes, un peu comme si elles étaient des choses précieuses et fragiles. En principe c'est dépassé, mais mon frère trouve ça cool.

J'ai vu que Pénélope ne comprenait toujours pas. J'ai laissé tomber.

Je voulais savoir ce qui la surprenait le plus à mon époque, galanterie mise à part. Était-ce nos voitures, qui devaient lui sembler lentes et archaïques ? L'autoroute, qui pour elle ressemblait sûrement à un chemin médiéval ? Les enseignes des boutiques, qui ne flottaient pas dans l'air comme dans *Le Cinquième Élément* ? L'absence totale de robots androïdes ?

Mais j'ai dû tirer rapidement Pénélope de la situation dans laquelle elle venait de se mettre : elle s'était arrêtée au milieu des portes automatiques, gênant le passage, bousculée sans ménagement et s'attirant les remarques désagréables de la foule. Le samedi, c'était toujours la cohue. Elle se laissait malmener sans y prendre garde, le sac contenant le sèche-cheveux bien serré dans ses bras.

– C'est incroyable ! s'est-elle exclamée.

– Ici, c'est un vieux centre commercial. C'est pas étonnant si, pour toi, il fait Moyen Âge. Mais ailleurs, on a des immeubles bien plus hauts.

– Ce n'est pas ça... C'est... Vraiment, je suis impressionnée.

– Par quoi alors ?

– Vous êtes tellement nombreux !

Même si j'étais plus intéressée par l'histoire, je ne dédaignais pas la géographie et j'avais quelques notions de démographie. Je savais qu'on était un peu plus de sept milliards d'habitants sur Terre et que ce nombre n'était pas censé diminuer. Les spécialistes prévoyaient que la population mondiale augmenterait encore pendant plusieurs dizaines d'années avant de se stabiliser. Mais personne ne parlait d'une population mondiale en baisse, et certainement pas d'une baisse assez importante pour que cela soit la chose la plus frappante aux yeux de Pénélope lors de sa première sortie en dehors de mon quartier.

– Vous n'êtes pas autant, en 2187 ? me suis-je étonnée.

– Bien sûr que non. Je n'ai jamais vu autant de personnes en même temps. Je ne sais pas comment vous faites pour supporter ça.

À la réflexion, c'était cohérent. Au cours du siècle à venir, l'humanité avait dû comprendre que notre planète ne pouvait pas accueillir un nombre croissant d'êtres humains. Sans doute aussi que les pays en voie de développement avaient vu leur taux de fécondité rejoindre celui des pays développés. Mon prof d'histoire-géo aurait parlé d'une « transition démographique ». La population mondiale avait donc dû se réduire petit à petit. Logique.

J'ai entraîné Pénélope vers les boutiques de vêtements.

– Il te faut un pantalon, des tee-shirts, un sweat, une veste et des chaussures. Et aussi des baskets pour le sport au lycée. Plus un pyjama et des sous-vêtements.

Pénélope était tombée en arrêt devant un portant de robes bleu clair à fleurs.

– C'est beau...

– Un peu trop girly, je trouve...

– Moi j'aime beaucoup... Et puis le tissu est merveilleux ! Fin, et souple, et léger...

C'était un polyester premier prix de chez H&M, mais Pénélope était fascinée.

– Ça doit valoir très cher, a-t-elle regretté.

– 19,90 euros. Ça va.

– Crois-tu qu'on pourrait me l'acheter à la place d'un pantalon ? a-t-elle demandé, les yeux brillants.

Elle caressait la robe comme s'il s'agissait d'un vêtement de grand couturier.

– Tu veux vraiment porter ça ?

– Je serais très heureuse d'avoir une robe pareille...

– Tu peux l'essayer mais… franchement, tu oseras mettre ça pour aller au lycée ?

– Pourquoi pas ?

– Comme tu veux.

J'ai pris une robe en 36 et j'ai aussi attrapé un jean. J'ai montré à Pénélope le chemin des cabines d'essayage. Elle a tiré le rideau pour enfiler la robe.

Une minute après, elle est sortie de la cabine.

Évidemment, la robe lui allait à merveille. Sur elle, les fleurettes n'avaient plus rien de ridicule et la coupe approximative avait l'air d'un modèle dessiné par Karl Lagerfeld. Le décolleté était super-joli, un peu sexy mais pas trop. Vu la grande taille de Pénélope, la robe était assez courte et laissait voir ses jambes parfaites. En l'admirant, c'est tout juste si je n'avais pas moi aussi envie de me précipiter pour acheter la même. Sauf que sur mon mètre soixante-cinq taille 40, elle ne donnerait pas le même effet.

– Qu'en penses-tu ? a demandé Pénélope.

– Elle te va très bien.

– Pouvons-nous l'acheter ?

Juste à ce moment-là, j'ai reconnu la voix de Nelly.

– Salut, Andrea. Tu fais du shopping ?

Son ton traînant m'agaçait. Elle me parlait toujours comme si ça l'ennuyait profondément.

– Comme tu vois, ai-je répondu en faisant à peine un effort pour cacher ma mauvaise humeur.

Nelly était habituellement désignée comme la plus belle fille du lycée. Quand elle ne portait pas de talons hauts capables de perforer les pieds des autres, elle optait pour des ballerines. Elle ne semblait pas connaître le mot « baskets ». Blonde aux yeux bleus, elle avait une petite bouche de poupée. La taille fine, elle mettait toujours ses seins en valeur avec des soutiens-gorge push-up. Cela ne manquait pas de faire son effet, elle avait l'habitude de voir les mecs lui tourner autour. Ça ne me dérangeait pas mais je ne supportais pas sa façon de regarder les autres filles comme si elles étaient des larves de cancrelat.

Ce jour-là, elle portait une pile de vêtements sur le bras et s'apprêtait visiblement à passer une heure en cabine d'essayage. Voire plus.

Mais d'un coup, elle a oublié tous ces petits hauts et ces jeans slim encore étiquetés. Elle ne quittait pas des yeux Pénélope.

– C'est une copine à toi ? a-t-elle interrogé.

– Oui. Pénélope est une réfugiée politique.

Nelly a toisé la réfugiée qui lui souriait gentiment.

– Bonjour, a dit Pénélope. Je suis enchantée de faire ta connaissance.

– Tu es bénévole pour une association humanitaire ? m'a demandé Nelly avec mépris, sans lâcher Pénélope du regard.

Je jubilais. Je savais que je tenais une bombe entre les mains.

– Non. Pénélope s'est installée à la maison. À partir de lundi, elle viendra au lycée.

J'ai eu le plaisir de voir Nelly perdre pied. Cela ne lui arrivait jamais, elle était plutôt réputée pour son aplomb imperturbable.

– Super, est-elle parvenue à articuler.

Et elle a disparu en cabine. J'ai souri, satisfaite.

– On va changer de magasin. On a fait le tour de ce qu'il y avait d'intéressant ici.

J'ai payé la robe et on est sorties. Je me réjouissais à l'avance pour les jours à venir. Nelly n'était plus la star du lycée. Dès lundi, ce serait mon amie réfugiée qui détiendrait ce titre.

Pénélope ne semblait pas s'être rendu compte de la jalousie qu'elle avait suscitée chez Nelly. Le sac contenant sa robe neuve à la main, elle était euphorique et ne savait plus où donner de la tête. Toutes les boutiques l'intéressaient, elle voulait tout essayer. Une seule chose l'ennuyait.

– Comment va-t-on faire pour payer tout ça ? Ton père est-il riche ?

– Pas spécialement. On va se contenter des boutiques pas trop chères.

– Veux-tu dire que le magasin dont on vient de sortir est bon marché ?

– Ils font des petits prix, oui.

– Explique-moi. Ma robe coûtait dix-neuf… Comment dis-tu, déjà ?

– Dix-neuf euros.

– Je ne sais pas à quoi ça correspond. Aide-moi à m'y retrouver. Combien de temps faut-il pour gagner dix-neuf euros ? Deux jours ? Une semaine ?

– Je gagne ça avec deux-trois heures de baby-sitting.

– C'est impossible ! Pour faire une robe, il faut d'abord fabriquer le tissu, puis découper les pièces, les coudre… C'est beaucoup de travail. Cela vaut forcément plus que trois heures de garde d'enfants.

– Pas si elle est fabriquée en Chine.

– Qu'est-ce que ça change ? C'est toujours beaucoup de travail, quel que soit l'endroit où la robe est cousue. C'est même encore pire parce qu'il faut payer le transport jusqu'ici.

J'ai hésité à parler des bas salaires en Chine, des gens qui travaillent dans des conditions difficiles et ne peuvent même pas se payer ce qu'ils fabriquent, des vêtements qui arrivent en Occident par conteneurs, à côté d'autres conteneurs pleins de lecteurs mp3 et de smartphones fabriqués dans les mêmes conditions. J'ai renoncé et me suis contentée d'un simple :

– C'est comme ça. Dans quel magasin tu veux aller maintenant ?

Grisée par le centre commercial, Pénélope ne s'est plus inquiétée du sort des ouvriers chinois et a regardé autour d'elle.

– C'est extraordinaire ! Peut-on entrer dans ce magasin-là ?

– Si tu veux. Zara, c'est comme H&M. Après, on pourra faire Etam, Mango, Camaïeu, Gap et Uniqlo.

– Combien ton père a-t-il donné d'euros ?

– Deux cents.

– Assez pour acheter dix robes comme celle-là ?

Enthousiaste, Pénélope n'en revenait pas.

– Je ne pensais pas que le Moyen Âge pouvait être aussi passionnant... a-t-elle ajouté en filant déjà vers la boutique suivante.

Deux heures plus tard, nous étions chargées de sacs. Nous avions acheté un jean, des ballerines en cuir argenté, la tenue de sport et les baskets pour l'EPS au lycée, et des tee-shirts à dominante rose ou jaune. Pénélope avait un goût prononcé pour les couleurs acidulées et les trucs qui brillent. Elle aimait tous les vêtements que je détestais et *vice versa*. Elle n'avait pas dû se forcer beaucoup pour porter le sweat rose à papillon en paillettes acheté par sa prof d'histoire.

L'heure du déjeuner était passée depuis longtemps, je mourais de faim, mais nous n'avions pas fini. Il manquait les sous-vêtements.

Dans le magasin, Pénélope a complètement changé d'attitude.

– Je refuse de porter ça.

Elle était en arrêt devant un mur de soutiens-gorge, l'air buté.

– Tu es obligée. Tu es une fille.

– Pourquoi pas un corset, tant qu'on y est ? Nous ne sommes plus au Moyen Âge. Enfin si, s'est-elle reprise, nous sommes au Moyen Âge mais moi je suis une fille moderne.

– À ton époque, on ne met pas de soutien-gorge ?

– Seulement pour faire du sport. Et certainement pas ce genre de modèles avec de la dentelle qui gratte. Mes seins tiennent très bien tout seuls.

Elle n'avait pas tort. J'ai donc opté pour une brassière de sport et j'ai attrapé une pochette de culottes en coton, évitant soigneusement toute trace de dentelle.

– C'est joli, ça !

Pénélope montrait des culottes avec des chiots imprimés, un nœud autour du cou.

– Tu plaisantes ? C'est ridicule.

– S'il te plaît, a-t-elle supplié.

Elles n'étaient pas plus chères que le modèle blanc uni. J'ai cédé. Pénélope était aux anges.

Enfin, nous avions tout ce qu'il fallait pour qu'elle s'habille en attendant de retourner à son époque. Des deux cents euros que mon père nous avait alloués en budget habillement, il ne restait que quelques pièces jaunes.

J'ai emmené Pénélope faire la queue au McDo.

– Tu ne peux pas te nourrir que de lait et de gâteaux, ai-je affirmé. La vie n'est pas un goûter permanent. Il te faut un repas équilibré.

« Équilibré », le mot n'était peut-être pas très adapté à l'endroit où nous nous trouvions, mais c'était toujours mieux que des Napolitain en perfusion.

Personnellement, j'avais mes habitudes, je prenais toujours une grande frite, une salade et une glace. Par contre, je ne savais toujours pas ce que Pénélope mangeait en temps normal. En voyant son air ravi, je me suis dit que j'avais trouvé.

– Ça me fait plaisir de voir que vous aussi, vous avez des restaurants de ce genre, a-t-elle souri. Celui-là ressemble même beaucoup à celui qui est près de chez moi, à part ce clown très laid.

J'aurais dû m'en douter. Le futur était envahi par les fast-foods, évidemment.

– Qu'est-ce que tu choisis ?

Pénélope a regardé les photos des menus et désigné un menu Big Mac. Quelques minutes plus tard, nous sommes allées nous asseoir avec nos plateaux.

Pénélope a déballé son menu et attaqué son hamburger à pleines dents. Normal, ça faisait quatre jours qu'elle n'avait rien mangé d'autre que des biscuits.

– Il est délicieux, a-t-elle déclaré la bouche pleine. Comment faites-vous pour cuisiner des steaks de soja aussi savoureux ?

J'ai aussitôt arrêté de manger mes frites. Je venais de comprendre ce qui aurait dû me sauter aux yeux. À la maison, Pénélope avait détesté l'odeur du steak et refusé de manger sa pizza… qui contenait du jambon. C'était sûr, elle était végétarienne, tout simplement. Et juste en face de moi, elle était en train de terminer un hamburger avec double steak haché.

– Euh… c'est la sauce qui donne ce bon goût, ai-je menti.

Pénélope s'est immobilisée. Le petit morceau de hamburger qu'elle n'avait pas encore dévoré était à l'arrêt entre le plateau et sa bouche. Elle m'a regardée, un horrible doute à l'esprit.

– Tu mens, a-t-elle accusé d'une voix blanche.

– Pas du tout.

– Ce ne sont pas des steaks de soja. C'est de la viande.

– D'accord, j'avoue. C'est du bœuf.

Pénélope a pâli. Elle a reposé le reste de hamburger. J'ai cru qu'elle allait vomir.

– Comment ai-je pu me faire avoir... Je le savais pourtant. Au Moyen Âge, vous êtes des carnivores !

– Pas tous. Je suis végétarienne.

– Je ne te crois pas. Ça sent toujours la viande chez toi.

– Mon père et mes frères mangent de la viande, mais pas moi. Regarde.

Et je lui ai montré mon menu frites-salade.

– À ton époque, il y a des végétariens ?

– Oui. À ton époque, personne ne mange de viande ?

– Bien sûr que non ! Nous ne sommes pas des barbares.

C'était donc la réponse que les gens du futur avaient trouvée au problème de l'alimentation mondiale. Produire un kilo de viande nécessite beaucoup plus d'eau et d'énergie que produire un kilo de blé, alors le choix d'un régime végétarien était une solution évidente. Sans compter que la viande soulignait une injustice mondiale, celle qui existe entre les pays riches carnivores et les pays pauvres malnutris. Et je n'oubliais pas les pays émergents qui tendaient vers une alimentation de plus en plus proche des habitudes occidentales. La planète ne pourrait jamais supporter et nourrir sept milliards de carnivores.

– C'est tellement cruel de tuer un animal, a ajouté Pénélope.

Elle m'a souri. C'était la première fois qu'elle me regardait comme ça, sans méfiance.

Elle a pris une frite en jetant un dernier coup d'œil à son reste de hamburger.

– C'est dommage. C'était bon.

Le soir, mon père travaillait tard, mais mes frères étaient là. Tiago avait sorti Luffy, Naruto et Ichigo de leur cage, et faisait les présentations à Pénélope. Elle n'avait pas peur des rats et leur a aussitôt fait des papouilles. Mon petit frère arborait l'air satisfait du père faisant admirer sa progéniture.

– Mathias est passé, m'a informé Tiago tout en repoussant Ichigo qui embêtait Luffy. Il était trop déçu que tu sois pas là.

Ça ne m'étonnait pas. Mathias était toujours aussi impatient de parler avec notre réfugiée. Je n'étais pas mécontente de l'avoir manqué. J'ignorais si Pénélope allait savoir gérer ça.

Pierrick s'est proposé pour préparer un vrai dîner, ce qui n'était pas dans ses habitudes. En règle générale, en l'absence de mon père, on se tournait tous vers le paquet de spaghettis et le pot de sauce tomate.

– Qu'est-ce qui te ferait plaisir, Pénélope ? a-t-il interrogé. Tu ne manges presque rien depuis que tu es chez nous.

– Laisse tomber, ai-je répondu fièrement. Pénélope est végétarienne, comme moi.

Je n'étais pas mécontente de modifier un peu l'équilibre entre carnivores et végétariens dans cette maison.

– Très bien, a rétorqué Pierrick sans se démonter. Je prépare un dîner végétarien.

– Des pâtes, tu veux dire, me suis-je moquée.

– Non. Un vrai repas avec des légumes.

– Toi ? Tu ne sais même pas faire une salade sans y mettre des lardons.

– Ce soir j'avais justement envie de manger léger.

Cette volonté de plaire à Pénélope… c'était trop évident. J'ai coincé Pierrick à l'écart dans le couloir.

– Laisse Pénélope tranquille, ai-je ordonné.

– Qu'est-ce que tu crois ? Que je la drague ?

– Fais pas l'innocent. J'ai vu comment tu la regardais.

– T'inquiète, petite sœur. Je toucherai pas à ta copine.

J'ai scruté mon frère avec méfiance. Je n'arrivais pas à le croire sincère. Je le connaissais trop bien. Il s'en est rendu compte et s'en est amusé :

– Je peux même te dire pourquoi. Je n'ai aucune chance avec Pénélope.

– C'est évident, elle est trop belle pour toi. Mais je suis sûre que ça ne t'empêchera pas de lui sauter dessus.

– Andrea, honnêtement, tu n'as rien remarqué ?

– Remarqué quoi ?

– Pénélope est lesbienne.

– Quoi ?

– Elle regarde les hommes comme si on était des insectes répugnants ou des monstres effrayants. Ça dépend des moments.

Ce n'était pas faux… Et même, maintenant que j'y pensais, ça sautait aux yeux.

– Elle évite même de se retrouver seule dans une pièce avec Tiago qui n'a que dix ans, a ajouté Pierrick. C'est dire.

... Et elle faisait une crise d'angoisse quand des mecs sortaient d'un bar en la sifflant, ou filait se cacher sous une table quand un pizzaïolo lui faisait la bise. Pierrick avait raison. Pénélope était lesbienne, et d'une façon plutôt extrémiste.

– Alors tu vas la laisser tranquille ? ai-je demandé à mon frère.

– Évidemment. Je vais pas la forcer à aimer les garçons si elle préfère les filles.

Il allait repartir vers la cuisine pour préparer le dîner, mais je l'ai retenu par le bras. J'avais quand même un doute.

– Dans ce cas, pourquoi tu tiens à lui faire plaisir en préparant un repas végétarien ?

– Enfin, Andrea ! Pénélope est réfugiée d'un pays en guerre, traumatisée et perdue loin de chez elle ! Tu crois pas que ça suffit pour que je sois sympa avec elle ?

– Si, ai-je répondu piteusement.

– Parfois, je me demande pour qui tu me prends, a-t-il regretté.

Quand je suis remontée dans ma chambre, j'ai trouvé Pénélope debout au milieu de la pièce, les yeux fermés, le sèche-cheveux allumé dirigé vers elle. Ses longs cheveux s'agitaient autour de son visage comme une crinière.

– Qu'est-ce que tu fais ?

Elle a rouvert les yeux, en colère comme si je l'avais interrompue au milieu d'un truc important.

– Laisse-moi tranquille, a-t-elle protesté.

– Tes cheveux ne sont pas mouillés. Pourquoi tu les sèches ?

– Pour rien.

– C'est quand même bizarre, ta passion pour ce sèche-cheveux.

– De toute façon, ça n'a pas marché, s'est-elle contentée de répondre.

L'air sombre, elle a débranché l'appareil.

– Tiens. Tu peux le reprendre, a-t-elle dit en me le tendant.

– Garde-le si c'est important pour toi d'être toujours bien coiffée. De toute façon, moi je suis nulle pour les brushings.

Pénélope contemplait le sèche-cheveux entre ses mains. Elle avait l'air tellement triste...

CHAPITRE 10

Pénélope était prête. Il était six heures trente du matin et elle avait déjà enfilé sa robe. Elle ne portait pas de soutien-gorge et ça faisait un effet… comment dire… saisissant.

– Tu vas vraiment aller au lycée comme ça ? ai-je tenté une dernière fois.

– Si tu veux parler du soutien-gorge, sache que je ne changerai pas d'avis. C'est contraire à tous les principes de mon époque.

Je n'ai pas insisté. Pénélope avait du tempérament, elle l'avait déjà prouvé avec les flics le premier jour. Sans doute saurait-elle surmonter son angoisse et remettre les garçons à leur place. Et vu son homosexualité, je ne pouvais pas l'accuser de vouloir allumer les mecs. En fait, elle était une fille indépendante et peu soucieuse du regard des autres. Elle s'assumait et c'était courageux de sa part. Ça me plaisait.

– J'ai le trac, a-t-elle avoué quand même. Crois-tu qu'on sera dans la même classe, comme ton père l'a demandé ?

– On va le savoir très vite.

Elle a vérifié pour la centième fois le contenu de son sac. Nous avions passé la fin du samedi à lui acheter cahiers, classeurs et stylos.

Pénélope contemplait son stylo bille bleu, un Bic tout bête.

– C'est la première fois que j'ai un stylo à moi.

– À ton époque, vous avez tous des tablettes numériques, c'est ça ? Et dans les classes, le tableau est interactif ? Vous travaillez en réseau, peut-être même à distance ? Avec un prof à des milliers de kilomètres ?

– Tu sais que je n'ai pas le droit de te parler de mon époque.

Encore cette réponse frustrante...

– Alors, pourquoi tu m'as dit que vous étiez tous végétariens ?

– Ce n'est pas pareil, s'est-elle justifiée. J'étais sous le choc parce que je venais de manger de l'animal mort.

– Tu peux me raconter un peu à quoi ressemble ta vie en 2187, quand même...

– Tu es trop curieuse.

– Et toi, tu es trop chiante, ai-je rétorqué.

Mais elle n'a pas fait attention à mon mouvement d'humeur. Elle tenait un paquet de copies doubles et en respirait l'odeur avec délices.

– Le papier est un produit si luxueux… Très peu de gens peuvent s'en payer. J'adore cette odeur. C'est tellement authentique.

– Si tu avais passé les deux tiers de ta vie à remplir des cahiers, tu ne dirais pas ça.

– Pourvu que j'arrive à écrire avec un stylo… Je sais tracer les lettres, mais nous apprenions cela en arts plastiques uniquement. Je manque de pratique.

Pénélope refusait de me décrire son époque mais elle ne pouvait pas s'empêcher de me livrer des bribes d'informations. C'était mieux que rien.

Tandis qu'elle remettait ses affaires dans son sac, j'ai essayé de la rassurer.

– Avec un peu de chance, tu n'iras pas au lycée très longtemps. On trouvera peut-être rapidement des gens de ton époque.

– J'espère. Mais en attendant, je dois avoir l'air d'une fille du Moyen Âge comme les autres.

– Personne ne pensera que tu viens du futur. C'est trop invraisemblable.

– Je préfère ne pas imaginer le contraire. Si ton époque découvrait mon secret, ça bouleverserait tout. C'est ce qu'on nous répète mille fois avant de nous laisser partir dans le passé. Ne rien modifier. Ne pas créer d'aberration temporelle.

– Sinon tu rates ton BAC ?

– S'il n'y avait que ça ! En réalité, c'est bien plus grave.

– Tu es punie ?

– Oui.

– Et c'est quoi, la punition ?

– Je ne sais pas. Ça n'est jamais arrivé. Je suis la première à être perdue dans le passé.

Pénélope était de nouveau triste.

– Allez, viens, ai-je dit pour la réconforter. On va prendre le petit déjeuner.

Avant de descendre, elle a attrapé le sèche-cheveux qu'elle a glissé dans son sac entre son classeur et sa trousse. Visiblement, cet objet restait important pour elle au point de ne pas le quitter, même pour aller au lycée.

Nous sommes passées par la cuisine mais Pénélope n'a rien pu avaler ce matin-là. Je la comprenais.

Un peu avant huit heures, nous avons rejoint le flot des autres élèves qui marchaient vers la grille du lycée. Pénélope avançait à côté de moi. Elle s'est rapprochée un peu, son épaule touchant la mienne. Elle avait peur, je le sentais.

– Pourquoi tout le monde me regarde comme ça ?

– Parce que tu es nouvelle, ai-je menti.

En réalité, l'effet suscité par Pénélope dépassait ce que j'avais imaginé. Tout le monde la dévisageait. Les filles chuchotaient entre elles. Je devinais ce qu'elles disaient. Les plus honnêtes commentaient peut-être sa beauté sans tenter de cacher leur admiration. Mais les autres, majoritaires, critiquaient certainement sa robe, ou ses chaussures, ou sa coiffure, ou n'importe quoi d'autre, et forcément son absence de soutien-gorge. En passant près de Nelly et ses copines, j'ai entendu :

– Elle se la joue.

– C'est clair, c'est une salope.

J'ai jeté un coup d'œil à Pénélope pour voir si elle avait entendu, elle aussi. Visiblement oui. Elle était défaite.

– Ne t'inquiète pas. Elles sont jalouses, c'est tout.

Pénélope a courageusement continué d'avancer vers la grille. Elle n'en menait pas large.

Les garçons l'observaient aussi, bien sûr. Ils se retournaient sur son passage et n'arrivaient pas à détacher leurs yeux de ses jambes, de ses fesses, de ses seins. Plusieurs, moins discrets ou moins faux-culs que les filles, parlaient fort et riaient grassement. Les commentaires fusaient et je devinais qu'ils n'étaient pas légers. Certains mecs n'hésitaient pas à la montrer du doigt.

Nous avons passé la grille et j'ai entraîné rapidement Pénélope vers le bureau de la vie scolaire pour éviter qu'elle n'en entende davantage.

Madame Ragon nous a accueillies de son regard froid. Elle prenait toujours cet air-là avec les élèves, particulièrement les nouveaux, histoire de poser d'emblée son autorité. Du moins c'est ce que je supposais.

– Bonjour. C'est vous la réfugiée ?

– Bonjour. Je suis enchantée de faire votre connaissance.

Pénélope s'est aussitôt approchée pour faire la bise à la CPE. Horrifiée, je l'ai rattrapée par le bras juste à temps. Pénélope a compris mon regard et a fait un pas en arrière. Mon soulagement a été indescriptible.

– Je n'ai pas l'habitude d'accorder de traitement de faveur aux élèves, a commencé Ragon.

C'était mal parti pour que Pénélope soit dans ma classe...

– Toutefois, a-t-elle poursuivi, et tenant compte de votre vécu difficile, j'ai décidé de faire une exception. Vous serez donc toutes les deux dans la même classe.

– Merci, me suis-je empressée de répondre.

J'étais rassurée. Jusqu'au dernier moment, je m'étais attendue à ce qu'elle mette Pénélope dans une autre seconde que la mienne pour signifier que c'était elle qui décidait. Or je n'osais imaginer les réactions de Pénélope livrée à elle-même.

– Dépêchez-vous. Même si c'est votre premier jour, ce n'est pas une excuse pour arriver en retard en cours. Vous irez au CDI pour prendre les manuels à la récréation de dix heures.

Nous sommes sorties du bureau de Ragon et j'ai aussitôt sermonné Pénélope :

– Qu'est-ce qui t'a pris de vouloir faire la bise à la CPE ?

– Pardon... J'ai vu plein de filles faire ça en arrivant au lycée... Je pensais que c'était approprié...

– Andrea !

Je me suis retournée en reconnaissant la voix de Mathias.

– Salut, a-t-il dit à Pénélope. Tu te souviens, on s'est vus à la pizzeria.

– Bonjour, a-t-elle répondu d'un ton méfiant.

– J'ai appelé un pote d'Amnesty hier soir, il connaît une assoce qui aide les réfugiés à monter leurs dossiers pour l'Ofpra. Il m'a donné des tuyaux. Il y a des erreurs à ne pas faire. Par exemple, il faudrait pas que tu obtiennes une protection subsidiaire, parce que tu aurais alors seulement une carte de séjour d'un an. On doit tout faire pour que tu obtiennes le statut de réfugié.

Il a entrepris de nous expliquer comment mettre toutes les chances de notre côté. Pénélope ne comprenait rien, ça se voyait. Moi, je reconnaissais bien là Mathias. C'était généreux de sa part, mais sa volonté d'aider Pénélope m'embarrassait. Je savais qu'elle allait avoir du mal à faire illusion face à toutes les questions précises qui lui seraient posées, que ce soit par mon père, par Mathias ou par l'Ofpra. Mais Mathias l'ignorait et a poursuivi :

– Les délais sont extrêmement longs, il faudrait s'y mettre maintenant. Même si, de toute façon, il y a aucune chance d'avoir une réponse avant les vacances. Comment vous allez faire, finalement ? Ton père a accepté d'héberger Pénélope ?

– Oui.

– C'est cool. Surtout de la part d'un flic.

– C'est mieux que d'aller en foyer.

– Elle sera bien chez vous, a renchéri Mathias, ta famille est sympa. Et puis on sera pas partis si longtemps que ça.

– Comment ça ?

– Pour notre voyage avec le pass Interrail. Un mois, ça passe vite.

J'étais emmerdée. Je n'avais plus trop pensé à notre projet...

– Pénélope ne peut pas venir avec nous, a poursuivi Mathias. Tant qu'elle n'a pas de carte de séjour, elle n'est pas autorisée à voyager à l'étranger.

– Justement, ai-je improvisé, peut-être qu'il faudrait reporter notre départ…

– Je comprends que tu t'inquiètes pour elle, mais je suis sûr qu'elle peut gérer. Elle vient de faire un voyage de plusieurs milliers de kilomètres dans des conditions très dures, alors tout doit lui sembler facile maintenant. Tu es d'accord avec moi, Pénélope ? Andrea va partir quatre semaines, c'est pas un problème ?

Pénélope faisait une drôle de tête. L'idée que je puisse la laisser seule ne lui plaisait pas du tout. Je suis venue à sa rescousse :

– Ça m'ennuie vraiment de la laisser seule.

– Elle sera pas seule, a insisté Mathias. Elle sera avec ta famille.

– Je préfère qu'on annule.

Mathias m'a regardée, désarçonné. Il avait tout envisagé, que mon père persiste à nous refuser son autorisation, qu'on manque d'argent pour financer le voyage, et même une grève des trains, mais pas ça. Pas que je lui dise non.

Je m'en voulais. Pour moi, tout avait changé, mais pour lui, ce voyage était toujours un rêve et voilà que je le laissais tomber. Il aurait pu me faire des reproches mais il m'a épargné ça.

– Je comprends. Tu as raison.

Je l'ai laissé s'en aller sans rien ajouter, pas fière.

– Est-ce ton fiancé ? a demandé Pénélope.

Parfois, sa façon de parler complètement décalée m'irritait.

– J'ai seize ans, comme toi. Je n'ai pas de fiancé.

– Pardon. Il me semblait qu'on se mariait tôt, au Moyen Âge. Où est la salle de cours ? Il ne faut pas qu'on soit en retard.

Pénélope a avancé pour suivre les derniers élèves qui montaient en classe. J'ai soupiré et l'ai imitée.

Nous commencions le lundi par deux heures de français. La prof n'était pas encore arrivée. Dans la salle de cours, tout le monde chuchotait en observant la réfugiée à la dérobée.

Pénélope était pâle. Elle m'a agrippé le bras en me faisant mal avec ses ongles et s'est penchée vers mon oreille.

– Pourquoi y a-t-il des garçons dans notre classe ?

– Parce que c'est aussi leur classe.

– Ton lycée est mixte ?

Hébétée, Pénélope ouvrait des yeux ronds.

– Évidemment. Tu l'as bien vu en arrivant.

Elle semblait paniquée.

– Je pensais que les filles et les garçons allaient se séparer… Que chacun irait de son côté, les garçons dans le bâtiment des garçons, et les filles dans le bâtiment des filles !

– Ça, c'était dans les années 1950. Les choses ont changé depuis.

– Pourquoi le Moyen Âge est-il si barbare ? s'est lamentée Pénélope.

– À ton époque, les filles et les garçons vont dans des écoles différentes ?

Je trouvais ça surprenant, mais Pénélope a confirmé en hochant la tête.

– Ne t'inquiète pas, l'ai-je rassurée. Les mecs de notre classe sont plutôt sympas.

En temps normal du moins. Ce matin, ils semblaient hypnotisés par le physique de Pénélope. Je me suis dit que ça passerait et que, bientôt, ils s'habitueraient à la présence d'un top-modèle dans leur classe. Sauf Nelly qui ne semblait pas du tout apprécier de partager la vedette avec mon amie réfugiée. Elle faisait la gueule en lui jetant de temps à autre un regard noir.

La prof de français est arrivée. Elle a accueilli sa nouvelle élève d'une remarque neutre et a commencé son cours.

Avec elle, il fallait gratter pendant des heures. Mon classeur débordait de copies simples et doubles, et encore, j'avais été obligée de retirer les leçons du début de l'année pour pouvoir en refermer les anneaux.

Pendant tout le cours, assise à côté de moi, Pénélope a gardé les yeux baissés sur son bureau. Elle tenait son stylo avec des doigts tellement crispés que sa peau était blanche autour des articulations. Elle traçait les mots avec application, tentant de suivre le rythme, en vain. Elle était lente et son écriture ressemblait à celle d'un enfant de CP.

– As-tu vu ? Je ne me débrouille pas si mal, a-t-elle chuchoté.

– C'est très bien, l'ai-je encouragée.

– C'est tellement vieillot d'écrire comme ça. Je trouve que c'est très émouvant.

Je laissais mon regard divaguer, pas vraiment passionnée par la prof, quand j'ai remarqué l'étrange comportement de Yoan. En temps normal, il était le seul à participer mais, ce matin, il n'avait pas levé la main une seule fois. Il observait attentivement Pénélope. Ce n'était pas surprenant puisque tous les garçons faisaient la même chose, mais j'ai noté une nuance… Les autres gardaient les yeux fixés sur les seins de Pénélope ou sur ses fesses, mais lui semblait fasciné par ses yeux. J'ai mis cela sur le compte de son jeune âge, voire de son immaturité. J'avais tort.

À la récré, il a avancé droit sur Pénélope. Il était le premier garçon du lycée à lui adresser la parole. Jusqu'à maintenant, les autres s'étaient contentés de la déshabiller du regard.

– Tu viens d'où ?

Pénélope m'a jeté un regard inquiet.

– Je suis une réfugiée, a-t-elle réussi à articuler.

Yoan a plissé les yeux comme pour lire les pensées de Pénélope.

– Je t'observe depuis tout à l'heure. Tu es différente des autres filles.

J'ai perdu pied un instant. Yoan avait-il reconnu Pénélope ? Après tout, lui aussi l'avait vue devant le lycée, quand elle était encore avec ses amies du futur. À ce moment-là, elle était très différente, avec son acné et ses cheveux gras, mais un regard particulièrement observateur pouvait quand même la reconnaître. Je me suis aussitôt ressaisie et j'ai tenté de faire diversion.

– Toi aussi tu as remarqué ? me suis-je moquée. Les autres mecs du lycée sont d'accord avec toi. Ils ne pensent même qu'à ça depuis ce matin.

Mais Yoan n'a pas sourcillé.

– Je ne parle pas de sa beauté. Ça, tout le monde peut le voir. Il y a autre chose.

– Elle a deux bras, deux jambes et une tête. Comme toi et moi. Qu'est-ce que tu lui trouves de spécial ?

– C'est une des filles mystérieuses de la semaine dernière.

Merde. Avec son obsession pour la science-fiction, Yoan avait bien repéré Pénélope.

– Je ne vois pas de quoi tu parles, ai-je menti.

– Les filles qui viennent parfois et qui ne restent jamais longtemps. C'en est une.

J'ai senti, à côté de moi, que Pénélope se liquéfiait. Il ne fallait pas que je laisse paraître ma propre inquiétude.

– Pénélope est une réfugiée politique, elle est en attente de régularisation.

– C'est faux, a-t-il rétorqué.

– Elle est arrivée clandestinement, elle vient d'un pays en guerre.

– Tu mens.

Pénélope a courageusement tenté d'intervenir.

– Nous disons la vérité. J'ai vécu des choses terribles avant d'arriver ici.

– C'est pour ça qu'elle parle peu, ai-je renchéri. Elle est traumatisée.

– Parfois, a-t-elle ajouté, j'ai des images horribles qui me reviennent en mémoire, avec des armes à feu et des bombes. Des images d'une violence insoutenable.

C'était bien joué. J'en ai rajouté une couche :

– On pense même lui faire commencer une thérapie.

J'ai trouvé qu'on mentait avec crédibilité, mais Yoan nous regardait avec distance.

– Les autres vous croient peut-être, a-t-il répondu, mais pas moi.

La sonnerie annonçant la reprise des cours a retenti. Yoan a fixé Pénélope dans les yeux.

– Je sais que tu viens d'ailleurs. Ce que je voudrais découvrir, c'est d'où exactement.

Et il s'est éloigné, nous laissant seules.

Quand il a été suffisamment loin, Pénélope a craqué.

– Ce n'est pas possible... Je ne tiendrai jamais...

Elle semblait nerveusement épuisée. Il y avait de quoi.

– Ne t'inquiète pas. Tu t'en es très bien sortie. Yoan ne peut rien prouver, et les autres n'ont rien remarqué. Tu vas t'habituer à la vie ici et dès que tu pourras, tu rentreras chez toi.

C'était en tout cas ce que je lui souhaitais.

CHAPITRE 11

Mais, décidément, Pénélope était toujours à côté de la plaque. À l'heure du déjeuner, nous avons croisé Pierrick dans la cour. Pénélope était lourdement chargée à cause des livres qu'on avait récupérés au CDI et il a voulu l'aider.

– Donne, a-t-il dit simplement.

Sauf que quand il a avancé la main pour prendre le sac de Pénélope, elle lui a envoyé un méchant coup de pied dans le tibia.

– Laisse-moi tranquille, a-t-elle sifflé en serrant fort le sac contre elle.

Pierrick en est resté bouche bée. Il avait juste voulu être sympa.

– Va-t'en, a ajouté Pénélope, menaçante.

– Comme tu préfères, a répondu Pierrick en s'éloignant, décontenancé.

– Pénélope, ai-je soupiré, ce n'était pas une agression. C'était de la galanterie.

– Quand les filles sont traitées comme des choses précieuses et fragiles ? J'avais compris.

– Alors pourquoi tu lui as filé un coup de pied ? C'était pas gentil.

Mais Pénélope était en colère.

– Pourquoi devrais-je accepter d'être traitée comme une chose fragile alors que je ne le suis pas ?

Il était exact que Pénélope mesurait la même taille que Pierrick, voire un peu plus, et savait très bien se défendre.

– La galanterie peut avoir des avantages, ai-je tenté de lui expliquer. Comme celui de ne pas porter tes livres.

– Et les garçons sont contents de porter des livres qui ne sont pas à eux ?

– Plus la fille est jolie, plus ils sont contents.

Pénélope a levé les yeux au ciel.

– C'est ridicule. Plus je découvre ton monde, plus je comprends pourquoi tu n'es pas très contente d'être une fille.

– Pardon ? me suis-je étranglée.

– Oui. Tu agis toujours comme si tu étais déçue de ne pas être un garçon.

– Tu racontes n'importe quoi !

– Ah bon ? Il m'avait semblé, pourtant.

Et elle s'est éloignée vers la cantine. Décidément, elle ne comprenait rien à rien.

L'après-midi, nous avions histoire-géo. Je me méfiais du prof, à juste titre. Même si je l'aimais bien, je savais qu'il était capable de pousser un coup de gueule contre n'importe qui et n'importe quand. Sans compter qu'il était perspicace et pouvait déceler chez Pénélope quelque chose de bizarre...

Dès notre arrivée, Neuville nous a séparées, installant Pénélope à côté de Yoan et me laissant à ma place habituelle, à l'autre bout de la salle. Il avait appris que Pénélope vivait chez moi et jugeait que nous n'avions pas à rester collées l'une à l'autre. Pénélope m'a jeté un regard désespéré, auquel j'ai essayé de répondre par un air rassurant.

Nous étions toujours en plein chapitre sur le Moyen Âge, et Neuville avait visiblement envie de jauger le niveau de la nouvelle. Il n'était pas du genre sentimentalo-compatissant, même avec une réfugiée. J'ai rentré la tête dans les épaules en espérant que Pénélope ne fasse pas de gaffe.

– Vous, la nouvelle, a interrogé Neuville. Quelle définition pouvez-vous nous donner de la féodalité ?

Je rongeais mon stylo. La réponse de Pénélope allait être un désastre, si toutefois elle réussissait à prendre la parole, car elle semblait tétanisée sous le regard de toute la classe.

– C'est un système politique très hiérarchisé, a-t-elle avancé avec prudence.

Pas si mal. Je me suis surprise à espérer... Le prof aussi semblait apprécier et a encouragé Pénélope à poursuivre.

– Les vassaux travaillent pour l'autorité centrale qui fournit en échange sa protection.

– L'autorité centrale, c'est-à-dire ?

– Le suzerain ou le seigneur dans le haut Moyen Âge, et le président de la République dans le Moyen Âge tardif.

Évidemment, toute la classe s'est esclaffée. Neuville n'a pu s'empêcher d'esquisser un sourire. Il croyait que Pénélope plaisantait.

– C'est un point de vue. Quoi d'autre ?

– Les vassaux payent des impôts comme le cens, la taille ou la TVA.

Le prof a fait taire la classe d'un geste de la main.

– Je vois. Vous êtes une rigolote, mademoiselle Filledejane.

Pénélope était raide sur sa chaise. Elle avait fait de son mieux pour répondre et ne comprenait pas pourquoi le prof la traitait de rigolote. Je l'ai vue perdre ses moyens. Mais Neuville n'en avait pas fini avec elle :

– Plus sérieusement, quels sont les événements qui marquent le Moyen Âge ?

– Les grandes épidémies ? a hasardé Pénélope.

– Par exemple. Vous pouvez nous en dire plus ?

– Il y a la Peste noire, la grippe espagnole et le sida...

– Selon vous, le Moyen Âge s'étend donc du Vᵉ au XXIᵉ siècle ?

– Oui... enfin non. Je plaisantais, a-t-elle bafouillé.

Le silence régnait maintenant dans la classe. Personne ici n'aurait pris le risque de plaisanter avec Neuville et tout le monde sentait que Pénélope était allée trop loin.

J'attendais la suite avec inquiétude. Neuville était doué pour renvoyer les élèves dans les cordes, assommés par une note sévère ou une remarque acerbe. Je ne savais pas ce que ça donnerait avec Pénélope...

Mais le prof a esquissé un sourire. Il était séduit par cette réfugiée politique au sens critique exacerbé. Il devait imaginer que Pénélope avait grandi dans une famille d'opposants à une quelconque dictature et ça lui plaisait.

– Votre façon de voir n'est pas inintéressante, a-t-il repris. Les hommes du Moyen Âge considéraient certainement leur époque comme moderne. Peut-être que notre époque à nous est finalement comparable à la période médiévale, vous n'avez pas tort.

Un murmure surpris a circulé dans la classe. Pour ma part, j'étais soulagée. Sans le vouloir, Pénélope avait évité la catastrophe avec brio. Neuville se réjouissait à l'avance des discussions qu'il pourrait avoir à l'avenir avec une personnalité comme Pénélope.

Enfin, les cours se sont terminés et nous sommes sorties du lycée. Pénélope m'a avoué qu'en temps normal elle était assez mauvaise en histoire-géo. Elle avait trouvé bien agréable de faire pour une fois partie des bons élèves.

Mais soudain, dans la rue, Pénélope a stoppé net. Elle était en arrêt devant une affiche d'Abribus.

– C'est une fille de mon époque ! s'est-elle exclamée.

– C'est une pub pour du parfum.

– Si, je t'assure ! C'est Vigdis.

– Tu la connais ?

– Mais oui ! Elle habitait à côté de chez moi quand j'étais petite !

– Je pense que tu te trompes, ai-je avancé prudemment. C'est un top-modèle.

– Je suis sûre que c'est elle. Où est-ce qu'elle habite ? Peux-tu trouver son adresse tout de suite ?

Elle était très excitée. Moi, j'étais embarrassée. En effet, la fille sur l'affiche était très belle et sans doute aussi grande que Pénélope, vu la stature exigée pour devenir mannequin. Pour autant, ça ne faisait pas d'elle une fille du futur. Comment expliquer ça à Pénélope ?

– Elle était dans ta classe ? ai-je demandé.

– Non. Elle était plus grande que moi, c'était ma babysitter. Je m'en souviens très bien. Elle a déménagé quand j'avais sept ans.

– Et tu ne l'as plus vue depuis ?

– Dans le quartier, nous nous demandions tous où elle était partie avec sa mère. Nous n'avions plus aucune nouvelle.

– Tu dois confondre. Tu étais encore petite quand tu l'as vue la dernière fois.

– Elle n'a pas changé tant que ça. C'est tout elle sur cette photo. Elle a toujours le même sourire et ce petit grain de beauté sur la joue.

– Et pourquoi elle vivrait maintenant à mon époque ? Tu dis toi-même que tu es la seule à être coincée dans le passé.

– C'est ça que je ne comprends pas, a-t-elle reconnu, perplexe.

– Tu crois que certaines personnes de ton époque font exprès de venir vivre à la mienne ?

– Ça n'a pas de sens, s'est esclaffée Pénélope. Qui voudrait vivre à ton époque ?

Cette idée était visiblement inconcevable pour elle.

– Alors tu vois bien. Cette fille sur l'affiche ne peut pas être ta copine.

Pénélope a regardé longuement le visage sur l'Abribus.

– Tu dois avoir raison, a-t-elle admis à regret.

– C'est peut-être son arrière-arrière-arrière-grand-mère. Du coup, elle lui ressemble.

Pénélope n'a pas répondu. Elle a repris le chemin du centre-ville. Sa déception faisait peine à voir.

Nous avions décidé de passer le reste de l'après-midi entre l'église et le Monoprix, dans ce qu'on pouvait vaguement appeler le centre-ville. Nous espérions que les profs de l'époque de Pénélope choisiraient à nouveau cette destination.

Nous nous sommes assises par terre, adossées à un grand bac à fleurs. Nos sacs nous servaient de coussin et un paquet de chouquettes était posé entre nous. Il ne restait plus qu'à attendre. Je ne me faisais pas d'illusions, il nous faudrait sans doute revenir le lendemain et les jours suivants jusqu'à ce que la chance soit de notre côté.

Pénélope était aux aguets. Elle touchait à peine aux chouquettes et regardait de tous les côtés, tendue.

Moi je réfléchissais à tout ça, et quelque chose me gênait.

– Ta prof peut voyager dans le temps, ça veut dire qu'elle est capable de revenir quand elle veut. Elle peut même programmer son arrivée avant le moment où tu es restée bloquée ici. Comme ça, pas de problème, elle revient quand tu es encore avec ta classe et elle s'arrange pour que tu repartes bien comme prévu avec les autres. Comment tu expliques qu'elle n'ait pas fait ça ?

Pénélope m'a regardée d'un air affligé. J'avais dit une connerie ou quoi ?

– Es-tu sérieuse ? a-t-elle demandé, sourcils froncés.

– Oui. Ta prof revient en arrière et se prévient elle-même qu'une élève risque de se perdre. Du coup, elle fait plus attention et hop, le problème est résolu.

– Mais enfin, réfléchis ! Ça ne te choque pas qu'on puisse se retrouver face à soi-même ?

– Ça doit être plutôt marrant. Moi je ne suis pas contre rencontrer une version de moi-même qui arriverait du futur. Je pourrais me prédire l'avenir. Pas mal.

– C'est absolument interdit ! s'est exclamée Pénélope, horrifiée. Nous ne sommes en aucun cas autorisés à retourner à une date et une heure où nous sommes déjà allés ! Veux-tu créer une aberration ?

– Bon, OK, ça serait peut-être bizarre. Mais sans aller jusque-là, ta prof aurait pu revenir un peu après le départ de votre groupe. Le jour où tu es arrivée, tu es restée toute la journée au même endroit, devant le lycée. Alors, quand ta prof est rentrée en 2187 et qu'elle s'est rendu compte que tu n'étais pas là, pourquoi elle est pas venue te chercher à ce moment-là ?

Pénélope semblait agacée.

– C'est ce que j'espérais. Pourquoi crois-tu que je sois restée là, à attendre pendant des heures ? Mais c'était sous-estimer la difficulté. Les déplacements temporels sont extrêmement compliqués à mettre en œuvre. Il y a tout un ensemble de facteurs qui peuvent faciliter ou au contraire perturber le voyage.

– Tu m'as dit que ta prof était super-forte pour ça.

– Tu n'y connais rien. Même pour une agrégée, c'est très délicat. Mais tu n'es qu'une fille du Moyen Âge, tu ne peux pas comprendre.

– Évidemment, puisque tu ne m'expliques rien. C'est quoi, les facteurs qui permettent de se déplacer dans le temps ? Vous avez une sorte de transmutateur, ou un laser, ou je ne sais quoi ? Le tien est cassé ?

– À quoi cela te servirait-il de le savoir ? Jamais ça ne te sera utile.

Je n'ai pas insisté davantage, sachant que je n'en tirerais rien de plus. Nous avons continué à regarder les passants. Aucun d'eux n'avait l'air d'un voyageur du futur.

Pour occuper le temps, j'ai décidé d'établir une chronologie qui aiderait Pénélope à se repérer et à cesser de mettre cens et TVA, ou Peste noire et sida, dans le même panier. Ce n'était pas du luxe.

J'ai sorti une copie de mon sac et tracé une grande ligne horizontale.

– Il y a d'abord la préhistoire. C'est l'époque des hommes habillés avec des peaux de bêtes et qui dessinent dans des grottes. Elle se termine avec l'invention de l'écriture environ trois mille ans avant zéro.

– C'est pareil pour nous.

– Après la préhistoire, nous avons l'Antiquité. L'Empire romain, Jupiter, les gens habillés en toge, tout ça.

– Nous aussi nous appelons cette période l'Antiquité. C'est après cette époque-là que les noms sont différents pour toi et pour moi.

– Pour nous, le Moyen Âge commence en 500 environ et prend fin avec la découverte de l'Amérique par Christophe Colomb, en 1492.

– Pour moi, ça correspond au haut Moyen Âge. Après ça, c'est le Moyen Âge central qui dure jusqu'au XIXe siècle.

– Il se termine avec le début de l'ère industrielle, je suppose.

– Non. Avec le droit de vote des femmes.

– Tu es sûre ?

– Oui. Au XIXe siècle, les femmes peuvent enfin voter dans certains pays, comme la Suède ou la Nouvelle-Zélande. C'est ce qui marque le début du Moyen Âge tardif.

J'ai été un peu surprise par le choix de ce critère pour déterminer la fin d'une période historique. Je n'avais jamais entendu un prof d'histoire estimer que le droit de vote accordé aux femmes était déterminant, mais après tout, c'est vrai que ce n'était pas rien... Apparemment, notre futur était sensible à l'égalité hommes-femmes, ce qui me plaisait bien. Je trouvais juste étrange qu'une société égalitaire sépare les filles et les garçons dans les écoles ou les lycées.

Je mourais d'envie d'en savoir plus. Comme je connaissais les réticences de Pénélope à me décrire son monde en détail, j'ai avancé étape par étape.

– Du XIXe siècle jusqu'à aujourd'hui, ai-je poursuivi, vous appelez ça le Moyen Âge tardif.

– Oui.

– Et après ? Tu as dit que 2019 marquait le début de la Renaissance.

– J'ai dit ça ?

Pénélope semblait embarrassée. Elle me refaisait son regard fuyant, elle allait encore me sortir son truc d'aberrations temporelles. J'ai quand même insisté.

– Tu as parlé de changements, tu as même dit qu'il y en aurait beaucoup.

– Pas tant que ça en réalité.

– Si, forcément. Autrement, vous n'auriez pas appelé cette période la Renaissance.

– Je ne sais pas, je ne suis pas historienne.

– Mais tu n'es pas si mauvaise que ça en histoire. J'ai bien vu.

– Je t'en ai déjà trop dit.

– Quoi ? Tu ne m'as rien dit du tout !

– Arrête.

– Selon vous, le Moyen Âge dure quinze siècles. C'est très long. Si les historiens de ton époque estiment que 2019 correspond au début d'une nouvelle période, c'est qu'il y a cette année-là des changements très importants.

Pénélope a pris un air buté. Elle a fixé son regard sur les passants. Les gens rentraient du travail, récupéraient leurs enfants à la garderie, faisaient quelques courses.

– Nous sommes ici pour trouver quelqu'un de mon époque, m'a-t-elle reproché. Nous ferions mieux de nous concentrer au lieu de bavarder.

– Si un groupe de gens de ton époque déboule devant nous, on le repérera tout de suite. Je te rappelle que vous pensez vous fondre dans le Moyen Âge mais que vous n'êtes pas très discrets.

– D'accord, tu nous avais remarquées, a répondu Pénélope d'un ton irrité, mais tu es la seule, enfin, à part ton ami Yoan, mais sinon, c'est tout. Les autres gens ne nous regardent même pas. Cesse de dire que les personnes de mon époque sont idiotes.

– J'ai jamais dit ça...

– Alors merci de ne plus faire de commentaires sur mes contemporains.

Maintenant, Pénélope faisait la tête. Nous sommes restées quelque temps sans rien dire.

Il y avait moins de monde dans la rue. Le soir approchait.

– On continuera demain ?

– D'accord, a-t-elle soupiré. De toute façon, qui serait assez téméraire pour entreprendre le voyage alors que la nuit va tomber ?

En partant, Pénélope a jeté un dernier coup d'œil par-dessus son épaule, mais il n'y avait décidément personne ce soir-là qui puisse la sauver.

CHAPITRE 12

Quand nous sommes rentrées à la maison, Tiago était devant chez nous en train de dire au revoir à une demi-douzaine de filles de son âge. Ichigo était perché sur son bras droit, Naruto s'accrochait à son pull tant bien que mal et Luffy était blotti dans son cou. Les filles poussaient des petits cris en riant et en déclarant que, finalement, les rats étaient des animaux trop chou. Elles sont reparties en bavardant joyeusement.

– C'est qui, toutes ces filles ? me suis-je étonnée.

– Les membres de l'OSAT.

– Pardon ? ai-je demandé en haussant le ton pour couvrir le bruit d'un train qui passait en contrebas.

– L'Organisation pour la Sauvegarde des Animaux de la Terre, a répondu Tiago en parlant fort lui aussi. On vient de la créer. On est déjà sept membres. Vous pouvez adhérer, c'est gratuit. On fera une réunion par semaine dans ma chambre pour décider de nos actions.

– Non merci, ai-je répondu.

– C'est pas comme ça qu'on sauvera la faune sauvage, m'a reproché Tiago. Et toi, Pénélope, tu veux adhérer ?

– Non merci, a-t-elle dit à son tour.

Tiago était déçu.

– Vous êtes nulles, a-t-il râlé en rentrant dans la maison.

– Attends... l'a retenu Pénélope. Pourquoi n'y avait-il que des filles avec toi ?

– Mon pote Elyes devait aller chez l'orthodontiste. C'est désespérant. À quoi ça sert d'avoir les dents bien droites alors que plein d'animaux sont en train de mourir ?

– Et ton copain Léo ? ai-je demandé.

– Il préférait jouer à ses courses de voitures sur la console, a avoué Tiago avec amertume. Ça m'a pas plu. C'est pas écolo, une voiture de course.

– Une voiture de course virtuelle ne pollue pas beaucoup, ai-je fait remarquer.

– Dès qu'il aura dix-huit ans, a soupiré Tiago, il passera son permis et il choisira un gros 4 × 4 qui pollue, j'en suis sûr. Ah, les mecs...

– Finalement je suis d'accord, a décidé Pénélope. J'adhère. J'aime bien les animaux.

Et elle a affiché un large sourire. Tiago a aussitôt retrouvé le moral.

– Tu seras la doyenne. C'est cool. En plus, tu as déjà toutes les qualités nécessaires pour être membre.

– Que faudra-t-il que je fasse ?

– Pour l'instant, rien. À la prochaine réunion, on réfléchira à notre stratégie.

– D'accord, je viendrai. Je t'aide pour les rats, si tu veux.

Pénélope a attrapé Naruto qui était sur le point de se casser la gueule et l'a pris dans ses bras. Tiago était radieux. J'ai regardé Pénélope avec scepticisme.

– Tu viens d'entrer dans un club uniquement constitué d'enfants de dix ans.

– Et alors ? a-t-elle rétorqué. Dans vingt ans, certains d'entre eux dirigeront peut-être le monde.

La tête haute, Pénélope a passé la porte.

Mon père nous a accueillies avec un sourire. Il était en train de préparer des lasagnes végétariennes. Décidément, tout le monde chez moi s'était donné le mot pour supprimer la viande des menus. C'était un peu vexant que ma famille fasse ça pour Pénélope alors qu'elle ne l'avait jamais fait pour moi.

– Si tu mets des champignons à la place du steak haché, Tiago va faire une scène, ai-je fait remarquer.

– Il a promis de tout manger, a répondu mon père. Il a décidé de devenir végétarien lui aussi.

J'avais du mal à le croire :

– C'est impossible, il aime trop le saucisson.

– Les membres de l'OSAT s'engagent à ne plus manger d'animaux, a précisé mon père. C'est dans les statuts de l'association.

– Et toi ?

– Je vais continuer les sandwichs jambon-beurre au commissariat, alors je n'ai pas le droit d'adhérer. Mais Tiago m'a promis une place de membre honorifique dès que j'arrêterai la viande.

– Donc, en gros, il n'y a plus que deux carnivores dans cette maison.

– Pour l'instant. Tiago a l'intention de harceler Pierrick jusqu'à ce qu'il cède.

Finalement, l'OSAT était plutôt une bonne idée.

– Alors, Pénélope, a demandé mon père, comment s'est passée ta première journée au lycée ?

Pénélope a répondu que tout s'était bien passé et j'ai renchéri en racontant qu'elle s'était très bien débrouillée à l'oral en histoire. Mon père était satisfait.

– Bien. C'est important de faire des études. D'ailleurs, Pierrick, a-t-il enchaîné en haussant la voix, tu ne ferais pas mieux de monter dans ta chambre pour réviser le bac ?

Mais Pierrick faisait des abdos sur la terrasse. Il était presque arrivé à cent et, quand il a eu atteint son objectif, il a enchaîné sur une séance de relaxation musculaire, les yeux fermés.

C'est à ce moment-là que j'ai remarqué le comportement bizarre de Pénélope. Elle était sortie par la porte-fenêtre et approchait doucement sa main de la joue de mon frère.

– Pourquoi elle fait ça ? a demandé mon père, interloqué, la casserole de sauce Béchamel à la main.

Je n'en avais aucune idée mais j'ai filé vers elle.

– Qu'est-ce que tu fous ? ai-je murmuré en l'entraînant ailleurs.

– J'avais envie de le toucher...

– Mais pourquoi ?

– Son visage... Je voulais savoir s'il piquait...

Pierrick arborait en effet une barbe de trois jours.

– Il est mal rasé, évidemment qu'il pique.

– Je voulais le vérifier. Les garçons sont tellement poilus, c'est très impressionnant.

– Tout va bien ? a interrogé mon père, plutôt surpris.

– Oui, oui ! ai-je répondu en emmenant Pénélope dans ma chambre.

Mais cet incident en apparence anodin m'a laissé un sentiment de malaise. Pénélope parlait comme une entomologiste qui venait de découvrir une nouvelle espèce d'insecte. Ça me faisait réfléchir.

Depuis que je la connaissais, Pénélope avait un comportement surprenant, mais il y avait un sujet qui provoquait toujours, toujours des réactions insolites de sa part : les hommes. Elle était plus à l'aise avec les rats qu'avec les garçons. Ce que j'avais en tête me semblait incroyable mais je l'ai interrogée quand même.

– Pénélope. Tu as déjà vu des garçons de près ?

Elle s'est troublée.

– Bien sûr.

J'avais le sentiment très net qu'elle mentait.

– À ton époque, ai-je insisté, les filles et les garçons vont dans des écoles différentes. Mais en dehors du lycée, tu croises des mecs, quand même ?

– Parfois.

– Dans ta famille, il y a des garçons ? Ton père vit avec vous ?

– Chez moi, c'est comme chez toi, mais à l'inverse. Toi, tu ne vis qu'avec des hommes. Moi, je ne vis qu'avec ma mère et ma petite sœur.

– Tu as bien un oncle ou un grand-père ?

– Non.

– Tes profs, tes voisins... Tu vois forcément des hommes dans ta vie de tous les jours.

– Pas très souvent, a-t-elle répondu, embarrassée.

– Dans ton école de filles, les profs aussi sont toutes des femmes ?

– Oui. Mais il y a des hommes ailleurs, dans plein d'endroits, a-t-elle aussitôt précisé. C'est juste que je ne les vois que de loin.

J'imaginais le monde de Pénélope. Que la mère de Pénélope soit divorcée n'était pas en soi extraordinaire. C'était une situation fréquente, et visiblement son père ne faisait pas le forcing pour la voir un week-end sur deux. Que les profs soient exclusivement de sexe féminin, un peu comme à l'époque des pensionnats, voire des couvents où l'on envoyait les jeunes filles de bonne famille, c'était déjà un peu plus surprenant. Mais que la mixité ait complètement disparu de la vie quotidienne m'étonnait profondément...

Cela expliquait cependant beaucoup de choses. Pourquoi le groupe de copines de Pénélope n'était composé que de filles, par exemple, tout comme les deux autres groupes que j'avais eu l'occasion de croiser. Toujours des filles.

Est-ce que seules les filles passaient le BAC ? Étaient-elles les seules à voyager dans le temps ? Ou y avait-il aussi des groupes de garçons, séparés, qui voyageaient de la même façon mais que je n'aurais pas remarqués ?

En tout cas, je comprenais mieux pourquoi, depuis le début, Pénélope était tendue quand elle croisait un homme. Les garçons étaient pour elle *terra incognita*, un continent inexploré.

Plus Pénélope me livrait des bribes d'informations sur son monde, plus cela me laissait un sentiment diffus d'inquiétude et plus j'avais envie d'en savoir davantage. Même si je serais morte depuis longtemps en 2187, c'était mon avenir et ça me faisait mal d'imaginer qu'il puisse être bourré de règles, de préjugés et de barrières. Jusqu'alors, j'avais imaginé que le monde de Pénélope était forcément mieux que le mien. Maintenant, j'avais un doute.

Ce soir-là, malgré tout, le dîner a été un moment sympa. Nous avons bavardé de tout et de rien, et désormais je n'étais plus obsédée par la volonté d'obtenir l'autorisation de voyager cet été. Ça supprimait pas mal de tensions dans la famille.

Pénélope elle-même semblait un peu plus à l'aise que d'habitude et a mangé les lasagnes aux champignons avec bon appétit. Mon père lui a rappelé qu'il faudrait bientôt commencer à remplir le dossier de demande d'asile et elle a acquiescé.

Si quelqu'un nous avait vus à ce moment-là, il aurait été convaincu que nous formions une vraie famille. J'ai constaté que Pénélope hochait la tête à plusieurs reprises quand Tiago racontait les projets de l'OSAT. Moi aussi, je me sentais bien. C'était idiot parce que Pénélope n'était rien pour moi et qu'elle n'avait qu'une envie, rentrer chez elle au plus vite... Mais sa présence à côté de moi me faisait plaisir, un peu comme si pour quelques semaines, j'avais vraiment une sœur.

Mon père a pourtant dû quitter la table avant le dessert car il avait reçu l'appel d'un de ses hommes lui signalant la présence d'intrus dans les carrières. Il s'agissait d'un réseau de carrières de craie qui n'étaient plus exploitées depuis plusieurs dizaines d'années mais qui attiraient régulièrement des groupes de jeunes. Mon père est donc parti sans avoir le temps de goûter les cookies préparés par Tiago. Des cookies aux pépites de chocolat sans pépites de chocolat, car mon petit frère avait constaté que les tablettes dans le placard n'étaient pas validées par Rainforest Alliance, ce qui les rendait donc incompatibles avec la Sauvegarde des Animaux de la Terre.

Fatigué par la création de l'OSAT qui lui avait demandé pas mal d'énergie, Tiago est ensuite monté se coucher sans râler. Je proposais un dernier cookie à Pénélope quand nous avons entendu s'élever quelques notes de guitare par la fenêtre entrouverte sur la terrasse.

– C'est joli, a dit Pénélope.

– C'est Pierrick. Il doit être avec une fille.

Quand il était petit, mon frère avait fait deux ans de guitare. Cela n'avait pas duré et son prof de musique s'était souvent arraché les cheveux, mais Pierrick savait suffisamment jouer pour faire illusion sur deux ou trois morceaux, les seuls dont il se souvenait. Ça plaisait beaucoup aux filles. Il optait en général pour *Jeux interdits* mais, cette fois, il avait choisi *Mistral gagnant* de Renaud.

J'ignorais quelle fille avait droit au concert de ce soir. Pierrick changeait souvent de copine. Il n'avait aucun effort à fournir pour ça, il y avait toujours une fille ou deux qui lui tournaient autour. Il me semblait qu'il avait rompu avec Héloïse, ou l'inverse, et je savais que c'était fini aussi avec Sonia, mais je n'ai même pas jeté un coup d'œil vers la terrasse. La vie amoureuse de mon frère n'avait pas grand intérêt à mes yeux.

En revanche, Pénélope était curieuse et je la comprenais. Si elle n'avait pas l'habitude des garçons, ça voulait dire qu'elle n'était pas non plus accoutumée à voir une fille sortir avec un mec. Forcément, elle devait se poser pas mal de questions.

– Tous les garçons jouent-ils de la guitare quand ils sont amoureux ? a tenté de comprendre Pénélope.

– Comment te dire ? D'abord, tous les garçons ne savent pas jouer de la guitare. Ensuite, je ne suis pas certaine que Pierrick soit amoureux.

– Alors pourquoi est-il seul avec cette fille ?

– *Grosso modo*, pour la convaincre de coucher avec lui.

– Veux-tu dire pour la convaincre d'avoir des relations sexuelles ?

– Oui. Les mecs ne pensent qu'à ça. Dans ce but, la guitare peut être utile.

– Mais pourquoi ?

– Les choses n'ont pas tellement changé depuis l'époque des troubadours. Les filles aiment toujours autant qu'on leur joue de la musique. Elles veulent du romantisme, et mon frère sait très bien leur en donner.

– Et grâce à la guitare, elles acceptent d'avoir des relations sexuelles avec lui ?

– Le plus souvent, oui. En général, il faut plusieurs soirées de guitare avant d'arriver à ce résultat, mais Pierrick est plutôt doué. Pas en guitare, je veux dire pour plaire aux filles.

Pénélope semblait très intéressée par mes explications. Elle s'est approchée discrètement de la baie vitrée pour tenter de mieux voir ce qui se passait dehors.

– Je connais cette fille, a-t-elle constaté, le nez collé à la vitre.

– C'est qui cette fois ? ai-je ironisé. Encore une de tes voisines ? Arrête de voir des filles du futur partout !

– Ce n'est pas une fille du futur. C'est Nelly.

J'ai bondi hors du canapé.

– T'es pas sérieuse !

– Viens voir par toi-même.

J'ai regardé dehors et j'ai constaté que Pénélope avait raison. Nelly était assise à côté de mon frère et minaudait en l'écoutant jouer. J'étais verte.

– Pierrick sort souvent avec la première fille venue, mais là c'est n'importe quoi, ai-je protesté.

– Peut-être qu'il la trouve jolie.

– De toute façon je m'en fous. Dans quelques semaines maximum, elle se fera jeter.

– Jeter ?

– Plaquer. Pierrick va la quitter. C'est toujours comme ça que ça se termine. Il se lasse.

– Alors Nelly sera malheureuse ?

– Possible.

– Il faut la prévenir !

– C'est un risque qu'elle prend de son plein gré.

– Peut-être pas, a répondu Pénélope, alarmée. Peut-être croit-elle qu'après la sérénade Pierrick l'épousera et qu'ils seront heureux toute leur vie. Il faut lui dire qu'elle se trompe !

Avant que j'aie eu le temps d'intervenir, Pénélope a fait coulisser la baie vitrée d'un grand geste et a crié :

– Sauve-toi ! Ce garçon va te faire souffrir !

Sidéré, Pierrick s'est arrêté de jouer de la guitare tout net. Nelly aussi faisait une drôle de tête.

– Qu'est-ce qu'elle nous fait, celle-là ? a grommelé Pierrick, agacé.

J'ai tiré de toutes mes forces Pénélope en arrière pour la ramener dans le salon et refermer la porte-fenêtre, mais je ne faisais pas le poids.

– Pars avant qu'il ne soit trop tard ! a hurlé Pénélope en se débattant pour se dégager de mon étreinte. Tout ce qu'il veut, c'est avoir des relations sexuelles avec toi !

– C'est quoi ce délire ? s'est énervé Pierrick.

– C'est Andrea qui me l'a dit ! a repris Pénélope. Son frère ne pense qu'à ça ! Tous les garçons ne pensent qu'à ça !

J'étais mal. Pierrick s'est levé et m'a jeté un regard assassin.

– Cours, Nelly, cours ! a crié Pénélope. Je le retiens !

Et Pénélope a agrippé le bras de Pierrick pour l'empêcher de poursuivre Nelly. Sauf que Nelly ne bougeait pas. Pierrick avait du mal à contenir sa colère.

– J'en ai assez. Depuis que tu es là, tu me traites comme si j'étais le pire des salauds. Pour qui tu me prends ?

– Pour ce que tu es, a répondu Pénélope fermement.

– J'essaie d'être sympa avec toi alors que toi, tu me tacles en permanence !

Mais Pénélope n'avait pas l'intention de se laisser convaincre. Elle défiait Pierrick du regard.

– Essaie de me frapper, si tu l'oses.

– Mais enfin, je n'ai pas l'intention de te frapper ! a répondu mon frère, à bout.

– Tant mieux pour toi. Je sais me défendre, figure-toi.

Et Pénélope a levé ses poings comme une boxeuse prête à en découdre.

– Qu'est-ce que j'ai fait pour que tu m'en veuilles comme ça ?

Excédé, Pierrick a tourné les talons et a pris Nelly par la main.

– Je te raccompagne chez toi.

Une chose était sûre, sa soirée drague était gâchée.

Tout ça était un peu ma faute. En remontant dans notre chambre, j'ai tout de même tenté d'expliquer mieux les choses à Pénélope.

– Ici, les filles et les garçons vivent ensemble. Tu as vu, le lycée est mixte et la ville aussi. À vrai dire, la Terre entière est mixte, à part les toilettes dans les lieux publics et les douches dans les piscines.

– Je ne sais pas comment vous faites.

– C'est naturel et ça se passe très bien. Enfin, pas tout le temps et pas partout… Pour être exacte, c'est parfois difficile… Il y a même des situations assez horribles et les femmes n'ont pas toujours la vie facile… Mais bon, Nelly savait parfaitement ce qu'elle faisait en venant écouter la guitare de Pierrick.

– Ton époque est vraiment trop bizarre. Je ne la comprends pas.

J'ai soupiré. Le cerveau de Pénélope n'était pas équipé pour mon monde. À cette heure-là, la meilleure chose à faire était encore d'aller se coucher.

– Je n'ai pas sommeil, a dit Pénélope. Montre-moi plutôt comment vous vous servez d'Internet.

– Il est tard… ai-je protesté.

– Je veux réussir à appréhender ton époque et ses coutumes. J'ai besoin d'outils pour cela.

Fatiguée, je lui ai rapidement montré comment faire une recherche sur Google. Le maniement de la souris lui a beaucoup plu.

À ce moment-là, j'ai entendu mon père rentrer. Quelques secondes plus tard, il frappait à la porte de ma chambre.

– Tout va bien ? a-t-il demandé.

– Oui. Et toi ? Tu as réglé le problème dans les carrières ?

– Ça n'a pas pris longtemps. Finalement, c'était seulement un couple d'amoureux qui cherchait un peu d'adrénaline. On s'est contentés d'un rappel à la loi et on a posé un verrou provisoire sur la porte des carrières. Ne vous couchez pas trop tard, toutes les deux. Il y a cours demain.

– Promis. Bonne nuit.

– Bonne nuit.

Le lendemain matin, nous commencions à dix heures. Avant de quitter ma chambre, Pénélope a vérifié que le sèche-cheveux était bien dans son sac. C'était insolite, cet intérêt pour un appareil aussi banal. Je devinais qu'elle y voyait autre chose que le moyen de se faire belle. Oui, mais quoi ?

Côté vestimentaire, j'ai été satisfaite de voir qu'elle avait choisi de mettre son jean. Ça allait nous éviter pas mal d'ennuis.

– Il est très confortable, a-t-elle commenté.

– C'est une coupe boyfriend, c'est pour ça. C'est à la mode pour les filles.

– Ah... Et les garçons mettent des jeans coupe girlfriend ?

– Bien sûr que non.

– Pourquoi pas ?

– En gros, les filles mettent parfois des vêtements de mecs, c'est même assez stylé. Mais un mec qui met des vêtements de filles, ça ne passe pas.

– C'est idiot, a jugé Pénélope.

Nous sommes descendues prendre notre petit déjeuner. Pierrick n'était pas dans la cuisine et ça m'arrangeait.

Je n'avais pas trop envie de le croiser après ce qui s'était passé hier.

– Allez, on y va, ai-je dit à Pénélope. Et n'oublie pas tes baskets. On commence la journée par le cours d'EPS.

– Vraiment ? s'est étonnée Pénélope. Je ne pensais pas que vous aviez cette matière.

– Deux heures par semaine.

– Je suis agréablement surprise. C'est une des matières les plus importantes, à mon époque. Mais pourquoi faut-il se mettre en chaussures de sport pour ça ?

Encore une remarque bizarre de Pénélope. Peut-être le sport était-il pratiqué pieds nus dans le futur, un peu comme dans l'Antiquité ? Peut-être que nos sports à nous, comme le foot ou le tennis, avaient complètement disparu au profit de nouvelles disciplines ? J'imaginais déjà des sports incroyables, un peu comme le quidditch...

– Ça ressemble à quoi, un cours de sport à ton époque ? ai-je interrogé avec curiosité, en vérifiant que personne de la famille ne traînait près de la cuisine.

– Sport ? Quel rapport avec l'EPS ?

– C'est la même chose. EPS, Éducation Physique et Sportive.

– Oh ! s'est étonnée Pénélope. À mon époque, le sport s'appelle sport.

– Alors c'est quoi, l'EPS ?

– Étude et Perception des Sentiments.

J'étais étonnée évidemment, je n'avais jamais entendu parler de cette matière, pas même en option.

– Ça consiste en quoi ?

– Nous y apprenons à lire les langages non verbaux.

– La langue des sourds-muets ?

– Mais non ! Les expressions du visage et du corps. C'est au moins aussi important que les mots.

– Genre je me tripote l'oreille quand je mens, ou mes pupilles se dilatent quand je kiffe quelqu'un.

– Tu simplifies à l'extrême, mais en gros c'est ça.

– Tu es forte ?

– Pas tellement. Je fais beaucoup d'efforts mais je suis un peu dyslexique en sentiments. C'est dommage parce que l'épreuve a un gros coefficient au BAC.

– Et ça te sert pour quoi, après le BAC ?

– À mon époque, la communication est considérée comme essentielle. Une mauvaise compréhension entre individus crée des ressentiments, des tensions, des conflits. Nous apprenons à les éviter. Pas étonnant que vous ayez autant de guerres au XXIe siècle si vous n'êtes pas capables de communiquer vos sentiments.

Cette théorie me plaisait bien. Les mots plutôt que la violence...

– Et ça marche ?

– Bien sûr. Tout le monde chez nous travaille dans ce sens. L'EPS n'est pas le seul moyen dont nous disposions pour éviter les guerres. Dans ton monde à toi, toutes les personnes d'un même pays se ressemblent. Ici, par exemple, vous êtes presque tous blancs de peau. C'est pareil partout dans le monde médiéval, il y a toujours une couleur de peau majoritaire. C'est une erreur car c'est source de tensions.

– Dans le futur ce sera différent ?

– Évidemment. Le métissage est un principe de base, comme le voyage de maturité.

Le mot « voyage » clignotait devant mes yeux. Pénélope m'a expliqué de quoi il s'agissait.

– Après le BAC, nous partons vivre à l'étranger pendant cinq ans. Nous devons choisir au moins trois pays différents sur deux continents autres que celui où nous avons grandi. C'est obligatoire.

– C'est génial !

– Si nous comprenons les autres, nous ne les combattons pas. C'est un de nos principes.

Ça me faisait envie. Quand Pénélope rentrerait chez elle, elle aurait la vie dont je rêvais. Voyager pendant cinq ans sans que son père puisse le lui interdire !

En EPS du XXIe siècle, nous avions foot. Dans les vestiaires, Nelly a soigneusement évité de croiser mon regard. De toute façon, moi non plus je ne tenais pas à lui parler. Ça m'agaçait que mon frère s'intéresse à elle.

Le prof d'EPS a d'abord donné ses consignes aux garçons qui ont commencé leur match aussitôt sur le terrain partagé en deux. Il est ensuite venu vers nous, les filles, pour nous répéter une fois de plus les règles de base. Il a passé au moins dix minutes sur le hors-jeu. Comme si on n'avait pas encore compris. Forcément, personne n'écoutait vraiment.

– Pourquoi répète-t-il plusieurs fois la même chose ? a chuchoté Pénélope.

– Il fait toujours ça avec les filles. Profites-en pour écouter les règles.

– Qu'est-ce que tu crois ? Je connais le football.

– Ça existe encore en 2187 ?

– Bien sûr. Personnellement, je préfère la natation, mais j'aime aussi beaucoup les sports d'équipe.

– Arrêtez de parler tricot, mesdemoiselles, s'est exclamé le prof. Allez, debout, c'est parti !

– Pourquoi dit-il cela ? s'est étonnée Pénélope. Nous ne parlions pas tricot.

– C'est un macho, c'est tout. Il aime bien les filles tant qu'elles sont décoratives mais, au fond, il trouve que les garçons, c'est mieux.

– Alors c'est donc ça... un misogyne ! Je n'en avais jamais vu avant...

Pénélope observait le prof d'EPS, absolument enchantée.

– La misogynie n'existe plus dans le futur ? ai-je interrogé.

– Elle a complètement disparu, a confirmé Pénélope.

Ça, c'était une bonne nouvelle.

– La misogynie est un comportement typiquement médiéval. Je ne pensais pas avoir la chance de pouvoir l'observer un jour de près, m'a expliqué Pénélope, ravie.

C'était sûrement la première fois qu'une fille du lycée trouvait ce prof d'EPS passionnant.

Quand le match a commencé, il n'a pas fallu plus d'une minute pour que Pénélope nous dribble toutes une à une et marque un but. J'étais dans l'équipe adverse et, très vite, nous avons compris qu'aucune de nous ne réussirait à toucher la balle. Pénélope faisait des passes à ses coéquipières qui bien souvent rataient le ballon. Elle le récupérait alors avec aisance et jouait quasiment seule, comme si elle était partout à la fois.

Sur l'autre moitié du terrain, les garçons s'étaient arrêtés en plein match pour observer le spectacle. Bouche ouverte, le prof aussi regardait Pénélope. Je me suis demandé s'il allait la féliciter ou lui proposer de jouer avec les garçons, honneur suprême, mais il n'a rien dit. Ce qu'il était en train de voir dépassait son entendement.

– Ah, cela fait du bien de se défouler, a éructé Pénélope en me rejoignant pour la mi-temps.

– Vous êtes tous comme ça, dans le futur ? ai-je chuchoté.

– Meilleurs que vous en football ?

– Non. Grands et sportifs.

– Oh non ! Il y a aussi des personnes de petite taille chez nous. Enfin, a-t-elle ajouté l'air amusé, rarement aussi petites que toi ! Tu es vraiment rachitique.

– Merci, ai-je ironisé.

– Ce n'est pas ta faute. Si tu avais une alimentation plus équilibrée et une vie plus saine, tu aurais peut-être une taille normale, toi aussi. Mais la santé n'est pas une priorité pour vous autres, les gens du Moyen Âge.

L'après-midi, Pénélope m'a emprunté mon portable pour en utiliser la fonction chronomètre. Elle a passé les trois heures de cours qu'il nous restait à chronométrer je ne sais quoi et à tout noter sur son cahier. Quand je lui ai demandé ce qu'elle fabriquait, elle m'a répondu de ne pas l'interrompre. J'ai laissé tomber.

La journée s'était plutôt bien passée et j'allais lui proposer de traîner dans les rues dans l'espoir de trouver des filles de son époque quand nous avons croisé des mecs de première. Ils nous ont bousculées en riant avant de partir vers les préfabriqués.

– Faut vous calmer ! me suis-je exclamée.

Mais ils se marraient en nous regardant. Je ne savais pas pourquoi mais j'ai compris en me tournant vers Pénélope. Elle était rouge de colère.

– L'un d'eux a touché mes fesses ! Est-ce autorisé à ton époque ?

J'étais furieuse contre eux.

– Bien sûr que non. Les petits cons.

– Ils auraient pu me demander mon avis ! Je ne suis pas un morceau de viande !

– Évidemment, ça ne doit pas se produire souvent à ton époque.

– Jamais, a confirmé Pénélope d'une voix tremblante. Personne ne ferait une chose pareille en 2187.

Je comprenais Pénélope. Une main aux fesses, ça m'était déjà arrivé dans le bus. Ça laissait la pénible sensation d'avoir été prise pour un objet.

– Tu avais dit que les garçons respectaient les filles. Que la mixité était une bonne chose. Mais c'est faux, ton époque est barbare !

Par certains aspects, elle n'avait pas tort. Mon époque était parfois digne du Moyen Âge, et cette main aux fesses le prouvait. Pénélope devait se sentir tellement étrangère ici... Combien de temps serait-elle forcée de rester parmi nous ?

Elle ne décolérait pas, je le voyais bien. Je me suis dit qu'il valait mieux rentrer directement à la maison.

Ce soir-là encore, mon père était absent, en intervention quelque part. Nous avons dîné seuls, Pénélope, Pierrick, Tiago et moi. L'ambiance était plombée. Pierrick faisait la gueule. Pénélope mangeait sa salade sans rien dire. Seul Tiago se montrait bavard, nous expliquant, schéma à l'appui, son idée pour une nouvelle organisation de l'économie mondiale favorisant la production locale et diminuant du même coup les transports de marchandises trop polluants.

Tiago a quitté rapidement la table pour recopier au propre son croquis, et Pénélope a fait de même pour aller sur Internet, ce qui semblait être devenu une passion pour elle.

Alors que je m'apprêtais à monter dans ma chambre moi aussi, Pierrick m'a arrêtée d'un geste.

– Comment ça se passe au lycée pour Pénélope ? m'a-t-il questionnée sans parler trop fort.

– Pourquoi tu me demandes ça ?

– Parce que je suis un mec et je sais très bien ce que les autres disent à son sujet.

– Épargne-moi les détails.

– Ça vaut mieux, c'est clair. Si quelqu'un la colle à nouveau, viens m'avertir.

– Tu es au courant ?

– C'est ce mec de première, a poursuivi Pierrick. Il se vantait devant tout le monde. Alors je lui ai dit ma façon de penser. Je crois qu'il recommencera plus.

– Merci pour elle.

– Tu sais, je lui en veux pas vraiment pour hier soir. C'est pas sa faute si elle est agressive avec les garçons. Avec le physique qu'elle a, je comprends. Elle doit attirer tous les mecs dans un rayon d'un kilomètre. Alors forcément, elle en a marre. Elle est tellement belle…

CHAPITRE 13

– Pénélope, descends, on va être en retard !

Mercredi matin, j'attendais en bas de l'escalier quand Pénélope est enfin apparue.

Elle portait son jean, un tee-shirt à manches longues, sa veste et surtout un foulard sur la tête qui couvrait son cou et ses cheveux. C'était un de mes foulards, bleu avec des têtes de mort. Elle avait dû le trouver dans mon placard.

De sa peau, on ne voyait que ses mains et son visage.

– Pourquoi tu t'es habillée comme ça ? ai-je demandé, interloquée.

– Je ne veux plus que les garçons me regardent.

Sa réaction était bien compréhensible.

– Il faut dire que tu es très jolie, ça complique les choses...

– Mais alors, que faites-vous des jolies femmes à votre époque ? Vous les enfermez chez elles ?

Pénélope était horrifiée, elle semblait vraiment croire que ça puisse être possible.

– Bien sûr que non ! Je dis juste que les garçons ont un peu de mal à contrôler leurs hormones. Il faut pas leur en vouloir.

– Les filles arrivent très bien à contrôler leurs hormones pourtant.

– C'est pas pareil...

– Pourquoi ?

– On est différents, c'est tout...

– Pourquoi ?

– Je ne sais pas... C'est comme ça depuis des siècles.

– Pourquoi ?

– Arrête de poser des questions.

Je ne savais plus quoi répondre et ça m'embarrassait. Pénélope secouait la tête, affligée :

– Comment peux-tu accepter ça ?

Elle est sortie de la maison sans m'attendre.

Nous avons marché vers le lycée sans mot dire. Sur son dos, son sac avait l'air tout plat.

– Tu n'as pas pris le sèche-cheveux ?

Si ce sèche-cheveux était comme un doudou pour elle, ça ne me dérangeait pas qu'elle l'emporte partout, mais elle a haussé les épaules.

– Tu avais raison. Il ne me sert à rien.

Pénélope avait le visage fermé, elle avait l'air de faire une grosse déprime mais, dans l'immédiat, ce n'était pas ce qui m'inquiétait le plus. Je craignais la réaction de madame Ragon… Comment expliquer à une fille du futur qu'au Moyen Âge, il y avait une loi sur les foulards ?

À peine avions-nous passé la grille que ça n'a pas raté :

– Mademoiselle, vous devez vous découvrir la tête.

Interloquée, Pénélope s'est retournée vers Ragon.

– Pourquoi ?

– Vous n'avez pas le droit de porter de signe ostentatoire de religion.

– Quelle religion ? a demandé Pénélope, perplexe. Je ne crois en aucun dieu.

– Dans ce cas, vous ne ferez pas de difficultés et vous retirerez votre foulard.

Pénélope ne pouvait pas savoir que, régulièrement, le port du foulard créait des tensions. La presse s'en faisait l'écho et, dans les établissements scolaires, tout le monde était un peu crispé sur le sujet. Ragon aussi ; elle n'avait pas envie de devoir appeler la police pour faire respecter la loi. Moi non plus je ne voulais pas en arriver là. Depuis que Pénélope était là, les policiers n'étaient pas vraiment nos amis.

– Tu ferais mieux d'enlever ton foulard, ai-je chuchoté à son oreille. Mais tu peux le garder autour du cou, ça, c'est autorisé.

– Je peux couvrir mes jambes, mes bras, mon cou, mais pas mes cheveux ? s'est-elle étonnée.

– Euh… c'est ça.

Pénélope m'a regardée avec incompréhension.

– C'est absurde. Je refuse d'obéir à une consigne insensée.

– Alors vous ne pouvez pas entrer dans le lycée, a repris Ragon.

– Ça tombe bien, je me fous de votre lycée.

– Pénélope... Fais ce qu'elle dit...

– Ce règlement sur les cheveux me choque beaucoup !

Et Pénélope est repartie dans la rue, mécontente.

– Il faut l'excuser, ai-je improvisé maladroitement. Elle a du mal à s'habituer à notre pays, mais ça va passer.

Et sans attendre la réponse de Ragon, j'ai couru pour rattraper Pénélope.

Elle marchait d'un pas vif, elle était furieuse.

– Il n'y a aucune liberté ici !

– Le foulard, c'est une histoire un peu compliquée, ai-je tenté de lui expliquer.

– Je ne comprends rien à vos règles arbitraires. Je dois couvrir mes seins mais je suis obligée de montrer mes cheveux ?

– Les cheveux et les seins, c'est pas tout à fait la même chose...

– Arrête de me prendre pour une idiote. La chevelure des femmes est un symbole de séduction depuis l'Antiquité et pendant tout le Moyen Âge. Je ne suis pas si nulle que ça en histoire, je l'ai appris à l'école !

– Pas ici, pas en France...

– Bien sûr que si. Jusqu'à la fin du Moyen Âge central,

les femmes ne devaient pas sortir sans chapeau. C'était très mal vu.

La fin du Moyen Âge central, donc le XIXe siècle. Pénélope n'avait pas tort, je me souvenais d'un texte de Zola qui en parlait. Sortir sans chapeau était indécent pour une femme.

– Et maintenant, c'est l'inverse ? a poursuivi Pénélope. Les femmes ne doivent pas sortir avec un foulard ? Ne peut-on pas simplement nous laisser faire ce qu'on veut avec nos cheveux ?

Pénélope ne s'arrêtait plus. Elle criait que les cheveux, ce n'était rien d'autre que des poils plus longs que les autres, qu'elle ne voyait pas pourquoi on en faisait toute une histoire et qu'elle en avait assez de ces coutumes d'un autre âge.

– Regarde ce que j'en fais, de vos préjugés !

Pénélope a enlevé son foulard. J'étais plutôt soulagée. Mais la suite m'a alarmée. Pénélope avait posé son sac par terre et retirait sa veste.

– Qu'est-ce que tu fais ?

– Ce que je veux.

Pénélope enlevait maintenant son tee-shirt.

– Arrête !

Elle n'a pas tenu compte de mon cri. Deux secondes plus tard, on voyait ses seins. J'ai tenté de la couvrir avec sa veste mais elle m'a repoussée.

– À mon époque, nous pouvons être nues si nous le voulons ! Nous sommes libres !

Horrifiée, j'ai constaté qu'elle n'avait pas l'intention de s'arrêter là. Elle retirait maintenant ses ballerines.

– Tu peux pas faire ça ! On est dans la rue ! Si ça se trouve, tout le monde nous regarde par les fenêtres du lycée !

– Je m'en fous !

Pénélope retirait son jean. Dans un instant, elle ne porterait plus que sa culotte. Je me suis jetée sur elle pour empêcher le désastre mais elle m'a rejetée avec facilité.

Sa culotte avec l'imprimé petit chien a volé dans les airs. Pénélope était entièrement nue.

– Je suis une femme libre ! a-t-elle hurlé en levant les bras.

Je me suis retournée vers le lycée pour voir si on nous observait par les fenêtres. C'était impossible à dire à cause du reflet sur les vitres mais ça ne me rassurait pas. Je tenais tant bien que mal la veste de Pénélope devant elle pour la cacher mais elle dansait et je n'arrivais pas à la suivre.

– J'ai des seins, j'ai des cheveux, j'ai des fesses et c'est bien ! rugissait-elle.

J'ai ramassé son jean par terre. C'était la catastrophe. Si quelqu'un nous voyait, plus jamais je n'oserais remettre les pieds au lycée.

– Rhabille-toi tout de suite !

Je me demandais comment la forcer à m'obéir quand une ombre s'est jetée sur Pénélope.

J'ai eu très peur. Je n'ai pas compris ce qui arrivait.

Quelqu'un de grand et de puissant avait ceinturé Pénélope et l'entraînait rapidement vers la forêt.

J'avais le cœur qui cognait dans ma poitrine. J'ai couru derrière eux. L'agresseur semblait musclé et je craignais le pire.

Il a disparu avec Pénélope derrière un bosquet. Je les ai rattrapés en courant. À cet endroit-là, plus personne ne pouvait nous voir, ni du lycée ni de la rue.

– Lâchez ma copine ! ai-je menacé.

– Ne te mêle pas de ça.

C'était une voix de femme.

La silhouette s'est retournée et j'ai découvert un visage harmonieux, des cheveux blond platine relevés en chignon, des yeux bleus aux cils incroyables, des pommettes saillantes, une bouche pulpeuse. Elle avait des petites rides au coin des yeux et ça la rendait encore plus belle. Je l'ai reconnue. Cette géante était une femme du futur, la professeure de Pénélope. Elle portait toujours sa veste de tailleur mais avait retiré son petit chapeau en tulle. Elle avait aussi troqué sa jupe droite contre un pantalon de flanelle grise.

Mais au lieu de me réjouir pour Pénélope, j'étais mal à l'aise. Cette femme me regardait si durement qu'à ce moment précis, j'ai eu l'impression d'être un cafard qu'elle rêvait d'écraser sous son talon.

– George, s'est exclamée joyeusement Pénélope, tu m'as retrouvée !

Je ne comprenais plus rien. Le contraste était saisissant. Pénélope semblait aussi heureuse que moi alarmée. Ma soi-disant réfugiée s'est jetée dans les bras de sa prof, les larmes aux yeux, et a tourné son visage ému vers moi.

– Je vais enfin pouvoir rentrer chez moi.

Malgré son air redoutable, cette femme incarnait la solution que nous cherchions.

J'ai ressenti un pincement au cœur. Pénélope allait donc disparaître de ma vie. Elle n'était pas facile à gérer mais j'avais fini par la considérer comme une amie. J'aurais voulu parler encore avec elle, en apprendre davantage sur notre futur. Même incomplètes, je trouvais les informations qu'elle me donnait absolument fascinantes. C'était passionnant d'imaginer son monde...

Mais c'était fini, elle allait rentrer chez elle, retrouver sa mère, sa petite sœur et ses amies.

– Enfile ces vêtements, a dit la prof en montrant le jean et la veste dans mes mains. Tu ne te rends pas compte du risque que tu prends en affichant ta nudité ici.

– George est ma professeure d'histoire, m'a dit Pénélope en souriant. C'est elle qui encadrait notre voyage. Elle va me ramener à la maison.

Ravie, Pénélope se rhabillait. Je n'avais pas envie qu'elle s'en aille si vite.

– Vous pourriez passer chez moi pour boire quelque chose, ai-je tenté un peu bêtement. Je peux même vous faire des sandwichs pour la route. Enfin, si ça prend du temps de rentrer chez vous, je ne sais pas.

Je me suis sentie débile avec ma proposition de sandwichs. Je ne savais même pas exactement comment Pénélope voyageait dans le temps, mais sans doute était-ce très rapide, voire instantané.

George m'a toisée, préoccupée, et s'est tournée vers Pénélope.

– Que lui as-tu dit à notre sujet ?

– Rien, a aussitôt menti Pénélope. Elle croit que je viens d'un autre pays, c'est tout.

– Partons immédiatement, a répondu la prof.

Mais elle me dévisageait toujours avec méfiance. Ça me crispait, je me sentais mal à l'aise. Pourtant, Pénélope était toujours aussi radieuse.

– Je ne t'oublierai jamais, m'a-t-elle dit. Heureusement que tu m'as aidée.

– Moi non plus je ne t'oublierai pas.

– Concentre-toi maintenant, a ordonné George.

Elle a pris Pénélope par la main et a fermé les yeux. Mais Pénélope l'a lâchée pour se jeter sur moi et me serrer dans ses bras.

– Quand je serai rentrée, je dirai à mes amies que les gens du passé ne sont pas si arriérés que ça, m'a-t-elle dit à voix basse.

– Merci.

– J'ai appris beaucoup avec toi.

– Moi aussi.

J'avais le cœur serré. George a attrapé Pénélope par le poignet.

– Tout ça n'a duré que trop longtemps. Ça suffit.

– Je peux tout de même prendre le temps de dire au revoir à mon amie, a protesté Pénélope.

– Tu ne comprends donc pas que les Autorités nous attendent ! a crié la prof.

J'ai vu Pénélope se décomposer.

– Les Autorités ?

– Tu as transgressé, c'est inadmissible. Tu vas devoir t'expliquer.

Pénélope était livide. Je ne comprenais pas ce qui se passait.

– Mais, a-t-elle bafouillé, ce n'est pas ma faute...

– C'est la première fois que je perds une élève. Je ne peux pas croire qu'il s'agisse d'un hasard.

– Je n'ai rien fait pour que cela arrive... C'était un accident...

– Menteuse.

Pénélope était défaite.

– Si je mentais, a-t-elle répondu, tu en verrais les signes sur mon visage...

– Je ne sais pas comment, mais tu as appris à dissimuler tes sentiments, a coupé George. C'est la seule explication.

– Regarde-moi, sens les battements de mon cœur... Ils prouvent que je dis la vérité !

– Je ne te crois pas. Si je ne t'avais pas retrouvée, je ne veux même pas imaginer ce qui se serait passé.

– Je t'assure, jamais je n'ai cherché à rester au Moyen Âge !

– N'utilise pas ce terme devant elle, a aboyé George en me jetant un regard furieux.

Pénélope semblait vivre un cauchemar.

– Que lui as-tu dit exactement ? a insisté la prof sur un ton agressif. À qui as-tu parlé ?

– À personne, je te jure... Andrea n'est au courant de rien...

– Tu devras le prouver devant tes juges. Viens maintenant. Nous partons.

Mais Pénélope a reculé vivement en hurlant :

– Non !

Et elle a improvisé un violent coup de pied qui est venu frapper cette femme en pleine poitrine. Mon frère n'aurait pas fait mieux. La prof avait le souffle coupé. Je n'y comprenais plus rien.

– Cours, m'a ordonné Pénélope.

Je l'ai suivie sans hésiter.

Nous avons couru aussi vite que possible, nous dirigeant vers la partie la plus dense de la forêt, cherchant du regard les zones où nous pourrions nous dissimuler. Nous sommes passées par les coins les plus encombrés de broussailles, sautant au-dessus d'un arbre mort couché en travers de notre trajectoire puis empruntant un fossé boueux.

– L'entends-tu ? m'a demandé Pénélope sans s'arrêter.

– Non, ai-je répondu, essoufflée.

– Il ne faut pas qu'elle me rattrape !

Pénélope semblait terrorisée et ça me faisait peur. Je n'osais pas me retourner.

– Cachons-nous ici !

Elle m'a tirée par le bras et je me suis écroulée derrière un rocher couvert de lichen.

– Peut-être que tu lui as vraiment fait mal avec ton coup de pied ? ai-je chuchoté. Peut-être qu'elle n'est pas derrière nous ?

– George ? Aucune chance, m'a répondu Pénélope en murmurant. C'est une agrégée. Elle est formée pour ce genre de situation.

Qu'est-ce que ça voulait dire ? Chez nous, les profs agrégés étaient plutôt formés pour donner des cours, mais cette femme avait des allures de Terminator.

– Alors on ne peut pas rester là, ai-je répondu. Elle va nous trouver.

– Si on recommence à courir, elle nous rattrapera, a affirmé Pénélope.

– Merde, c'est elle !

Cachées derrière notre rocher, nous entendions le bruit de quelqu'un qui venait dans notre direction. Nous étions tétanisées.

J'ai avancé très doucement la tête vers le bord du rocher.

Je l'ai vue.

Elle ne courait pas, elle marchait normalement, comme si elle était certaine de nous débusquer. À chaque pas, sa tête tournait tranquillement vers la droite ou vers la gauche, comme un radar. J'ai eu l'impression glaçante qu'elle était réellement un robot programmé pour nous tuer. Elle ne nous avait pas encore repérées mais ce n'était qu'une question de secondes.

– Je suis perdue, a gémi Pénélope.

Je ne savais pas exactement de quoi elle avait peur mais sa frayeur était tellement vive que je la ressentais moi aussi. Mon cœur faisait un bruit assourdissant dans ma poitrine.

Soudain, j'ai eu une idée. Pas sûr que ça marche, mais c'était notre seule chance. Je me suis penchée vers l'oreille de Pénélope :

– À trois, tu me suis.

– Elle va nous voir.

– Tant pis, ai-je insisté. Tu cours le plus vite possible.

– J'ai peur...

– Fais-moi confiance.

Je ne savais pas si j'avais raison de lui demander ça mais ce n'était pas le moment de se prendre la tête.

– Un... Deux... Trois !

Je suis sortie de derrière le rocher et me suis mise à courir de toutes mes forces. Pénélope était déjà à mes côtés.

J'ai alors entendu la femme du futur qui s'était élancée derrière nous. Je ne voulais pas imaginer combien ses jambes étaient plus grandes que les miennes.

Pour que mon plan marche, nous devions tenir notre avance pendant quelques minutes. J'avais l'impression de courir sur place comme dans un cauchemar. Mais il fallait s'accrocher...

George n'était plus qu'à quelques mètres de nous quand nous sommes enfin arrivées au bord du talus. En contrebas, il y avait la voie ferrée. Jamais je n'étais passée par là mais cette fois, il allait falloir le faire.

– Saute !

Je me suis lancée sans prendre le temps d'estimer le danger.

Ce n'était plus de la course, ça ressemblait davantage à une chute. Le talus était tellement raide que je glissais vers le bas, me rattrapant à une racine quand je le pouvais. Les broussailles me griffaient le visage et les bras. Mon sac à dos s'accrochait à tout ce qui dépassait et me ralentissait. À côté de moi, Pénélope s'en sortait à peine mieux.

Me cramponnant à une branche d'arbre pour ralentir, j'ai levé les yeux un instant et j'ai aperçu George debout au bord du talus. Elle nous observait. J'ai croisé son regard mais ne l'ai pas soutenu. Il était trop effrayant.

J'ai lâché la branche pour reprendre ma fuite mais je n'ai pu éviter un rocher saillant et me suis cogné la tête. Ça a été comme une bâche noire tombant devant mes yeux.

– Andrea... ça va ?

Je ne tombais plus.

J'ai repris conscience. Pénélope était penchée sur moi, inquiète. Nous étions parvenues en bas du talus, au niveau de la voie ferrée.

– Elle est où ? ai-je demandé.

– D'ici, nous ne pouvons plus la voir, mais nous pouvons l'entendre.

En effet, un peu plus haut, quelqu'un descendait, non pas en se laissant tomber comme nous, mais méthodiquement, pas à pas.

– Ton idée a failli marcher mais elle a réussi à nous suivre quand même, a regretté Pénélope.

– Aide-moi à me relever.

J'avais la tête qui tournait. Pénélope m'a tendu la main. Elle était désespérée, ça se voyait.

– Laisse-moi maintenant, a-t-elle dit. Tu as déjà pris assez de risques pour moi. Je préfère me rendre. Au moins, elle ne te fera pas de mal.

– Ne dis pas de conneries.

Je me suis mise debout en m'appuyant contre un tronc d'arbre et j'ai regardé autour de moi pour m'orienter. J'étais déjà venue ici en longeant la voie ferrée mais ça faisait longtemps.

J'ai fait signe à Pénélope de me suivre.

– Par ici.

– Elle va arriver, tu dois t'enfuir !

Au lieu de ça, j'ai avancé lentement le long du talus. Je n'étais pas sûre de retrouver le passage. La végétation était dense et j'avais du mal à repérer ce que je cherchais.

Je me suis faufilée derrière le béton d'un transformateur électrique. Il me semblait que c'était par là mais j'avais perdu mes repères. Je suis tombée sur un grillage qui n'existait pas la dernière fois. Est-ce que la porte était derrière, inaccessible sans une bonne pince pour couper le grillage ?

Un train est passé dans un bruit de tonnerre, son souffle me coupant la respiration un instant. Il s'est éloigné vers Paris.

J'ai continué en longeant le grillage. Je commençais à ne plus y croire quand je l'ai devinée derrière un réseau de ronces.

La porte des carrières.

Maintenant, c'était quitte ou double. Soit j'arrivais à casser le verrou provisoire posé après l'effraction d'avant-hier, soit nous étions coincées là, dans une impasse.

Tâtonnant avec mes mains, j'ai trouvé le verrou. C'était ça, la petite fermeture provisoire dont parlait mon père ? Le nouveau verrou était presque aussi gros que mon poing. J'ai tiré dessus de toutes mes forces mais il n'a pas cédé. Quelle conne ! J'y avais cru.

– Pousse-toi.

Pénélope avait ramassé une pierre et cherchait à placer le verrou en porte-à-faux contre le rebord en métal de la porte. Elle y est parvenue et a levé la pierre avant d'asséner un coup sec et précis. Le verrou a cédé sans même un bruit.

Je n'ai pas perdu de temps à m'étonner ni à la féliciter. Vite, j'ai entrouvert la porte en veillant à ne pas repousser trop les broussailles. Il fallait juste assez d'espace pour entrer, mais le moins possible afin que la porte de métal reste masquée par les ronces.

Quelques secondes plus tard, nous étions à l'intérieur et je refermais doucement la porte sur nous. Le noir s'est fait.

CHAPITRE 14

Nous sommes restées là, immobiles, respirant le plus silencieusement possible. Il n'y avait pas un bruit. Je sentais la présence de Pénélope à côté de moi sans la voir.

Nous tendions l'oreille pour essayer de deviner si, de l'autre côté de la porte, George approchait. Avait-elle eu le temps de nous voir entrer dans les carrières ? Avait-elle repéré les traces de notre passage, une branche cassée, une marque de pas dans la terre, et suivi la direction que nous avions prise ? Allait-elle trouver la porte malgré son accès difficile et les ronces qui la dissimulaient ?

Les minutes m'ont semblé une éternité. Dehors, rien ne bougeait. Je commençais à envisager de ressortir discrètement pour longer la voie ferrée jusqu'à la gare et rentrer à la maison quand nous avons entendu un léger bruit à l'extérieur. Quelqu'un repoussait les ronces, qui griffaient la porte de métal. Ce son m'a glacée.

Il fallait avancer.

J'ai posé les mains sur la paroi de craie. Mon père m'avait déjà parlé des carrières où il s'introduisait parfois lui aussi illégalement quand il était jeune. Il m'avait raconté les couloirs, les bifurcations, les embranchements... Sauf que moi, je n'étais jamais venue.

J'ai suivi le mur qui s'effritait un peu sous mes doigts. Il aurait fallu courir mais comment faire dans le noir complet ?

– Ton téléphone, a soufflé Pénélope.

Bien sûr. Je n'y avais pas pensé. J'ai cherché dans ma poche et senti le plastique. J'ai sorti mon portable et l'ai allumé. Sa lueur a fait apparaître un couloir de craie, uniformément blanc. Le téléphone n'éclairait pas loin et nous ne pouvions pas en apercevoir le bout.

Nous avons avancé aussi vite que possible sans faire de bruit. Il y avait un embranchement. Couloir de droite ou couloir de gauche ? J'hésitais et tenais mon portable à bout de bras pour tenter de voir plus loin quand nous avons entendu le grincement de la porte qui s'ouvrait. Sans plus réfléchir, nous avons tourné à gauche.

Ce couloir-là était plus long et virait tantôt d'un côté, tantôt de l'autre.

Un autre couloir est apparu sur la droite, plus étroit. Nous l'avons suivi. Il menait à une partie des carrières abandonnée en cours d'exploitation. Il y avait là plusieurs anfractuosités d'où des blocs de craie avaient été retirés.

Nous nous sommes accroupies dans un de ces recoins. L'écran de mon portable s'est éteint et, cette fois, je ne l'ai pas rallumé. Je ne voulais pas signaler notre présence par une lueur.

– Je ne l'entends pas, ai-je murmuré.

– Elle n'a pas de lumière. Elle doit avoir du mal à s'orienter.

Nous sommes restées silencieuses. Je commençais à sentir le froid. Je savais par mon père que la température était stable toute l'année dans les carrières, comme dans une grotte. Douze degrés en permanence.

– Elle ne va pas venir jusqu'ici, a dit Pénélope.

– Tu crois qu'elle va abandonner ?

– Non. Elle est intelligente. Elle va nous attendre à la sortie. Elle sait très bien que nous ne pouvons pas rester là indéfiniment.

C'était logique. Pénélope avait sûrement raison.

– Est-ce qu'il y a une autre issue ?

– L'entrée principale, ai-je répondu, mais elle est fermée.

– De la même façon que la porte par laquelle nous sommes passées ? Avec un verrou ?

– Je ne sais pas exactement.

– Sais-tu où elle est ?

J'ai réfléchi. La voie ferrée longeait les carrières, et les deux portes s'ouvraient près des rails, à environ un kilomètre l'une de l'autre. Nous étions entrées par la porte que peu de gens connaissaient, la plus discrète. L'autre était facilement visible quand on passait en train, sur la gauche quand on venait de Paris.

Je me suis levée et ai rallumé mon téléphone portable. J'ai regardé autour de nous et choisi un couloir assez large qui me semblait mener dans la bonne direction.

Nous avons avancé assez longtemps. À chaque pas, j'avais peur de voir apparaître George, mais Pénélope avait sûrement raison. Elle montait la garde derrière la petite entrée, patiemment, et en bloquait l'accès.

Au bout de longues minutes d'une progression prudente, nous avons deviné au bout du couloir une masse plus sombre. C'était la porte principale.

J'ai marché jusque-là d'un pas soudain rapide, suivie par Pénélope, aussi impatiente que moi.

La porte à double battant était équipée d'une grosse serrure mais bien sûr, quand j'ai poussé la lourde plaque de métal, elle n'a pas cédé.

La lumière du jour passait par le trou prévu pour la clé.

– Tu n'aurais pas une épingle à cheveux ? ai-je demandé à Pénélope, sans illusions.

Elle ne pouvait pas posséder un tel trésor puisque tout ce qu'elle avait, je le lui avais acheté. Et aucune épingle à cheveux n'avait jamais figuré dans ma liste.

– Pour quoi faire ?

– Pour crocheter la serrure.

J'ai ouvert mon sac à dos et commencé à fouiller dedans dans l'espoir de dénicher un objet qui pourrait convenir. Dans ma trousse, les stylos ne me semblaient pas adaptés, ma gomme encore moins. Mon compas, peut-être ? Je le cherchais mais je savais déjà que je ne l'avais pas avec moi.

Nous n'avions pas géométrie ce jour-là. Il me restait une règle en plastique, inutile. Les crochets de mon classeur, éventuellement ?

– Donne-moi tes clés.

– Je ne sais pas comment ça marche à ton époque mais, à la mienne, chaque clé ouvre une seule porte. Ça veut dire que mes clés ouvrent ma maison, et rien d'autre.

– Donne-les-moi quand même.

Je lui ai tendu mon trousseau. Il y avait la clé de la grille du jardin qu'on ne fermait jamais, la clé de la maison et la clé de mon cadenas de vélo. Elles étaient toutes beaucoup trop petites pour la grosse serrure de la porte des carrières.

Pénélope a détaché l'anneau et m'a rendu mes clés.

– Éclaire mes mains.

Elle s'est attaquée au petit avion qui me servait de porte-clés depuis le collège. Elle a entrepris de lui tordre une aile en s'appuyant sur le mur de craie. Ça m'a fait mal au cœur. Je l'aimais bien, mon petit avion. Un steward me l'avait donné en cadeau lors de mon baptême de l'air. J'avais cinq ans et nous étions partis en Guadeloupe pour les vacances. À cette époque, ma mère était encore avec nous. Elle était enceinte de Tiago.

Mon petit avion était en métal de mauvaise qualité et Pénélope n'a pas eu de mal à plier son aile à quatre-vingt-dix degrés. Cela fait, elle l'a introduit dans la serrure et a cherché à bidouiller le mécanisme à l'intérieur. Elle a insisté en vain.

– Laisse tomber. Ça ne marche qu'au cinéma.

Au même moment, Pénélope a réussi à enclencher l'aile de l'avion dans la serrure et à donner un tour de clé. Décidément, cette fille n'en finirait jamais de m'étonner.

Pénélope a poussé la porte qui s'est entrebâillée... pour se bloquer aussitôt. Quelque chose à l'extérieur nous empêchait de l'ouvrir. J'ai aidé Pénélope en appuyant avec elle de toutes mes forces, mais la porte n'a pas cédé. Un mince rai de lumière courait de haut en bas. J'ai collé mon visage au métal pour tenter de voir ce qui nous interdisait de sortir.

– Il y a une barre de fer en travers de la porte. Elle est sans doute maintenue par un autre verrou. Et celui-là est inaccessible.

– Nous allons trouver une solution. Il y en a forcément une.

– Mon père m'a toujours dit que cette entrée-là était bien protégée. Elle est trop visible de l'extérieur, c'est pour ça. C'est par là qu'il y a le plus de tentatives d'effraction.

J'ai repris mon portable et regardé l'écran. Je l'ai tenu contre la faible ouverture puis à bout de bras vers le haut.

– Même ici, il n'y a pas de réseau. Rien, pas même une petite barre.

Je me suis laissée glisser contre la porte. Assise par terre, j'ai senti la fatigue me tomber dessus. J'avais mal à la tête aussi et ma peau me piquait partout où les ronces et les branches d'arbres l'avaient écorchée. Pénélope n'était pas en meilleur état, son bras saignait et je devinais dans la pénombre un vilain bleu à sa pommette. Elle s'est assise à côté de moi en silence.

– Qu'est-ce qui va se passer pour toi, si ta prof nous retrouve ?

– Je n'ai pas trop envie d'en parler.

– Elle a peur que tu m'en aies trop dit, c'est ça ?

– Oui. Elle pense même que j'ai fait exprès de rester au Moyen Âge, mais je ne comprends pas pourquoi. Qui voudrait faire une chose pareille ?

– Si tu m'as raconté d'où tu viens, c'est un délit ?

– Oh non !

– Tu me rassures.

– C'est un crime, a poursuivi Pénélope.

Carrément. Les gens du futur ne faisaient pas les choses à moitié.

– Mais si ta prof nous retrouve et te ramène chez toi ? Il se passera quoi ?

– Je serai jugée.

– Ça a pas l'air génial, ça...

– Non. Heureusement, elle ne peut pas m'obliger à retourner à mon époque.

– Ah bon ?

– Non. Pour voyager dans le temps, il faut se concentrer. C'est une question de volonté. Si je ne veux pas partir, je ne partirai pas.

– Il faut se concentrer, c'est tout ? Vous n'avez pas besoin d'une machine ? Un truc électronique ?

– Non. Enfin, c'est mieux s'il y a du vent.

– Pardon ?

– Le vent. S'il souffle, on voyage plus facilement.

Je venais de comprendre :

– C'est pour ça que tu voulais mon sèche-cheveux ?

– Oui. Mais ça n'a pas suffi. Je l'ai réglé à la puissance maximale et je n'ai pas réussi à repartir. Ça doit être à cause de la lune.

– Pardon ?

– La Lune. Tu ne l'as pas vue, la nuit dernière ? Elle est bientôt pleine. Cela rend les choses plus difficiles.

J'étais interloquée. C'était loin de ce que j'avais imaginé.

– Tu voyages dans le temps grâce au vent et à la Lune ?

– Pourquoi as-tu l'air surprise ? Le vent a toujours aidé les voyageurs. Regarde les voiliers.

– OK, le vent, passe encore, même si de nos jours, on compte un peu sur l'essence aussi. Mais la Lune ?

– La Lune est puissante quand elle est alignée avec le Soleil et la Terre. Ne sens-tu pas son attraction sur toi ?

– Euh... non.

Pénélope a secoué la tête avec ce petit air affligé que je connaissais bien maintenant.

– Tu es vraiment bizarre.

– La Lune, le vent, et c'est tout ? ai-je insisté.

J'avais du mal à le croire. Trop simple.

– Ça a l'air facile mais je t'assure que ça ne l'est pas, m'a répondu Pénélope. Je m'entraîne depuis le CP, comme tout le monde, mais à seize ans je ne suis qu'une débutante. Je manque de puissance. À mon âge, nous ne parvenons à voyager dans le temps que si nous partons à plusieurs. Sauf les surdoués, mais ça, c'est rare. À part ces cas extrêmes, nous devons être en groupe et nous concentrer en même temps sur la même destination.

– Par contre, ta prof peut voyager comme elle veut ?

– Oui. C'est une agrégée, je te dis. Elle a suffisamment d'entraînement pour ça. Une brise légère lui suffit, et elle peut même se déplacer pendant la pleine Lune.

– Je ne comprends pas pourquoi c'est pas bien, la pleine Lune ?

– Toi, tu n'as pas bien écouté tes cours d'astronomie, m'a-t-elle reproché avec l'air d'un parent qui gronde son enfant.

– Je n'ai jamais eu de cours d'astronomie.

– Alors je comprends mieux ton médiocre niveau. Où est la Lune, quand elle est pleine ?

– Dans le ciel ? ai-je hasardé.

– À l'opposé du Soleil par rapport à la Terre. Leurs forces d'attraction sont donc également opposées. C'est pour ça qu'il est plus facile de voyager dans le temps pendant la nouvelle Lune.

– Donc le vent, la Lune. Quoi d'autre ? ai-je ironisé. La position de l'anticyclone des Açores ? La température de l'eau du bain ?

– C'est tout. Mais surtout la volonté. C'est le plus important, la volonté.

– Donc ta prof ne peut pas t'emmener de force. Ça au moins, c'est une bonne nouvelle.

– Exactement. Elle ne peut pas me forcer à vouloir quelque chose. Il faut que je sois consentante et que j'unisse ma concentration à la sienne.

Nous sommes restées là longtemps, en silence. Je réfléchissais à tout ce que je venais d'apprendre.

Régulièrement, je vérifiais qu'on n'avait pas récupéré un peu de réseau. En vain. L'écran de mon téléphone m'indiquait le temps qui passait. 13 : 17. 13 : 42. 14 : 09…

Je commençais à avoir faim, et soif surtout. Par terre, un peu plus loin, il y avait une canette de bière. Je suis allée la ramasser mais elle était vide, à part quelques mégots à l'intérieur. Dégueulasse. J'ai aussi vu les restes d'un paquet de chips et l'emballage d'un Lion.

J'ai fouillé à nouveau dans mon sac. Avec un peu de chance… Oui, au fond, en dessous de mes livres et de mes cahiers, j'ai trouvé un petit cake à l'abricot, format portion individuelle. À l'intérieur de l'emballage, le gâteau était tout écrasé mais c'était mieux que rien. Je l'ai ouvert précautionneusement pour ne pas faire tomber les miettes par terre.

– Tends ta main.

J'ai versé la moitié des miettes dans la main de Pénélope et j'ai mangé l'autre moitié. Sur le coup c'était bon mais maintenant j'avais encore plus soif. Et toujours aussi faim. On ne pouvait pas rester ici.

– Combien de temps tu penses qu'elle va surveiller l'autre entrée ?

– Jusqu'à ce qu'on sorte.

– Mais si on reste cachées pendant plusieurs heures encore, quand est-ce qu'elle va repartir ?

– Jamais.

– Toi, tu avais seulement le droit de rester trois minutes !

– Parce que c'était un voyage scolaire. Mais pour elle, c'est différent. Jamais elle n'osera rentrer à notre époque sans moi.

– Il va bien falloir qu'elle mange, qu'elle dorme…

– Je suppose, mais pas tout de suite. Elle a trop peur que nous ne nous échappions.

– Alors elle va rester là jusqu'à ce soir ?

– Et même plus s'il le faut.

– Attends… Si elle ne peut pas t'obliger à rentrer chez toi, pourquoi on ne sort pas d'ici, tout simplement ?

Je me suis même demandé pourquoi je n'y avais pas pensé plus tôt ! Nous n'avions qu'à sortir, l'ignorer et rentrer chez moi.

– Ce n'est pas une très bonne idée, a objecté Pénélope.

– Pourquoi ? En fait, elle ne peut rien faire contre toi !

– Si. Me tuer.

Je me suis tue, abasourdie.

– Je croyais que la violence était interdite à ton époque !

– Oui. En temps normal, tuer quelqu'un est totalement prohibé. Sauf si le crime de haute trahison est prouvé. Or c'est ce dont je me suis rendue coupable. Je t'ai dit d'où je venais.

J'étais sous le choc. Jamais je n'avais imaginé que ça pourrait aller si loin.

– Heureusement, a repris Pénélope, elle ne devrait pas se décider tant qu'elle n'a pas de preuve formelle contre moi.

– Tu es sûre ?

Elle avait l'air un peu trop hésitante à mon goût. Elle a réfléchi avant de répondre :

– Pas vraiment. Mais si elle n'a que des présomptions, dans ce cas, je ne risque rien dans l'immédiat.

– Et si elle a déjà la certitude que tu as trahi ?

– Alors elle me tuera, c'est certain.

– Sans jugement ?

– Sans jugement et sans sommation. Ce que j'ai fait est considéré comme du terrorisme.

Sortir librement des carrières, c'était jouer la vie de Pénélope à pile ou face.

Je suis restée silencieuse un moment.

– Et moi ? ai-je demandé, pas rassurée. Elle me fera quoi ?

– Tu es protégée par ton statut médiéval.

– Ça veut dire quoi ?

– Comme tu appartiens à notre passé, George doit interférer le moins possible avec toi. Sinon, ça risque de modifier le cours du temps. Tu ne te souviens pas ? Je t'ai dit déjà que c'était dangereux. On ne sait jamais, tu es peut-être l'arrière-arrière-arrière-grand-mère de quelqu'un d'important à mon époque.

Ça, ça me semblait plutôt ridicule, mais pour le reste je me suis sentie un peu soulagée, j'avoue.

– Donc elle va me laisser tranquille ?

– Oui.

– Même si elle découvre que je sais d'où tu viens, donc que je suis complice de ton crime ?

– Ah non, dans ce cas, c'est différent. Sois un peu logique. La priorité est toujours la même. Sauvegarder notre monde.

Ne rien modifier dans le passé… sauf si c'est pour protéger le futur.

– Donc, si elle estime que je suis un danger pour votre futur, elle peut me tuer. Elle a une sorte de dérogation, quoi.

– Oui.

Bon. J'étais donc pour George une ennemie au même titre que Pénélope. En tout cas, je le deviendrais dès que la prof aurait la preuve que Pénélope m'avait parlé.

Après ça, je n'avais plus envie de discuter.

Décidée à nous sortir de là quand même, je me suis levée.

– On ne peut pas rester dans les carrières jusqu'à ce qu'on meure de soif. On va chercher une troisième sortie.

– Tu disais qu'il n'y en avait que deux.

– Peut-être que mon père ne m'a pas tout dit. Peut-être qu'il ne sait pas tout. On va prendre tous les couloirs, un à un, jusqu'à ce qu'on trouve une nouvelle porte, ou un passage naturel, un puits de lumière qui s'ouvre au-dessus de nous ou une faille dans la terre par laquelle on pourra se faufiler.

Je voulais y croire.

Pénélope s'est levée à son tour. J'ai pris un stylo et une feuille dans mon classeur, et j'ai rangé le reste de mes affaires dans mon sac. Je n'ai pas oublié mon petit avion que j'ai glissé dans la poche de devant avec son aile tordue.

– C'est parti.

J'ai dessiné la porte principale et le couloir où nous étions. Puis nous avons avancé en nous éloignant de la porte par laquelle filtrait le rai de lumière.

Au premier embranchement, j'ai décidé d'explorer les carrières du côté le plus éloigné de la porte par laquelle nous étions entrées. Nous étions à nouveau dans le noir complet et j'ai repris mon portable pour éclairer autant que possible notre chemin. Nous faisions attention à ne pas faire de bruit, de crainte que les sons ne résonnent jusqu'à George.

Sur ma feuille de papier, le plan des carrières se construisait peu à peu. C'était long et laborieux mais mon dessin progressait. Je traçais les lignes des couloirs pendant que Pénélope tenait mon téléphone en dirigeant la lueur vers le papier.

En avançant, nous regardions partout autour de nous, même au plafond. J'espérais trouver un passage, mais tous les murs étaient identiques, désespérément blancs. Je guettais le moindre courant d'air sur ma peau qui nous aurait indiqué une ouverture vers l'extérieur, mais l'air était partout le même. À force d'avancer et de tourner à droite ou à gauche, je me sentais désorientée.

Soudain, Pénélope m'a prise par le bras. Elle a porté son doigt à mes lèvres pour me faire signe de rester silencieuse. De l'autre main, elle a désigné un couloir et m'a entraînée pour que nous fassions demi-tour.

Quand nous avons jugé que nous étions suffisamment revenues sur nos pas, elle a chuchoté :

– C'était le chemin que nous avons pris en arrivant. J'ai reconnu des marques sur la craie. Si nous continuons par là, nous tomberons sur George.

J'ai avancé encore un peu pour m'éloigner de la zone dangereuse puis j'ai dessiné la deuxième porte sur le plan.

Cela nous avait pris plusieurs heures mais mon croquis était presque complet maintenant. Il ressemblait à un labyrinthe. La fatigue m'a envahie mais je n'en ai pas tenu compte.

Il nous restait un dernier couloir à explorer, un dernier blanc à combler sur ma feuille. Puisqu'on n'avait pas trouvé d'issue jusqu'à maintenant, cette ultime galerie était notre dernier espoir. Nous sommes reparties dans cette direction. Je veillais à économiser la batterie de mon portable en n'éclairant que par intermittence. Elle était presque vide.

Nous avancions dans le noir, une main sur le mur pour nous guider, quand la paroi s'est arrêtée net. J'avais beau tâtonner tout autour de moi, je ne sentais plus la craie nulle part. Je me suis autorisée à allumer de nouveau l'écran de mon téléphone.

Une salle gigantesque s'ouvrait devant nous. Enfin, je la supposais gigantesque car la lueur de mon écran n'en éclairait pas la fin, et nous ne discernions ni la paroi du fond, ni la voûte au-dessus de nous. C'était comme arriver dans un trou noir.

J'ai eu très envie de reculer mais il fallait avancer. Qui sait si nous n'allions pas trouver une issue de ce côté-là ?

Je me suis souvenue que mon père m'avait parlé de ce qu'il appelait la « grande salle ». Sur les murs à droite et à gauche, du moins sur les quelques mètres que nous pouvions distinguer, il y avait des tags. Des inscriptions à la peinture, d'autres gravées dans la craie friable.

Cela donnait aux carrières un air de Lascaux. Certaines inscriptions étaient illisibles, d'autres clairement identifiables. Il y avait *mort aux keufs* et *dire non c'est penser*. Certaines étaient récentes, d'autres plus anciennes. Il y avait des noms, des dates, *Henri 1984* ou *2000 fin du monde*.

L'une d'elles a attiré mon attention. *Flo je t'aime*. Florence, c'était le prénom de ma mère. Mon père et elle s'étaient rencontrés au lycée. Était-ce lui qui avait inscrit ces mots dans la craie ? J'aurais aimé qu'il soit là pour me répondre et m'aider à sortir d'ici.

J'ai marché prudemment avec Pénélope. Ça faisait peur d'avancer dans une salle aussi grande. Cette fois, je déclenchais mon portable dès que l'écran s'éteignait. Je redoutais d'être plongée dans le noir complet.

Bientôt, nous avons atteint le centre de la cavité. Elle devait mesurer une vingtaine de mètres de long. Le plafond de craie était au moins à dix mètres au-dessus de nous. J'avais beau tendre mon bras et mon téléphone dans toutes les directions, tout était blanc. Il n'y avait aucune issue.

J'ai dessiné la grande salle sur mon plan qui s'est ainsi trouvé complété.

C'était clair maintenant. La seule sortie possible était celle où George faisait le guet.

Juste à ce moment-là, mon téléphone s'est éteint.

– Merde.

J'ai essayé de le rallumer sans y parvenir.

Ça y était. Je n'avais plus de batterie.

– Qu'est-ce qu'on fait ? ai-je gémi.

– Je ne sais pas, a répondu Pénélope d'une voix aussi peu vaillante que la mienne.

Nous étions dans le noir absolu. J'ai senti mes jambes devenir molles.

– Tu veux pas qu'on s'assoie un peu ?

– Si.

Sans bouger de là où nous étions, je me suis laissée tomber sur le sol. J'ai entendu Pénélope faire de même.

Nous étions misérables, assises comme ça au milieu de la grande salle blanche plongée dans le noir. J'ai senti le découragement monter en moi.

– J'aurais dû garder un peu de batterie en éteignant mon téléphone tout à l'heure. Maintenant, si on trouve un endroit où il y a du réseau, je ne pourrai même pas appeler mon père.

La dernière fois que j'avais regardé l'écran, il indiquait 19 : 07. Mon père allait bientôt rentrer à la maison et trouver seulement Pierrick et Tiago. Il allait se demander où on était et commencer à s'inquiéter.

– Tu penses à ta famille, a deviné Pénélope.

– Oui.

– Tu les aimes ?

– Évidemment que je les aime !

Pénélope et ses questions idiotes. Il valait mieux qu'elle arrête tout de suite, sinon j'allais m'énerver.

Croupir au milieu de nulle part ne me plaisait pas, mais l'idée de me mettre debout et d'avancer sans percevoir autre chose que le sol sous mes pieds me terrifiait.

J'ai entrepris de marcher à quatre pattes vers la paroi. J'ai entendu Pénélope qui me suivait.

J'avançais lentement, tendant une main vers l'avant à chaque pas. J'ai senti enfin la craie contre mes doigts tendus devant moi.

Je me suis assise contre le mur. Pénélope est venue s'installer à mes côtés. J'ai essayé de rester positive.

– On n'a plus qu'à attendre. Mon père va bientôt trouver notre disparition inquiétante. Il va apprendre qu'on n'est pas allées au lycée aujourd'hui. Il va interroger mes frères, appeler Mathias. Et là, il se rendra compte que personne ne sait où on est. Alors tout va aller très vite. C'est facile pour lui, il est flic.

– Va-t-il lancer des recherches ?

– Oui. Ses collègues l'aideront. Ils vont organiser une battue. L'un d'eux verra que le cadenas de la porte est fracturé et ils se mettront à fouiller les carrières. Ils nous trouveront et on pourra rentrer à la maison.

Du moins, c'est ce que j'espérais. Mais j'ignorais combien de temps ça allait prendre...

Et puis je craignais que l'employé chargé de réparer la serrure après l'histoire des deux amoureux ne passe le premier. Il retirerait le cadenas provisoire en râlant contre les jeunes qui avaient fracturé la porte une fois de plus, c'est-à-dire nous. Mais il ne chercherait pas à comprendre et il se contenterait de faire son travail, réparer la serrure. Il ne vérifierait pas si quelqu'un était à l'intérieur des carrières. Il nous enfermerait. Et mon père, passant quelques heures plus tard et voyant la porte correctement fermée, n'imaginerait pas que nous étions là et poursuivrait la battue ailleurs.

George verrait sûrement l'employé à l'œuvre, mais l'empêcherait-elle d'agir ? Est-ce qu'au fond ça ne l'arrangeait pas qu'on reste ici pour toujours ? Emmurées vivantes ?

Je me suis bien gardée de confier mon inquiétude à Pénélope. Ça ne servait à rien qu'on soit deux à paniquer.

J'avais toujours aussi soif, mais maintenant c'était surtout le froid qui me gênait. Ma veste en jean ne me réchauffait pas. À côté de moi, je devinais que Pénélope aussi se tenait en boule et serrait ses bras contre elle. Je me suis rapprochée d'elle pour profiter de sa chaleur et elle a fait de même. Ça faisait du bien et c'était réconfortant aussi.

J'ai repensé à George. Elle était carrément effrayante mais, avec le recul, quelque chose m'a frappée.

Elle avait peur elle aussi.

Elle avait demandé avec inquiétude : « Que lui as-tu dit exactement ? » et la réponse l'angoissait vraiment. Elle avait interdit à Pénélope d'utiliser le terme « Moyen Âge » devant moi. Elle craignait que je ne sois au courant pour le voyage dans le temps, mais j'avais le sentiment qu'il y avait autre chose. Quelque chose de précis... Et Pénélope savait très bien ce qui faisait peur à sa prof. J'étais certaine de ne pas me tromper. J'ai rompu le silence :

– Qu'est-ce que tu n'avais pas le droit de me dire ?

– Te donner des informations sur le futur est dangereux parce que ça risque de changer le cours du temps. Je te l'ai expliqué mille fois.

Elle avait hésité. Je l'avais senti. Ma question l'embarrassait.

– Tu ne m'as pas raconté beaucoup de choses. Seulement des détails.

– Justement, j'ai pris soin de ne pas te parler pour éviter toute aberration temporelle.

– C'est quoi, ce que tu ne dois absolument pas me dire ?

Contre mon bras, je l'ai sentie se crisper. Elle s'est éloignée un peu de moi.

– Rien... Mon époque n'a rien de spécial.

– Et la Renaissance alors ? Tu as dit que 2019 marquait l'entrée dans la Renaissance.

– Tu sais bien, de nouvelles découvertes, des progrès scientifiques...

– Tu as affirmé qu'il allait y avoir de grands changements.

– Bien sûr. Un réseau de communication mondial plus rapide et plus performant, des véhicules moins polluants, plein de choses intéressantes.

Elle mentait.

– Sans moi, tu étais dans la merde. Mais je t'ai aidée. Pourquoi tu ne me fais pas confiance ?

Après un long silence, elle m'a répondu :

– Je ne peux pas.

– Tu crois que je ne suis pas capable de garder un secret ?

– Celui-là, oui.

J'ai senti que Pénélope ne me dirait jamais son secret. Un secret tellement incroyable que les gens du futur étaient prêts à tuer quiconque le dévoilerait à ceux de mon époque.

Je me suis tue. Le silence était partout autour de moi.

J'ai regardé ma montre et je me suis dit que, la prochaine fois, je choisirais un cadran avec des aiguilles phosphorescentes. Il était sûrement très tard.

Le temps a passé, lentement.

J'ai dû m'endormir car je me souviens m'être réveillée en sursaut. Je ne savais plus où j'étais. J'avais froid, j'avais dû laisser la fenêtre de ma chambre ouverte, et ma couette avait glissé par terre. Mais quand j'ai cherché à tâtons ma lampe de chevet, mes doigts n'ont rencontré que la paroi de craie froide. Pas d'interrupteur, pas de couette. J'étais dans la grande salle des carrières, Pénélope endormie contre mon épaule.

C'est là que j'ai compris. Soudain, ça me semblait évident. Mon cœur s'est mis à battre trop fort, l'angoisse m'a envahie.

Si j'avais raison, c'était pire qu'un cauchemar.

J'ai secoué Pénélope sans ménagement. Je me foutais de ce qu'elle pourrait ressentir en étant réveillée comme ça, de sa frayeur à l'idée que c'était George qui venait de nous trouver.

Je devais vérifier.

– Pénélope… Où sont les hommes en 2187 ?

Pénélope émergeait difficilement. J'ai répété ma question.

– Où sont les hommes à ton époque ?

– Que racontes-tu ?

– Tu n'avais jamais vu un homme avant de venir en 2019. Ni de près ni de loin. J'en suis sûre maintenant. Alors où sont-ils ?

– C'est compliqué à expliquer, a-t-elle bafouillé.

J'avais encore l'espoir qu'il y ait une explication rassurante à cela.

– Vous vivez séparés, c'est ça ? Les hommes d'un côté et les femmes de l'autre ?

– Oui, c'est ça, s'est-elle empressée de répondre.

– Comment ? Les villes sont coupées en deux par un mur ? Il y a des pays pour les femmes et des pays pour les hommes ?

– Voilà.

– Comment ça se passe ? À quelle occasion vous vous voyez ? Pourquoi les femmes n'habitent pas avec leurs maris ? Où vivent les enfants ? Pourquoi tu n'as jamais rencontré ton père ? Réponds-moi !

– Pardon, a-t-elle gémi.

Je me suis éloignée d'elle. Je ne supportais plus de la toucher.

Je lui ai alors posé ma vraie question, celle qui avait pris forme peu à peu dans mon esprit et que j'avais désespérément essayé de repousser loin de moi :

– Est-ce qu'il y a encore des hommes en 2187 ?

CHAPITRE 15

– Tu sais, nous vivons bien mieux sans les hommes. Si tu étais née à mon époque, tu n'en douterais pas.

Pénélope a affirmé cela comme si c'était une évidence. J'étais sous le choc. J'essayais d'imaginer un monde sans hommes. Que des femmes dans la rue, que des filles au lycée, que des profs en jupe… Les pompiers étaient des femmes, les ouvriers qui construisaient l'immeuble au bout de la rue étaient des ouvrières, les jeux Olympiques ne comportaient que des épreuves féminines, l'homme le plus rapide du monde était une femme, le record d'haltérophilie était détenu par une femme, tout le monde avait des seins, tout le monde avait une voix aiguë, les vendeurs de grosses bagnoles faisaient faillite, les rayons caleçons étaient remplacés par des rayons petites culottes… Et là j'ai éclaté de rire.

Quelle absurdité ! Mon rire s'est répercuté contre les parois de craie. J'étais tellement soulagée.

– C'est impossible, ai-je dit en tentant de retrouver mon calme. Le monde ne peut pas exister sans les hommes. L'espèce humaine ne pourrait pas survivre. Il faut un ovule et un spermatozoïde pour faire un bébé. Sans ça, les êtres humains disparaîtraient de la Terre en une seule génération ! Sans les hommes, la Terre de 2187 est un désert.

Pénélope m'a répondu d'un ton léger :

– Tu as raison. Je plaisantais. Un monde sans hommes, c'est absurde. Absolument ridicule.

Et elle s'est forcée à rire. Ça m'a glacée.

Son rire sonnait faux.

J'avais tort. Un monde sans hommes était possible. À une condition... J'ai posé la question qui me brûlait maintenant les lèvres :

– Vous avez trouvé le moyen de vous reproduire sans hommes ?

Je ne riais plus. J'avais peur de sa réponse.

– Oui, a-t-elle dit simplement.

C'était donc possible. Un monde où les femmes avaient appris à se passer des hommes.

– Comment faites-vous ? ai-je demandé d'une voix blanche. Vous vous reproduisez par clonage ?

– Non, pas par clonage.

– Comment, alors ? Comment pouvez-vous concevoir des enfants sans hommes ?

Pénélope a expliqué :

– Au lieu d'utiliser les patrimoines génétiques d'un ovule et d'un spermatozoïde, nous utilisons les patrimoines génétiques de deux ovules.

– On ne peut pas faire ça.

– Nous, si. Nous sommes en 2187, je te rappelle. Tu te doutes bien que la biologie a fait des progrès.

Je me suis tue. Je n'arrivais pas à réaliser.

– Et quand c'est un bébé garçon qui naît, ai-je demandé d'une voix blanche, qu'est-ce que vous en faites ?

– Cela ne peut pas arriver. Chromosome XX plus chromosome XX égale forcément XX. Le patrimoine génétique de deux femmes ne peut donner qu'un bébé fille.

La fin des hommes… J'avais l'impression que mon monde venait de s'écrouler. Pénélope a tenté de me réconforter.

– Ne le prends pas comme ça. Ce n'est pas si grave. Tu verras, le monde est merveilleux sans les hommes. Les femmes sont bien plus heureuses ainsi !

– Tu ne sais pas de quoi tu parles. Tu connais les hommes depuis quelques jours seulement.

– Mais je sais qu'à ton époque les femmes souffrent de mille injustices.

– Certains hommes sont violents, mais pas tous. Pas mon père, pas mes frères.

– Ils ne se sont jamais battus dans la cour de l'école ? Ou avec toi ?

– Non, enfin si, peut-être, mais ce n'est pas la même chose !

– C'est exactement la même chose. Le reste n'est qu'une question de degré.

– Tu dis n'importe quoi.

– Les hommes sont violents et les femmes sont leurs victimes.

– Tu ne peux pas généraliser, ai-je rétorqué.

– Regarde les femmes de ton époque. Certaines sont violées, battues, mariées de force. Trouves-tu cela bien ?

– Elles sont une minorité.

– Elles sont des millions. Privées de droits et de liberté, traitées comme si elles valaient moins que les hommes. Mais si tu préfères, je peux te parler du reste, de tout ce qui semble anodin mais qui prouve que l'inégalité règne partout. Les hommes ne partagent pas les tâches ménagères, ils sont mieux payés que les femmes, ils ont des postes plus importants dans les entreprises, ils gouvernent.

– C'est en train de changer, on arrivera bientôt à une égalité réelle...

– Comment ça serait possible quand même les parents traitent leurs enfants différemment selon leur sexe ?

– Tu confonds tout. On est au XXIe siècle. Mon père m'a toujours traitée comme mes frères.

– En es-tu certaine ? Je l'ai vu sur Internet, j'ai lu les études, les statistiques. Ce sont des gens de ton époque qui le constatent. Quand on prend la peine de chercher un peu, on trouve quantité d'études sur le sujet. Par exemple, savais-tu que les enseignants passent plus de temps à interroger les garçons plutôt que les filles ? C'est ça que je mesurais avec ton chronomètre hier au lycée. Si on fait une moyenne, ça se vérifie très bien.

Je n'aimais pas ce qu'elle disait et j'ai essayé de justifier mon point de vue :

– Les garçons sont des élèves agités, les profs sont obligés de leur consacrer plus de temps pour les discipliner.

– Heureusement, ce problème sera bientôt réglé. Dans quelque temps, il n'y aura plus que des femmes sur la Terre.

– Je ne te crois pas. La moitié de l'humanité ne peut pas disparaître comme ça.

– Cela a pris un peu de temps, bien sûr. Plusieurs années. Sinon ça aurait été ingérable, tu imagines.

Cette fille était complètement folle. Elle parlait de la mort de plus de trois milliards de personnes comme d'un détail un peu compliqué à organiser.

– Tu racontes n'importe quoi. Les femmes n'ont pas pu vouloir que les hommes meurent. J'aime ma famille et les autres femmes aiment leurs maris, leurs fils, leurs frères. Personne ici ne veut tuer les hommes. Et puis comment on aurait fait, hein ? Comment veux-tu tuer autant de personnes, même en quelques années ? Tu imagines les femmes du monde entier se dire qu'elles en ont marre des hommes et prendre leur couteau de cuisine pour s'en débarrasser ? Et les hommes qui se laissent faire ? Ça ne tient pas debout.

– Nous ne les avons pas vraiment tués. Ils sont morts tout seuls.

– Les gens ne meurent pas comme ça.

Pénélope m'a répondu doucement, comme quand on essaie de raisonner un enfant.

– Tu n'as pas besoin de connaître les détails à l'avance. Tu dois juste te dire que c'est mieux ainsi. Tu verras, dans quelques années, tu commenceras à comprendre.

– Ton histoire ne tient pas debout. Tu n'es même pas capable de me donner la raison pour laquelle les hommes seraient tous morts.

– Bien sûr que si.

Et Pénélope m'a expliqué.

En 2019 allait apparaître une nouvelle maladie. Un virus que les femmes supportaient très bien, mais qui était mortel pour toute personne de sexe masculin.

Ça commençait par des symptômes ordinaires : maux de tête, conjonctivite, fièvre. Rien d'alarmant. Puis très vite ça dégénérait. La fièvre montait rapidement. La mort survenait en quelques jours.

– Mais ne t'inquiète pas, a ajouté Pénélope d'un ton rassurant. Pour nous, ça se passe très bien. Je l'ai eu quand j'étais petite. Nous n'avons presque pas de symptômes, parfois même aucun. On ne se fait même pas vacciner. Nous les femmes, nous sommes des porteuses saines.

Nous les femmes… mais pas les hommes.

Je l'écoutais en silence. Dans sa bouche, cela semblait réel.

– Ça va commencer quand ?

– Je te l'ai dit. La première année de la Renaissance est 2019, c'est-à-dire maintenant.

Je venais de comprendre. Ce que les femmes du futur avaient appelé la Renaissance, c'était la période pendant laquelle les hommes avaient disparu de la surface de la Terre.

Le pire génocide de l'humanité.

La période où mon père et mes frères allaient mourir, tués par un virus qui allait bientôt faire son apparition. Un peu comme le sida dans les années 1980, en mille fois pire.

– Il se transmet comment ?

– Très simplement, a répondu Pénélope. Comme la grippe.

Je n'avais rien vu à ce sujet dans les journaux. Le virus n'avait sans doute pas encore fait de victimes, ou alors si peu qu'elles n'avaient pas été repérées. Si les médecins étaient prévenus, peut-être qu'il était encore temps d'empêcher l'épidémie. Il suffisait de localiser l'endroit d'où elle allait partir et l'enrayer tout de suite. Mon cœur s'est mis à battre à toute vitesse. Maintenant que j'étais au courant, je pouvais peut-être changer le cours du temps et sauver les hommes !

J'allais demander à Pénélope à quel endroit du monde avaient été identifiées les premières victimes quand j'ai réalisé...

Porteuse saine. Ça signifiait que Pénélope était porteuse du virus sans en avoir de symptômes.

J'avais à côté de moi une bombe à retardement.

J'ai reculé.

Au même moment, des voix et des bruits de pas se sont fait entendre. Une puissante lampe-torche m'a éblouie et obligée à fermer les yeux.

– Andrea !

J'ai reconnu la voix de mon père et je l'ai entendu qui courait vers moi. Il était accompagné d'un collègue.

– Est-ce que vous allez bien ?

J'aurais dû être soulagée mais j'avais peur.

Peur que Pénélope ne contamine mon père. Peur que le virus n'atteigne ensuite mes frères. Peur que la fin des hommes ne prenne naissance ici, à cause de Pénélope, à cause de moi.

Ignorant ce qui m'angoissait, mon père parlait beaucoup, il disait qu'il s'était terriblement inquiété, qu'il nous cherchait depuis des heures, qu'il était soulagé de nous retrouver, que nous étions inconscientes, qu'il ne fallait pas sécher le lycée et encore moins pour aller s'amuser dans les carrières, que c'était interdit, que c'était dangereux, que nous aurions pu mourir.

Je me suis levée avec difficulté, j'avais les bras et les jambes engourdis. J'ai agrippé mon père par le bras.

– On s'en va.

– Tu aides Pénélope ? a demandé mon père à son collègue.

– Elle peut marcher toute seule ! me suis-je exclamée.

Mais le collègue a quand même aidé Pénélope à se remettre debout, puis l'a tenue par le bras pour la guider. Leurs visages étaient près l'un de l'autre. Ils respiraient le même air.

Il était jeune. Il avait l'air gentil. Il était sûrement en couple. Sa copine était sans doute très amoureuse de lui. Peut-être même qu'ils venaient d'avoir un bébé. Un enfant qui allait devenir orphelin.

Et mon père ? Mes frères ? Pénélope les avait-elle déjà contaminés pendant ces quelques jours passés chez nous ?

Je ne pensais plus qu'à ça, au virus qui vivait dans son corps et qui allait se propager partout sur la Terre pour tuer les hommes, un par un.

DEUXIÈME PARTIE

CHAPITRE 16

Je fais un pas dehors, je suis éblouie par la lumière. Nous avons passé une nuit entière dans la grande salle. Le soleil vient d'apparaître derrière l'horizon. L'air est doux sur ma peau, plus chaud que celui des carrières.

Le monde tel que je le connais n'existera bientôt plus.

Je cligne des yeux pour m'habituer. Je cherche George. Je sais qu'elle est là, cachée quelque part. Elle se dit qu'elle a échoué, que son élève est en train de lui échapper. Elle ignore ce que Pénélope m'a raconté sur le futur. Elle espère que je ne sais pas.

Mais je sais. Tout.

Je serre le bras de mon père un peu plus fort et je l'entraîne pour avancer. Je ne veux pas qu'il soit trop près de Pénélope.

– Papa, dis-je en chuchotant, Pénélope est malade. Elle a été contaminée par un virus inconnu. Il faut l'isoler. Elle ne doit parler à personne, ne toucher personne.

– Tu veux dire qu'elle a pris froid dans les carrières ?

– Je te parle d'un virus mortel.

– Quel virus ?

– Je ne connais pas son nom. C'est une nouvelle maladie.

Mon père me regarde avec indulgence.

– Tu es épuisée. Tu as besoin de boire, de manger un peu, et après je te mets au lit. Pénélope aussi.

– Non...

– Ça ira mieux après quelques heures de sommeil bien au chaud sous ta couette.

Et mon père m'embrasse, trop heureux de m'avoir retrouvée.

Moi, je n'ai qu'une idée en tête. Jamais il ne me croira. Je vais devoir trouver la solution seule.

Nous arrivons à la maison.

– J'ai pris ma journée, dit mon père. Je n'allais pas vous laisser seules. Si vous avez besoin de moi, je suis en bas.

– Pierrick et Tiago sont où ?

– En classe.

C'est bien. Ils sont à distance de Pénélope.

– Je leur ai passé un message pour leur dire qu'on vous avait retrouvées, poursuit mon père. Ils étaient morts d'inquiétude pour vous.

J'obéis à mon père. À la maison, je bois, je mange,

je retire mon pantalon poussiéreux et je me glisse sous la couette.

Pénélope fait la même chose. Elle est juste à côté de moi, sur le matelas d'appoint. Je ne lui adresse pas la parole. Je ferme les yeux et j'attends.

J'écoute sa respiration. Elle non plus ne dort pas.

Je la surveille.

C'est long. Son souffle s'apaise, elle s'est enfin endormie.

Je me lève lentement, sans bruit. Je me dirige vers la porte. Je passe à côté d'elle en faisant attention à ne pas faire craquer le parquet. Je réussis, je pose la main sur la poignée.

– Qu'est-ce que tu fais ?

Je me retourne. Pénélope me regarde.

Je pense à ses cours d'EPS. Étude et Perception des Sentiments, la matière au plus fort coefficient. J'espère que Pénélope ne s'est pas sous-estimée et qu'elle est bien une élève médiocre dans ce domaine. Sinon, ça veut dire qu'elle connaît les signes qui trahissent un mensonge. Je respire doucement et j'essaie de me contrôler.

Je mens :

– J'ai soif. Rendors-toi.

Les yeux de Pénélope restent braqués sur moi. Est-ce qu'elle va deviner ce que j'ai en tête ? Se lever et m'empêcher d'agir ?

– D'accord, se contente-t-elle de dire.

Et elle referme les yeux. Soit elle n'a pas exagéré sa dyslexie en matière de sentiments, soit elle est trop fatiguée pour avoir les idées claires.

Je sors de ma chambre.

Mon père range la cuisine. Il a retiré sa veste et son holster qui contient son arme de service, et les a posés juste derrière lui. Le Sig Sauer est là, à ma portée, sur l'étagère. D'habitude, mon père est toujours très prudent mais là il ne se méfie pas, il croit que je dors.

Sans faire un bruit, je me glisse dans la pièce et je prends son arme. C'est facile. Quelques secondes plus tard, je suis dans le couloir, le Sig Sauer dans la main. Il est lourd, presque un kilo de métal froid. Tenir un pistolet me répugne.

Pourtant je sais m'en servir. Ce n'est pas très compliqué. Quand j'étais plus jeune, je faisais un cauchemar, toujours le même. Un homme s'introduisait dans notre maison et essayait de tuer mon père. À cette époque-là, j'ai cherché sur Internet une vidéo expliquant comment se servir d'une arme à feu, pour me rassurer. Comme un exorcisme, je l'ai visionnée des dizaines de fois. Je m'en souviens encore parfaitement.

Je vérifie, le Sig Sauer est chargé. Je le dirige vers le sol et je retourne dans l'escalier.

Là, je rabats le marteau en actionnant le levier de désarmement. Mes gestes sont précis, comme si je les avais exécutés mille fois. Ça fait un bruit métallique mais mon père ne peut pas l'entendre de la cuisine.

Je monte les dernières marches et je m'arrête devant la porte de ma chambre. Pénélope est derrière, endormie. Je n'ai plus qu'à ouvrir, braquer l'arme sur elle et tirer.

Peu importe si je deviens une meurtrière. Si je n'agis pas, mon père et mes frères mourront, et Mathias aussi, et Yoan, et le jeune flic qui était avec mon père dans les carrières, et le fils des voisins qui commence tout juste à marcher, et tous les hommes.

Je dois réparer mon erreur, celle que j'ai commise en aidant Pénélope à s'immiscer dans le présent.

J'aurais dû la laisser crever, seule.

J'ouvre la porte lentement.

Pénélope est debout face à moi. Elle me regarde.

– Je ne suis pas responsable de la propagation du virus à ton époque, dit-elle.

Je braque l'arme sur sa tête. Elle n'est pas si mauvaise que ça en EPS finalement.

– Moi je crois que si.

– Ça n'a pas de sens, répond-elle. Je suis ici par erreur.

– Peut-être pas. Peut-être que c'est ta présence ici et maintenant qui est à l'origine de tout. Peut-être que tu es coupable de leur mort.

– C'est absurde ! Quand je suis née, les hommes avaient déjà tous disparu. C'est comme ça et nous n'y pouvons rien.

Entre mes mains, le métal du Sig Sauer s'est réchauffé et j'ai maintenant l'impression qu'il est brûlant. Je ne dois pas le lâcher. Je dois tenir bon, même si Pénélope essaie de me convaincre de son innocence. Je tente de garder les idées claires.

Comment savoir si c'est vraiment elle qui a tout déclenché ? Si on veut rester logique, elle a raison : quand elle est née en 2171, les hommes étaient déjà tous morts.

Pourrait-elle être coupable quand même ? S'agit-il d'une de ces aberrations temporelles ? N'ai-je pas modifié le cours de l'histoire, justement, en aidant Pénélope à survivre à mon époque ? N'est-ce pas moi qui ai introduit le virus ? Moi qui ai causé la disparition des hommes ?

Je ne sais plus. C'est insensé, un serpent qui se mord la queue. Si je n'avais pas amené Pénélope chez moi, alors le virus n'existerait pas ? Et donc les hommes vivraient toujours dans le futur ? Le monde de Pénélope, un monde de femmes, n'aurait jamais vu le jour ? Mais alors, Pénélope elle-même n'existerait pas et elle ne serait pas là, devant moi… Je me sens perdue.

Et pourtant, je dois y voir clair.

– À quel endroit du monde le virus est apparu la première fois ?

J'espère que Pénélope va me répondre que les premiers cas ont été remarqués en Chine, ou dans la forêt amazonienne, ou à New York. N'importe où mais pas là où vit ma famille. Sa réponse ne m'aide pas.

– Je ne sais plus… Je n'écoutais pas trop le jour où on a fait ce chapitre en histoire…

Dit-elle la vérité ou tente-t-elle de me cacher que le virus a surgi précisément ici ? Dans ma maison pour la première fois ?

Si c'est ça, je ne dois plus hésiter, je dois l'abattre.

Ou alors…

Ou alors elle dit vrai et elle est innocente.

Comment savoir si le sort des hommes est vraiment en train de se jouer maintenant, entre elle et moi ?

Comment savoir si je dois lui tirer dessus ?

Je la regarde.

Je ne peux pas prendre le risque de voir les miens mourir.

Je lui explique pourquoi je vais la tuer :

– Peut-être que tu es dangereuse. Je n'ai pas le choix. La vie de milliards d'hommes dépend de moi.

Pénélope panique :

– Réfléchis... Je vis dans ta maison depuis plusieurs jours... Si c'est vraiment moi qui suis à l'origine de tout ça, j'ai certainement déjà contaminé ton père et tes frères... Eux-mêmes ont déjà contaminé d'autres hommes... Alors ça ne sert à rien de me tuer, il est trop tard...

Elle a raison. Je suis horrifiée à l'idée que le virus a peut-être déjà commencé d'accomplir ses ravages. J'appuie un peu plus mon index sur la gâchette.

Mais je m'arrête. Je tremble.

Je n'y arrive pas.

Si Pénélope avait attaqué mon père avec un couteau, si elle avait tenté de tuer mes frères avec une arme, j'aurais pu. J'aurais tiré, vite, sans hésiter.

Mais elle me regarde et je ne suis sûre de rien. Sa mort ne sauvera peut-être pas les hommes.

Elle n'a pas voulu ce qui arrive. Elle est comme moi, une fille de seize ans projetée dans une histoire qui la dépasse.

Je baisse le bras, l'arme de mon père pèse une tonne dans ma main. Je ne peux pas tuer Pénélope.

– Ne bouge pas d'ici.

– Où vas-tu ? demande Pénélope, inquiète.

Je réenclenche la sécurité du Sig Sauer.

– Si mon père vient, tu te débrouilles, tu mets des coussins sous ma couette pour faire croire que je dors ou tu lui dis que je suis à la salle de bains, tu lui racontes ce que tu veux. Moi, je reviens plus tard.

– Quand ?

– En mon absence, tu gardes tes distances avec lui, et avec mes frères aussi quand ils rentreront. Si tu tousses, tu mets ta main devant la bouche. Si tu dois sortir de ma chambre pour aller aux toilettes, tu touches le moins de choses possible et tu te désinfectes d'abord les mains avec ça.

Je sors de mon placard un flacon de solution hydroalcoolique à moitié entamé cet hiver.

– Je te préviens, si tu prends le moindre risque avec leur vie, je t'abats. Compris ?

– Pendant que tu n'es pas là, qu'est-ce que je fais ?

– Tu te fais oublier.

Mes chaussures à la main pour ne pas faire de bruit, je sors de la chambre et je referme soigneusement la porte derrière moi. Je descends les escaliers. Je n'oublie pas le Sig Sauer de mon père.

En bas, je l'entends, il est au téléphone avec un de ses hommes au commissariat. Il donne des consignes pour une enquête. Il ne s'est pas rendu compte que son holster était vide.

Silencieusement, je remets l'arme à sa place, puis je sors par la baie vitrée de la terrasse.

Dans le jardin, j'enfile mes chaussures. Je n'ai pas de temps à perdre. Ma destination, l'hôpital.

Je marche vite. Je me retourne souvent. J'ai peur de voir surgir George. S'en prendrait-elle à moi ici, dans la rue, alors que n'importe qui peut nous voir ? A-t-elle deviné ce que j'ai l'intention de faire ? Va-t-elle réussir à m'en empêcher ? Mais j'avance sans la repérer.

Je connais bien cette rue qui descend vers la gare. Je l'ai empruntée mille fois. Mais aujourd'hui, tout me semble différent. Je regarde ce qui m'entoure avec une acuité nouvelle.

Je passe devant la pizzeria et je vois le père de Mathias qui prépare la salle pour le déjeuner. Un peu plus loin, j'aperçois deux garçons du lycée, sac sur l'épaule, qui marchent vers le complexe sportif. Je reconnais le gardien de l'école primaire qui sort de la boulangerie, un petit sac de viennoiseries à la main. Je croise des inconnus, un vieil homme qui promène son teckel, un jeune qui part travailler. Ils vivent leur vie, comme d'habitude, sans se douter du danger qui les menace.

Arrivée à la gare, je passe le tourniquet. J'attends sur le quai, le temps me semble long. Je monte enfin dans le RER. Quinze minutes plus tard, je suis à Paris.

Il va falloir la jouer finement. Mon but est de rencontrer un spécialiste des maladies infectieuses. Je décide de ne pas prétendre que je suis malade. Je ne passerais pas l'obstacle de l'interne de garde qui ne me trouverait aucun symptôme.

Je me présente à l'accueil où l'employée insiste pour que je lui montre ma carte vitale mais j'explique que je suis là pour préparer mon TPE pour le bac. Je déclare être en première et avoir choisi le thème des grandes épidémies mondiales. Tout va bien, l'employée a au moins la cinquantaine et elle ignore que les élèves de première ont terminé de présenter leurs TPE en avril. Je crois même qu'elle ne sait pas ce que sont les TPE. Je joue la bonne élève. L'employée semble sympathiser avec moi mais m'explique que je ne peux pas déranger les médecins, et encore moins le chef du service infectiologie. Je suis au bord des larmes quand j'exprime mon angoisse d'avoir une mauvaise note mais ça ne marche pas.

Je fais mine de renoncer. Je me dirige vers la sortie mais je bifurque dans le premier couloir. Je cherche mon chemin et trouve le fléchage qui mène au service des maladies infectieuses. Je prends l'ascenseur. À l'étage, une infirmière me demande ce que je fais là. Elle est méfiante. Je cite le nom du chef de service que j'ai vu à l'entrée, le professeur Fabien, et je demande à le rencontrer. L'infirmière dit qu'elle ignore pourquoi je suis là au juste, mais qu'elle est certaine que ce n'est pas une bonne idée, je ne devrais pas traîner ici, un hôpital n'est pas un lieu pour s'amuser, allez ouste, dehors. Elle m'entraîne vers l'ascenseur mais j'insiste. Je tente le tout pour le tout. Je lui dis que j'ai une information importante à donner au professeur Fabien, que je dois à tout prix lui parler, que sinon des gens vont mourir… L'infirmière secoue la tête, elle n'apprécie pas ce qu'elle pense être une plaisanterie. Je la supplie, je sens ma voix qui monte dans les aigus, sans m'en rendre vraiment compte je commence à crier. J'ai tellement peur de ne pas réussir.

– Qu'est-ce qui se passe ici ? demande une femme en ouvrant la porte de son bureau.

– Je suis désolée, docteur Fabien. C'est cette jeune fille qui voulait vous déranger, mais je m'en occupe.

– Pourquoi voulez-vous me voir ?

Le professeur Fabien me regarde avec bienveillance. Elle doit avoir près de soixante ans et porte une blouse blanche avec des stylos de couleur dans la poche. Elle a des cheveux gris et ne prend pas la peine de les teindre pour avoir l'air plus jeune. Elle pose sur moi un regard clair et sympathique. Je me dégage de l'infirmière qui me tenait le bras et je m'avance vers elle. Je lui explique :

– Il faut surveiller les premiers cas d'un nouveau virus qui va apparaître dans les semaines ou les mois qui viennent. Je ne sais pas exactement où, mais je connais les symptômes. Ça commence par une inflammation des yeux, mais la conjonctivite n'est que le premier signe. Après, tout va très vite. Les femmes supportent bien ce virus mais pas les hommes. Pour eux, il est fatal. C'est pour ça qu'il faut isoler tout de suite les malades. Sinon, le virus se propagera et ce sera la pire épidémie que l'humanité ait jamais connue.

Je parle à toute vitesse, j'ai peur de ne pas avoir le temps de tout dire. Mais plus j'explique, plus je me rends compte que mes arguments sont embrouillés. J'ai l'impression de m'embourber. Et pour cause, je ne peux pas lui dire d'où je tiens cette information.

J'insiste, je dis que si on ne fait rien contre ce virus, ça sera terrible, et moi je me retrouverai seule parce que je n'ai plus que mon père et mes frères. Il ne faut pas que les hommes meurent. J'ai besoin d'aide. Des gens compétents doivent prendre le relais.

Le docteur Fabien m'écoute avec indulgence.

– Il existe en effet des maladies génétiques qui ne touchent que les hommes, ou les femmes, répond-elle doucement. Mais un virus qui ne tue que les hommes, je n'ai jamais vu ça. Ne t'inquiète pas pour ta famille.

Elle me regarde gentiment. Je comprends ce qu'elle pense. Elle croit que je suis angoissée parce que j'ai perdu ma mère et que je vis seulement avec mon père et mes frères. Elle croit que j'ai imaginé ce virus parce que je suis stressée à l'idée de voir mes proches mourir. Elle fait de la psychologie à deux sous alors que la vie de la moitié de l'humanité est en jeu.

– Tu devrais parler de tes inquiétudes à ton père, reprend-elle. Tu ne dois pas garder ces craintes pour toi.

Je me tais. Au fond de moi, je le savais. Personne ne me croira jamais.

L'infirmière me pousse vers la sortie. Elle renchérit de sa voix haut perchée :

– Le docteur Fabien a raison. Tu devrais voir un psychologue, ça te ferait beaucoup de bien.

Je n'insiste pas. Je ressors de l'hôpital, découragée. Je peux faire le tour du monde, voir tous les spécialistes, je ne suis pas crédible. Seuls les premiers cas permettront de donner l'alerte.

Et à ce moment-là, il sera trop tard.

CHAPITRE 17

Je rentre à la maison, désespérée.

Mon père m'attendait. Il m'engueule. Qu'est-ce que je crois, que je peux sortir comme ça après mon escapade dans les carrières ? Sans demander l'autorisation, sans même le prévenir ? Il est en colère.

Mais moi aussi je suis en colère.

– Arrête de me parler comme ça. Comme si j'étais une gamine.

– C'est ce que tu es, répond-il.

– Tu vois pas que j'ai changé ? Que tout a changé ?

– Tu as toujours seize ans.

– Et c'est quoi, d'après toi, une fille de seize ans ? Une chose fragile qu'il faut protéger ?

– Je suis ton père, c'est mon rôle.

Moi, je n'ai qu'une chose en tête. Je crie :

– Je ne veux plus que tu me considères comme ça ! Je suis une fille, et alors ? Je ne suis pas faible, ni délicate, ni hypersensible !

– Ce n'est pas ce que je pense, répond-il, mal à l'aise.

– Si. C'est comme ça que tu me regardes. J'en peux plus, tu comprends ?

Il ne dit plus rien.

Je me calme un peu pour ajouter :

– Tu ne te rends pas compte ? Tu m'empêches de vivre.

Je retourne dans ma chambre. Je jette mes baskets contre le mur. Elles laissent une trace sale sur la peinture. Pénélope n'ose pas parler. Je me sens tellement mal... Je pense à ce que je viens de dire à mon père alors qu'il va mourir bientôt. Il va mourir, et je vais échouer à le sauver. J'ai envie de pleurer, ou de hurler, je ne sais pas.

– Comment vous avez pu faire ça ? Laisser mourir trois milliards d'êtres humains.

– Je n'étais pas encore née quand c'est arrivé, répond-elle.

– Mais ta grand-mère ou ton arrière-grand-mère !

– Pas exactement. Il faut plutôt parler de mon arrière-arrière-arrière-grand-mère.

– On s'en fout puisque tu es d'accord avec ça. Tu es tout aussi coupable.

– Si tu étais née à mon époque, tu comprendrais.

– Que le monde est meilleur sans les hommes ? Jamais.

– C'est pourtant un homme qui a tué ta mère.

Pénélope a prononcé ces mots calmement. Je ne m'y attendais pas. Je suis assommée. L'image de ma mère en train d'appeler au secours apparaît dans ma tête. Elle cherche à échapper à son ravisseur, elle a peur. Je chasse cette pensée.

– Comment tu sais ça ?

– C'est Tiago qui me l'a dit. L'autre soir, je l'ai trouvé seul dans le salon. Il pleurait. Il m'a tout raconté. Que ta mère a disparu quand il était bébé, qu'elle a été kidnappée par un tueur, qu'on ne l'a jamais retrouvée.

Je la déteste de parler de ma mère maintenant. Je la gifle. Ça me fait mal à la main et sa joue prend une teinte rouge.

– Les femmes ne sont pas toujours des victimes. Je n'ai pas de testostérone mais je suis violente si je veux.

Et je la gifle à nouveau.

Elle me regarde, choquée, mais ne se défend pas. Je recommence. Encore. Puis je la pousse, elle trébuche et tombe. Je lui donne un coup de pied. Je pourrais continuer si je voulais. La tabasser. Aller trop loin.

– Tu vois ? je crie, essoufflée.

– Je ne t'en veux pas, répond-elle en serrant les dents. Tu es violente parce que tu as grandi dans un monde d'hommes.

– Toi aussi tu es violente. Je t'ai vue faire.

– Ce n'était pas pareil. Ces deux policiers me menaçaient. C'était de la légitime défense.

– Ils voulaient juste parler avec toi ! Mais tu as eu peur et ton premier réflexe, ça a été de les tabasser !

– Qu'est-ce que ça peut faire ? C'était seulement des hommes.

– Des êtres humains ! Comment tu peux assumer un tel mépris ? Comment tu peux croire que ton époque est mieux que la mienne ?

– En 2187, il n'y a plus de dictatures, plus de meurtres, plus de violence. C'est la preuve que nous avons eu raison.

– Vous êtes toutes complices d'un génocide.

– Ce n'était pas un génocide. Nous n'avons rien fait. Nous nous sommes contentées de les laisser mourir. Et à l'arrivée, nous ne l'avons pas regretté.

Elle parle des hommes comme d'une espèce nuisible. Ça me révolte.

– Et vous êtes toutes d'accord avec ça ? À ton époque, tout le monde pense la même chose ?

– Bien sûr. Enfin, à part les terroristes.

– Quelles terroristes ?

– Elles ne sont pas nombreuses, heureusement.

– Elles regrettent la disparition des hommes ?

– Oui, mais leurs arguments ne tiennent pas debout. À chaque élection, elles essaient de se faire entendre. Heureusement, ça ne marche pas. Les plus extrémistes vivent même de façon clandestine.

– Ce sont des résistantes, en fait...

– Non, je te dis, des terroristes. Quand je suis partie de chez moi, la police patrouillait tout le temps. Nous venions de passer en vigilance rouge.

– Parce que les résistantes préparaient une action ?

– Oui. Il y avait eu un attentat.

– Comment les résistantes peuvent-elles espérer changer la situation puisque les hommes sont déjà tous morts ?

– Je ne sais pas. Elles n'arriveront à rien.

Ou alors elles ont une stratégie. Je réfléchis à toute vitesse. Je ne veux pas lâcher cette idée, j'ai l'impression que je tiens quelque chose...

J'essaie d'assembler les pièces du puzzle. La seule façon de sauver les hommes, c'est de les empêcher de mourir avant l'apparition du virus. Et pour ça, il faut retourner dans le passé. Il faut venir dans mon présent à moi et empêcher le virus de se propager. Venir, ou envoyer quelqu'un...

– Pourquoi les résistantes ne se rendent-elles pas dans le passé pour changer le cours du temps ?

– Elles aimeraient bien, répond Pénélope. Heureusement, elles ne le peuvent pas.

– Pourquoi ?

– Parce qu'elles ont déjà eu leur séance d'ultrasons, évidemment.

– Comment ça, des ultrasons ?

– À dix-sept ans, nous subissons toutes une séance d'ultrasons. C'est important, sinon le bac n'est pas validé.

– Je ne comprends pas. Pourquoi ?

– Ce sont des sons que l'on ne perçoit pas mais qui, à très forte intensité, modifient la structure de l'oreille interne. Après ça, nous ne pouvons plus voyager dans le temps.

– Ça doit faire mal.

– Nous ne sentons rien. Cela crée juste une légère sensation de vertige pendant quelques heures, c'est tout.

– Et si on change d'avis, ça se répare ?

– Non. Les députées ont voté cette loi pour nous protéger. Au début, quand les femmes de la génération de ma grand-mère ont découvert qu'on pouvait remonter le temps, tout s'est bien passé, de nombreux voyages ont été organisés et se sont déroulés sans complications. Mais après, il y a eu un accident.

– Quelqu'un est mort ?

– Deux élèves ont disparu. Elles passaient l'épreuve du BAC, comme moi, et elles ne sont jamais revenues.

– Tu m'avais dit que ce n'était jamais arrivé.

– À part cette fois-là. C'était il y a longtemps, dans les années 2150. Ma grand-mère avait notre âge.

– Et ces filles sont devenues quoi ?

– Nous ne le savons pas. Nous pensons qu'elles n'ont pas survécu. Seules au Moyen Âge, tu imagines...

Je ne relève pas. Je poursuis :

– Mais le voyage dans le temps a quand même été maintenu au programme du BAC ?

– Je n'étais pas encore née mais je sais qu'il y a eu un grand débat. Finalement, le gouvernement a estimé qu'il était très important de venir au Moyen Âge au moins une fois dans sa vie pour constater à quel point cette époque était barbare.

– Arrête avec ça. Tu vois bien que mon époque n'est pas si horrible.

– Tu plaisantes ?

Je laisse tomber. Inutile de débattre avec Pénélope. C'est autre chose qui m'intéresse.

– Si toutes les femmes ont eu leur séance d'ultrasons à dix-sept ans, comment George a-t-elle réussi à venir dans le passé ?

– Elle est agrégée, répond Pénélope. Les candidates potentielles à l'agrégation d'histoire ne subissent pas les ultrasons. Sinon, comment pourraient-elles encadrer les élèves ?

– Il y a peut-être des agrégées qui sont résistantes.

– Aucune chance. L'enseignement de l'histoire est un secteur trop sensible. Il y a une enquête sur toi quand tu choisis cette orientation et, s'il y a le moindre doute, tu ne peux pas passer l'agrégation. Et bien sûr, tu n'échappes pas aux ultrasons.

Même si ce n'est pas douloureux, je trouve que ces séances d'ultrasons sont une forme de mutilation. Elles modifient le corps irrémédiablement. Le Moyen Âge n'est pas le seul à être violent… J'ai même l'impression que le futur a quelques caractéristiques dignes de nos pires dictatures.

– Tu as l'air de désapprouver, dit Pénélope, mais cette séance d'ultrasons est destinée à nous protéger. Moi, si je pouvais rentrer chez moi, je demanderais à en bénéficier sans attendre mes dix-sept ans. Comme ça, je serais certaine de ne plus jamais me perdre à ton époque.

– Parmi tes copines, il y a peut-être une fille qui n'est pas d'accord avec l'opinion majoritaire. Une fille qui veut résister.

– Je ne le pense pas. Les professeures nous expliquent bien pourquoi c'est mieux de vivre sans hommes, et ce depuis la maternelle. Il faut être stupide pour penser le contraire.

– Il n'y a pas que l'enseignement des profs. Vous pouvez parler en dehors du lycée. Débattre, exprimer vos opinions.

– Bien sûr. Nous sommes en démocratie. Mais nous sommes toutes d'accord sur l'essentiel. Un monde de femmes est meilleur qu'un monde mixte.

– Les résistantes ont des enfants elles aussi. J'imagine qu'elles expliquent leur façon de voir à leurs filles.

– Si j'étais une résistante, je ne prendrais pas ce risque. C'est beaucoup trop dangereux. Il suffirait que ma fille évoque mon point de vue au lycée ou ailleurs pour que je finisse en prison.

Mon époque n'est peut-être pas parfaite, mais celle de Pénélope non plus, ça me semble maintenant évident.

– Donc, d'après toi, les résistantes n'ont aucun moyen d'action pour empêcher la disparition des hommes ?

– Encore heureux !

Dans ma tête, je rassemble mes informations.

Petit un, les résistantes sont des adultes et aucune ne peut plus venir dans le passé.

Petit deux, les filles de moins de dix-sept ans peuvent venir dans le passé, mais aucune n'a l'âme d'une résistante car elles sont sous l'influence des profs.

Je regarde Pénélope. Un bref instant, j'espère qu'elle a été envoyée ici par les résistantes, mais ça n'a pas de sens. Elle est complètement imprégnée des idées de son époque. Si les résistantes voulaient changer le cours du temps, elles choisiraient au contraire une ado rebelle. Elles n'enverraient pas une fille comme Pénélope, convaincue que les hommes sont un danger.

Sauf si elles n'avaient pas de meilleure solution...

J'observe attentivement Pénélope.

– Et si les résistantes t'avaient envoyée, toi ?

– Absurde, répond-elle en chassant cette idée d'un geste dédaigneux. Je n'ai aucune envie de changer le cours de l'histoire.

– Tu dis que vous veniez de passer en vigilance rouge quand tu es partie. Et que les résistantes préparaient sûrement une nouvelle action.

– Oui, mais je n'ai aucun rapport avec ça.

– Peut-être que si.

– Les terroristes auraient décidé d'envoyer une fille dans le passé et ça serait tombé sur moi, par hasard ? C'est absurde.

– Peut-être que tu as quelque chose de spécial.

Pénélope se trouble. Je l'observe plus attentivement. J'ai peut-être vu juste... Je sens qu'elle ne me dit pas tout... J'insiste :

– Quelque chose qui te rend différente des autres filles de ton âge...

– Je ne suis pas une terroriste, affirme-t-elle, le visage fermé.

– Je sais.

– Je suis contre les hommes. Je suis impatiente qu'ils meurent tous. Je déteste vivre au Moyen Âge.

– Je sais ça aussi. Pourtant, tu as l'air mal à l'aise.

– Laisse-moi tranquille !

– Tu me caches quelque chose.

– Tu ne peux pas comprendre mes sentiments. Tu n'as jamais eu de cours d'EPS.

– Pas besoin de cours pour voir que tu es embarrassée.

– Tais-toi !

J'ai une prise, je ne vais pas lâcher. Je m'obstine.

– Qu'est-ce que tu me caches ? Qu'est-ce que tu ne veux pas me dire ?

Pénélope me tourne le dos, nerveuse. Elle est mal, je ne l'ai jamais vue comme ça. Après un temps, elle avoue :

– J'ai raté mon test du petit chat.

Elle me donne l'impression d'avoir dit quelque chose de terrible, de honteux même. Mais je ne comprends pas. C'est quoi, cette histoire de petit chat ?

Pénélope est perdue dans ses pensées, comme si elle revivait un moment douloureux. Elle reprend :

– À la visite médicale, la soignante vérifie la vue, l'ouïe, comme à ton époque je suppose. Mais elle vérifie aussi la PDP. Perception Des Phéromones.

Les phéromones. J'ai une petite notion de ce que c'est. Des substances chimiques vaguement comparables aux hormones.

J'écoute attentivement. Je sens que Pénélope va me dire quelque chose d'important.

– J'ai passé mon test de PDP et j'ai échoué.

– C'est quoi ce test ?

– Il y a des chats dans une pièce, des femelles et des mâles. Soudain, la sirène d'incendie retentit. On ne peut sauver que deux chats, il faut agir vite, on n'a même pas une seconde pour se décider.

Je ne peux pas m'empêcher de m'exclamer bêtement :

– Il y a encore des chats mâles à ton époque ?

– Évidemment, s'énerve Pénélope. Comment crois-tu que les animaux se reproduisent ? Tu imaginais que nous avions tué tous les chats mâles, les chiens mâles, les éléphants mâles, les fourmis mâles ? Et pour les escargots, comment aurions-nous fait ? Réfléchis deux secondes avant de dire n'importe quoi ! Nous savons faire la différence entre les êtres humains et les animaux !

– Désolée.

Mais Pénélope reste furieuse contre moi.

– Ce que je te dis est tellement plus important ! Tu ne comprends pas ? Je suis en train de t'avouer que j'ai une perception des phéromones déficiente !

– Qu'est-ce que tu as fait lors de ce test ?

– J'ai sauvé les mâles. Il y avait trois femelles et deux mâles et moi, j'ai sauvé les deux mâles.

Elle s'assied sur son matelas, prostrée.

– Si tu avais vu la tête de ma professeure de biologie… J'avais tellement honte.

Je ne dis plus rien. Pénélope a sauvé les chats mâles. Pour les femmes du futur, c'est énorme. Choquant, inadmissible, monstrueux.

Mais si j'étais une résistante en 2187, empêchée de venir moi-même dans le passé pour modifier le cours du temps, je choisirais Pénélope. Une fille capable de sauver les mâles.

Je croyais que Pénélope était comme une bombe à retardement, l'origine du virus, la cause de la fin des hommes. En réalité, elle est peut-être tout le contraire. Celle qui peut sauver la moitié de l'humanité.

Bien sûr, mon espoir est ténu. Si les résistantes avaient pu voyager elles-mêmes, ça aurait été plus efficace. À la place, elles ont dû envoyer une fille de seize ans qui n'a aucune envie de changer l'ordre établi. Rien n'est donc gagné. Mais je veux leur faire confiance. Si elles ont fait ça, c'est qu'il y a une chance pour que ça réussisse.

J'en déduis que Pénélope a des informations sur la grippe masculine, des éléments qu'elle ne veut pas me donner. La biologie a fait beaucoup de progrès dans le futur. La preuve, les femmes réussissent à faire des bébés sans spermatozoïdes. Même si Pénélope n'est qu'une lycéenne, elle sait sûrement des choses que les chercheurs de mon époque ignorent encore. Pour le XXIe siècle, elle est une sorte de petit génie des SVT. Un peu comme si moi, je débarquais pendant la Peste noire avec la recette des antibiotiques.

Toutefois, pour que Pénélope accepte de dire ce qu'elle sait, elle doit comprendre une chose. Les hommes méritent de vivre. Ils n'ont pas que des défauts, ils ont aussi des qualités.

Le problème, c'est qu'elle pense exactement le contraire. Je suis celle qui doit la faire changer d'avis sur les garçons.

Mais comment ?

Par la fenêtre ouverte, j'entends le rire de Tiago. Je le vois, debout devant la maison, à moitié caché par la haie de troènes. Il est en grande conversation avec une fille de son âge, une adhérente de l'OSAT sans doute. Elle a des taches de rousseur et des cheveux tout frisés. Tiago lui parle avec de grands gestes enthousiastes. Il a tellement de projets pour l'avenir... Mais si je ne trouve pas comment convaincre Pénélope d'agir contre le virus, il mourra.

Soudain, la fillette rousse dépose un baiser sur les lèvres de mon petit frère, puis elle lui fait un signe d'au revoir et s'en va d'une démarche dansante. Tiago est devenu tout rouge, radieux.

C'est comme ça que la solution m'apparaît. Pour sauver les hommes, Pénélope doit en avoir envie. Et pour ça, il n'y a qu'un moyen efficace.

Elle doit tomber amoureuse d'un garçon.

CHAPITRE 18

– À table ! crie Tiago. Papa râle parce que le risotto refroidit !

– On arrive !

C'est déjà la deuxième fois que Tiago appelle. Il vaut mieux descendre tout de suite, sinon c'est mon père qui va monter, et là ça se passera mal.

Je ne peux plus obliger Pénélope à rester en quarantaine. Il faut qu'elle ait une existence normale si je veux que mon plan fonctionne. Il faut qu'elle se sente à l'aise et qu'elle prenne goût à la vie au Moyen Âge.

Par sécurité, je lui asperge les mains de gel hydroalcoolique et je fais de même pour moi. Pénélope porte la grippe masculine en elle, c'est une donnée qui n'a pas changé. Moi aussi, il est possible que j'aie été contaminée par la maladie. Même si ce virus existe peut-être déjà ailleurs sur la planète et que la présence de Pénélope n'y change rien, je ne veux pas prendre le risque de le propager. Je ne veux pas que mon père ou mes frères soient les premiers hommes à tomber malades. Pas avant que Pénélope modifie le cours du temps.

Nous descendons, mais Pénélope m'arrête dans l'escalier. Elle est nerveuse depuis que j'ai parlé des résistantes.

– Plus j'y pense et plus je suis sûre que tu te trompes, affirme-t-elle. Je ne suis pas une envoyée des terroristes.

Je ne veux pas la braquer. Je mens pour la rassurer :

– Tu as raison, c'est pas logique.

Elle se détend un peu.

– D'abord, comment veux-tu que les résistantes aient eu connaissance de mon échec au test du petit chat ? Les notes obtenues au BAC sont confidentielles jusqu'à l'affichage des résultats.

– Bien sûr.

– Ce n'est pas tout. Même si elles avaient récupéré mes résultats, il aurait aussi fallu qu'elles puissent m'empêcher de revenir à mon époque à la fin des trois minutes.

– Ça n'a pas de sens, c'est clair.

– Je suis ici par erreur, affirme Pénélope d'une voix ferme, et personne n'attend de moi que je sauve les hommes. Il faut que tu te sortes cette idée stupide de la tête.

Je renchéris :

– Je suis d'accord avec toi.

Nous nous taisons et nous rejoignons le reste de ma famille pour un dîner où tout semble tellement normal...

Cette nuit-là, je fais un cauchemar, le même qu'il y a quelques années. Dans mon rêve, je suis dans mon lit et je vois passer une ombre par la fenêtre. Quelqu'un essaie de s'introduire dans notre maison pour tuer mon père et mes frères. Je voudrais crier mais je n'ai plus de voix. Je voudrais me lever mais je n'y arrive pas. Je voudrais les sauver mais je ne peux pas. Il n'y a qu'une seule différence avec les cauchemars que je faisais avant. La personne qui veut tuer ma famille est une femme.

Je me réveille en sursaut, moite de sueur. Je regarde par la fenêtre mais la rue est déserte. J'ai du mal à me rendormir. Je pense à George qui est là, quelque part dans la nuit. Elle n'a qu'un but, m'empêcher de sauver les hommes. Je ne veux pas la laisser faire. Je dois être plus forte qu'elle. Je n'ai pas le droit d'échouer, je ne peux même pas l'envisager.

Il fait enfin jour. Mon réveil a sonné il y a une demi-heure déjà et je suis prête à partir, mais Pénélope est encore couchée.

– Je suis vraiment obligée d'aller au lycée ? proteste-t-elle en ramenant la couette sur sa tête.

– Oui.

– À quoi ça sert ? De toute façon, ma vie est foutue. Je suis coincée dans ton époque de merde.

– Attention, fais-je remarquer, tu commences à parler comme moi.

– Je sais, c'est horrible. Je me médiévalise.

– C'est bien. Il faut que tu t'habitues à vivre ici.

– Au Moyen Âge ? Impossible.

– Debout. Tu n'as pas le choix.

Je tire sur la couette pour l'obliger à se lever. Je veux qu'elle vienne au lycée avec moi, c'est indispensable à la réussite de mon plan. Si elle reste enfermée à la maison, elle ne tombera jamais amoureuse.

– Tu ne peux pas me forcer, râle Pénélope.

– Mon père croit toujours que tu es une réfugiée et il tient à ce que tu bénéficies d'une bonne éducation. Mais si tu préfères, tu peux aussi choisir de quitter notre maison. Tu te retrouveras à la rue en plein Moyen Âge, ce n'est pas si grave.

Pénélope me jette un regard effrayé et obéit. Elle s'habille rapidement. Je suis soulagée de voir qu'elle choisit désormais des vêtements passe-partout, jean, tee-shirt, sweat.

En attendant, j'envoie un texto à Mathias. Je lui propose de nous retrouver au carrefour.

On n'a plus le temps de prendre un petit déjeuner. J'attrape vite fait deux pains au lait dans leur sachet de plastique et je claque la porte derrière nous.

Une minute plus tard, nous rejoignons Mathias.

En marchant vers lui, je l'observe d'une façon différente. Je sais qu'il est mignon, même si d'habitude je n'y fais pas trop attention. Nelly l'a même dragué l'an dernier quand on était en troisième, mais elle n'est pas son genre, elle n'avait aucune chance.

Je connais Mathias depuis tellement longtemps... Il a un visage aux traits fins, de longs cils noirs, des cheveux bruns bouclés, coupés pas trop court. Dès que le soleil revient au printemps, il retrouve un teint hâlé. Il est grand, un peu musclé et pas trop poilu. Et puis il se rase chaque matin. C'est un mec, mais dont la testostérone n'est pas outrageusement visible. Si Pénélope est capable de craquer pour un garçon, je me dis que ça sera un garçon comme lui.

Je m'en veux d'utiliser Mathias sans le lui dire. C'est mon ami et depuis que Pénélope est arrivée, je suis nulle avec lui. Mais quand je pense qu'il va mourir de la grippe masculine si je n'agis pas, je n'hésite plus. S'il peut m'aider à faire comprendre à Pénélope que les hommes méritent de vivre, il n'y a pas d'hésitation à avoir.

– Ça va ?

– Moyen, avoue-t-il sincèrement. Je voulais vraiment qu'on parte ensemble.

– Je sais. Moi aussi, je regrette. Tu pourrais essayer de trouver quelqu'un d'autre pour faire le voyage avec toi...

– Je préfère annuler.

Je suis triste pour lui, mais aussi soulagée... J'ai besoin de lui.

– On pourra se voir cet été alors.

– Pourquoi pas ? répond-il en haussant les épaules.

Je jette un coup d'œil rapide à Pénélope. Elle semble indifférente et n'écoute même pas ce qu'on dit. Je relance la discussion :

– Tu finis à quelle heure aujourd'hui ? On n'a qu'à se retrouver pour boire un verre.

– Il faut que je révise. J'ai les épreuves de français la semaine prochaine.

– Ce week-end alors...

– On verra.

– Et si on allait au ciné tous les trois ? Samedi soir par exemple.

Mathias me regarde, les sourcils froncés.

– Samedi soir ? Tu es sérieuse ?

– Ben oui... Pourquoi pas ?

Son visage s'assombrit et j'ai la désagréable impression de passer à côté de quelque chose, mais il n'ajoute rien d'autre que :

– J'y vais. À plus.

Il passe la grille du lycée sans nous attendre.

Ça ne m'arrange pas. Il faut qu'il soit un peu plus coopératif pour que Pénélope tombe amoureuse de lui.

La sonnerie retentit. Pénélope à mes côtés, je marche vers le bâtiment des sciences. Je cherche dans ma tête comment obliger Mathias et Pénélope à passer du temps ensemble.

Nous arrivons en salle de SVT. Le prof est en retard. Ça ne lui ressemble pas. Toute la classe attend dans le couloir.

Soudain, je vois Pénélope pâlir. Je me retourne et j'ai un mouvement de recul instinctif.

George se tient en face de nous. Elle a attaché ses cheveux blond platine en un chignon strict. Elle porte une jupe droite gris foncé et une veste de tailleur qui fait ressortir sa large carrure. Elle me domine d'une tête.

Qu'est-ce qu'elle fait ici ?

Le proviseur est à ses côtés. Il est tout sourires, sous le charme d'une aussi belle femme.

– Monsieur Bulinski est absent. Madame George le remplacera.

– Bonjour, dit celle-ci froidement.

Dans le couloir, les conversations ont cessé. George est impressionnante, même pour ceux qui ignorent d'où elle vient. Ils la regardent en silence et je sais qu'ils la trouvent belle malgré son âge. Certains commencent à chuchoter mais elle les fait taire d'un regard.

À côté de moi, Pénélope a du mal à respirer. J'ai peur qu'elle ne me refasse une crise de panique.

– Quand est-ce que monsieur Bulinski reviendra ? demande Yoan.

– Il a eu un accident, répond le proviseur. Une mauvaise chute à son domicile. Il est actuellement hospitalisé et sa convalescence durera plusieurs semaines.

En entendant ça, je frissonne. J'échange un regard avec Pénélope. Elle pense la même chose que moi. Ce n'était pas un accident. Je ne sais pas comment elle a fait, mais George a mis notre prof de SVT hors circuit pour prendre sa place.

Je me penche vers Pénélope qui est toute pâle et je chuchote, en colère :

– Monsieur Bulinski n'avait rien fait de mal, il ne connaissait pas votre secret. Il ne méritait pas ça.

– Elle ne l'a pas tué. Elle a cherché à protéger notre futur en réduisant au maximum l'interférence.

George a neutralisé mon prof de SVT, mais ça n'a pas l'air de préoccuper beaucoup Pénélope. Comment peut-elle justifier ainsi le comportement de sa prof ?

Le proviseur s'en va et nous entrons en classe. George prend place devant le tableau. Elle balaie la classe du regard en s'arrêtant sur chacun d'entre nous. On entend une mouche se cogner contre la fenêtre.

– Je crois que vous étudiez en ce moment le chapitre sur la biodiversité.

La classe approuve d'un murmure poli. Je m'attends à ce que Yoan prenne la parole pour donner une précision à la prof, du genre « on venait de voir la définition des allèles » ou « on allait étudier la diversité des coquilles chez l'escargot des bois » mais il se tait. Il ne quitte pas George des yeux, un sourire aux lèvres, envoûté. C'est bien simple, on dirait qu'il vient d'avoir un coup de foudre.

– La biodiversité est fondamentale, poursuit la prof. Elle est la clé de la survie des espèces. C'est grâce à la biodiversité génétique que la vie existe toujours sur Terre. En cas de bouleversements climatiques, environnementaux ou de toute autre nature, les espèces les plus adaptées survivent. Est-ce que mon collègue vous a déjà parlé des crises biologiques majeures qui ont bouleversé notre planète depuis l'apparition du vivant ?

Cette fois Yoan a retrouvé sa langue. Il lève la main et se lance sans attendre.

– Il y a l'extinction des dinosaures il y a soixante-cinq millions d'années, à la fin du crétacé.

George toise Yoan et l'encourage d'un geste sobre à continuer.

– C'est la crise la plus connue, explique-t-il, mais pas la plus importante. Il y a deux cent cinquante millions d'années, quatre-vingt-quinze pour cent des espèces ont disparu. Des animaux terrestres ou marins, des arbres, des amphibiens...

– C'est exact, confirme George. Au total, on estime que quatre-vingt-dix-neuf pour cent des espèces ont disparu depuis le début de la vie sur Terre. Soit un pour cent seulement qui a survécu.

À part Yoan, aucun d'entre nous ne connaissait ce chiffre. À moi, il fait froid dans le dos.

Le regard de George parcourt les élèves pour s'arrêter sur Pénélope. Je la sens se raidir. La prof ne la lâche plus des yeux.

– Seuls les êtres vivants les plus adaptés sont capables de survivre. Les autres disparaissent. S'il n'en était pas ainsi, la Terre serait encore peuplée d'organismes primitifs, comme au cambrien. Trilobites, annélides, mollusques géants.

– Vous voulez dire que la disparition des espèces est un phénomène normal ? demande Yoan.

– Elle est dans l'ordre des choses, oui. Il ne faut pas chercher à lutter contre ça.

– Et les ours polaires ? Les pandas ? Le tigre du Bengale, le gorille des montagnes, le dauphin de l'Irrawaddy ? Ils sont menacés d'extinction et vous trouvez ça bien ?

George cesse de fixer Pénélope et se tourne vers Yoan.

– Comment savoir ?

Yoan est décontenancé et le reste de la classe aussi. C'est la première fois que nous tombons sur une prof de SVT qui ne prône pas la lutte contre le réchauffement climatique et la déforestation de masse.

– Nous pouvons considérer qu'une crise biologique majeure est actuellement en cours, reprend George. La sixième, très exactement. Mais elle n'aura pas forcément que des inconvénients. Qui parmi vous connaît le phénomène appelé radiation évolutive ?

Personne ne répond.

– Après une crise biologique, explique George, la biodiversité s'enrichit et comble le vide laissé par les espèces qui ont disparu. Les groupes survivants connaissent alors souvent des innovations génétiques et on constate une explosion du nombre d'espèces. Par exemple, après la cinquième extinction de masse, celle de la fin du crétacé, sont apparus les premiers primates.

– Alors vous pensez que c'est une bonne chose si des espèces disparaissent ? insiste Yoan.

– Je suis comme vous, j'espère que les dauphins et les ours polaires vont continuer à vivre. Mais il y a d'autres êtres vivants qui pourraient disparaître sans dommage.

– Vous voulez dire, des espèces nuisibles ?

– Exactement.

George regarde Pénélope droit dans les yeux.

Puis, souriante, elle prend un feutre et trace une longue ligne horizontale qui occupe tout le tableau.

– La cinquième crise biologique majeure est située il y a soixante-cinq millions d'années, c'est-à-dire bien avant le début de l'humanité. Qui parmi vous sait à quelle époque sont apparus les premiers hominidés ?

– Il y a à peu près quatre millions d'années, répond Yoan, les australopithèques.

– Exact.

George prend un crâne sur une étagère et nous le montre.

– Petit cerveau, comme vous pouvez le voir. Il y a ensuite eu l'*homo habilis*, poursuit-elle. Puis l'*homo erectus*...

George complète sa frise chronologique, traçant les différentes périodes sur le tableau blanc.

– L'homme de Neandertal est apparu trois cent cinquante mille ans avant aujourd'hui.

– Et l'*homo sapiens* il y a plus de cent mille ans en Asie, complète Yoan.

– *Homo sapiens*, qui signifie en latin l'« humain qui détient le savoir ». Nous avons donc dans l'ordre : australopithèque, *homo habilis*, *homo erectus*, homme de Neandertal et *homo sapiens*, sachant qu'ils ont pu cohabiter sur certaines périodes. Aucun d'eux n'a jamais connu de crise biologique majeure. À quoi nous mènera la crise qui est en cours, la sixième ? À quelle radiation évolutive ?

George trace un point d'interrogation à la fin de la frise chronologique et se retourne vers nous.

Je me penche vers Pénélope et je chuchote :

– Qu'est-ce qu'il y a à la place du point d'interrogation ? Un nouvel hominidé va succéder à l'*homo sapiens* ?

Pénélope ne me répond pas. Tétanisée par la peur, elle ne peut détacher son regard de George. Mais quand celle-ci nous tourne le dos et prend le chiffon pour effacer ce qu'elle a écrit au tableau, Pénélope se penche vers moi et dit d'une voix à peine audible :

– *Homo* désigne l'humanité mixte, hommes et femmes sans distinction. À mon époque, c'est un terme que nous n'utilisons plus.

– Alors, qu'est-ce que vous dites ?

– *Mulier sapiens* bien sûr, murmure-t-elle. La femme qui détient le savoir. Le stade ultime de l'évolution.

Je ne peux pas m'empêcher de frissonner.

Quand je regarde à nouveau vers le tableau, George a les yeux braqués sur Pénélope. Son regard est glacial. Même si elle n'a pas pu nous entendre, je sens qu'à côté de moi Pénélope se liquéfie.

Puis, lentement, George détourne le regard et reprend le cours.

Le reste des élèves ne réalise pas la portée de ce qu'elle vient de sous-entendre. Le débat continue autour des gorilles des montagnes dont il reste moins de mille individus sur Terre. George a su intéresser la classe, et tout le monde participe.

Je ne dis pas un mot. Si seulement ils savaient que le plus urgent n'est pas de sauver les gorilles, mais bien les mâles humains.

CHAPITRE 19

Dès que la sonnerie se fait entendre, je sors dans la cour. Je me sens mal. C'était insupportable d'écouter George parler de la disparition des hommes devant toute la classe.

– Elle a fait ça pour me rappeler que la mort des hommes est un maillon de l'évolution et qu'il ne faut pas essayer de le modifier, constate Pénélope.

Elle se retourne vers le bâtiment des sciences. J'ai l'impression qu'elle va faire demi-tour pour aller rejoindre George.

– Si seulement je pouvais lui faire comprendre que je suis d'accord avec elle, dit-elle, pensive.

C'est vrai, Pénélope pourrait aller parler à George et lui expliquer que tout ça n'est qu'un malentendu, qu'elle n'a pas du tout l'intention de modifier le cours du temps, qu'elle est parfaitement d'accord pour que les hommes disparaissent et qu'elle veut juste rentrer chez elle. George comprendrait que Pénélope est dans son camp et elles repartiraient toutes les deux dans le futur. Alors je perdrais mon seul atout, la seule carte que j'ai en main pour tenter de trouver un vaccin.

– Malheureusement, poursuit Pénélope, pleine de regrets, je ne peux pas faire ça. Il est trop tard. George a compris que je suis une traître, je l'ai vu dans ses yeux. Et elle a raison. J'ai déjà commencé à influencer le déroulement de l'histoire. Jamais je n'aurais dû te parler. Jamais je n'aurais dû te dire que je viens des temps modernes, et encore moins que les hommes vont mourir. En faisant ça, je me suis définitivement privée de la possibilité de rentrer chez moi.

Pénélope baisse la tête, abattue. Mais moi, je suis soulagée.

Sauf qu'il va falloir agir sans que George le sache. Ce qui sera beaucoup plus difficile maintenant qu'elle est notre prof... Sa présence dans le lycée me rend nerveuse. J'ai l'impression qu'elle peut surgir devant nous à tout moment, en tout lieu, d'un coup de baguette magique ou, plus exactement, d'un coup de voyage temporel.

– Tu te fais des idées, me raisonne Pénélope d'un ton docte. Le voyage dans le temps est quelque chose d'éprouvant, physiquement et nerveusement. George ne va pas apparaître sous notre nez, comme ça, pof, dans un nuage de fumée.

Nelly nous interrompt, m'interpellant sur un ton peu aimable :

– Ragon te cherche. Tu dois aller récupérer ta feuille d'orientation dans son bureau. Toi aussi, ajoute-t-elle en regardant Pénélope d'un air bien peu amical.

Yoan me l'avait dit vite fait, mais j'avais déjà oublié. Les fiches d'orientation pour le passage en classe supérieure ont été distribuées hier, quand on a raté les cours après avoir passé la nuit dans les carrières. Mon orientation n'est plus vraiment en tête sur la liste de mes priorités, mais je fais quand même signe à Pénélope de me suivre.

Dans son bureau, madame Ragon me donne le document. J'y jette un coup d'œil. Ma demande de passage en première ES a été validée par le conseil de classe. J'étais un peu juste en maths et je devrais me réjouir, mais je m'en fous. Ragon nous tend aussi le papier que Pénélope est censée remplir pour indiquer la filière qu'elle souhaite.

– Nous n'avons pas votre dossier scolaire, c'est un problème. Remplissez votre demande au plus vite si vous voulez garder une chance d'être affectée selon vos vœux.

Nous ressortons avec nos formulaires dérisoires. Je repense au voyage de cinq ans que toutes les filles du futur font après le BAC mais que Pénélope n'effectuera jamais.

– Qu'est-ce que tu voulais faire comme métier, si rien de tout ça n'était arrivé ?

– Je voulais être sage, me répond Pénélope.

Elle voit mon air interloqué et précise :

– C'est le nom qu'on donne aux femmes qui s'occupent des accouchements.

– Sage-femme, tu veux dire.

– Dans le futur, ce n'est plus la peine de préciser.

Évidemment.

À la cantine, je cherche Mathias des yeux. C'est l'heure de pointe, il y a trop de monde. Je l'aperçois enfin, il est à l'autre bout de la salle avec des amis à lui. Je dis à Pénélope de me suivre et je me fraie un chemin entre les tables en essayant de ne pas renverser mon plateau. Quand j'arrive à sa table, je me faufile juste à temps pour rafler les deux dernières places à des filles de terminale qui ont mis trop de mascara.

– On peut manger avec vous ?

Je n'attends pas la réponse de Mathias et je m'assieds. Pénélope prend la chaise qui reste, celle que j'ai laissée libre à côté de lui. Les trois copains de Mathias sont visiblement contents de finir leur repas avec la réfugiée au corps de top-modèle. Je les connais, c'est Alexandre, Martial et Louis, ils sont plutôt sympas. Je m'immisce dans la conversation :

– De quoi vous parliez ?

– Du bac français. Le prof nous a rajouté *Les Lettres persanes* au dernier moment, explique Alexandre.

– Justement, faut que j'aille réviser, ajoute Mathias.

Et il s'en va sans même finir son repas. Je sais qu'il veut m'éviter. Je n'ai pas l'habitude de le voir en colère contre moi. En fait, je crois que ça n'est jamais arrivé avant. Ça me blesse.

– Faut pas lui en vouloir, dit Louis. Il est de mauvaise humeur en ce moment.

Juste à côté de nous, George passe avec son plateau, végétarien évidemment. Elle ne nous jette pas un regard mais je sais qu'elle est là pour nous. Elle s'éloigne tranquillement vers la salle réservée aux profs. C'est sa façon de nous dire qu'elle nous surveille. Elle peut être satisfaite, le message est bien reçu. Sa présence rend Pénélope extrêmement nerveuse et je dois dire que moi aussi, elle me stresse pas mal.

– Nous n'aurions pas dû nous asseoir ici, me chuchote Pénélope. Nous devrions plutôt aller manger à une table de filles.

Mais je ne cède pas. Pour tomber amoureuse d'un garçon, il est indispensable que Pénélope apprenne à les connaître. Je regarde les copains de Mathias et je me dis qu'ils ne sont pas si mal... Et si Pénélope craquait pour l'un d'eux ?

Louis est très grand, je crois que c'est le plus grand mec du lycée. Il est mince et se tient toujours un peu voûté, comme s'il avait peur de se cogner au plafond. Il parle peu mais a une belle voix grave et un regard attentif.

Martial est blond, les cheveux bouclés et le visage tout en rondeur. Il a du charme avec ses yeux bleu azur. Son rire s'entend de loin, il semble toujours heureux d'être là.

Alexandre a la peau noire et une coupe afro. Ses lunettes lui donnent un air intellectuel. On repère vite chez lui un humour pince-sans-rire qui décontenance au début, mais que j'ai appris à apprécier.

Ils sont très différents, tous les trois. Peut-être que Pénélope pourrait se sentir attirée par l'un d'eux. Ça tombe bien, ils se montrent gentils avec elle.

– Tu viens de quel pays au juste ?

– Tu es contente d'être ici ?

– Le lycée te plaît ?

– Non, répond simplement Pénélope.

Et elle pique sa fourchette dans une patate, le visage fermé.

– C'est normal. Il faut du temps pour s'habituer à un nouvel endroit. Tu verras, bientôt, ça ira mieux. Je m'appelle Martial. Lui c'est Louis et lui Alexandre.

Pénélope les regarde avec dégoût.

– C'est une blague ?

– J'ai dit quelque chose qu'il ne fallait pas ? s'étonne Martial.

– Vous n'avez pas honte de porter des prénoms pareils ? dit-elle sèchement.

Les potes de Mathias sont interloqués.

– Qu'est-ce qu'ils ont, nos prénoms ?

– Martial, ça vient de Mars, le dieu romain. Ton nom signifie donc celui qui aime la guerre.

– C'est juste un nom, répond Martial. Ça ne veut rien dire.

– C'est vrai, renchérit Alexandre. En plus, Martial est plutôt du genre non violent. Je sais de quoi je parle, je le connais depuis le judo, en primaire.

– J'ai jamais dépassé la ceinture jaune, se marre Martial.

– On aurait dit qu'il avait un problème psychomoteur, précise Alexandre avec un sourire en coin.

– Tu ferais mieux de te taire. Alexandre, c'est un prénom horrible.

Alexandre est déconcerté.

– Je ne trouve pas. C'est plutôt cool, Alexandre.

– Et Alexandre le Conquérant, alors ? Ça ne te fait rien de porter le nom d'un envahisseur ? Mais le pire, c'est toi, dit-elle en regardant froidement Louis. Ton prénom est le pire des trois.

Louis se contente de lever un sourcil interrogateur.

– Toute une lignée de despotes, accuse Pénélope. Si nombreux qu'on a été obligés de les numéroter. À ta place, je disparaîtrais sous terre.

Forcément, ça crée un malaise. Alexandre réagit, cinglant :

– Comme quoi, être belle n'empêche pas d'être conne. Venez, on se casse.

Alexandre, Louis et Martial s'en vont. Pénélope fulmine.

– De quel droit m'insulte-t-il ?

– Tu t'étonnes ? C'est toi qui as cherché les emmerdes.

– Et alors ? Ce sont des garçons. Qu'est-ce que ça peut faire ?

– Reproche-leur tout ce que tu veux, mais pas leurs prénoms. Ce sont leurs parents qui les ont choisis, ils n'y sont pour rien.

– Des prénoms comme ça sont la preuve que la société du Moyen Âge dysfonctionne complètement.

– C’est pas si important que ça, le nom qu’on porte.

– Bien sûr que si. À mon époque, on choisit très soigneusement le nom des nouvelles nées. Ma meilleure amie s’appelle Harriet.

– C’est moche.

– Tu ne peux pas dire ça. C’était le prénom d’Harriet Quimby, la première femme pilote d’avion à traverser la Manche. Il y a aussi Sirimavo qui est très à la mode.

– C’est un prénom ?

– Très répandu, à cause de Sirimavo Bandaranaike. Tu sais de qui je parle, au moins ?

– Non...

– Tu es vraiment ignorante. Vous, les femmes du passé, vous laissez le pouvoir aux hommes sans même vous révolter. Sirimavo Bandaranaike est la première femme Premier ministre dans le monde. Élue au Sri Lanka. Gudrid aussi est à la mode, pour Gudrid Thorbjarnardottir, qui a foulé le sol du continent américain bien avant Christophe Colomb.

– Et George, ça vient d’où ? Parce que, chez nous, il n’y a que des hommes qui s’appellent comme ça.

– À mon époque, George est un prénom féminin classique.

– À cause de qui ? George Clooney ou George Bush ?

Pénélope ne réagit pas à mon ton moqueur. Elle répond simplement :

– George Sand.

– Bref, vous ne portez que des prénoms de femmes indépendantes ou militantes. Et Pénélope, dans tout ça ? C’est le nom de qui, une femme politique, une scientifique ?

– Non.

Pénélope évite mon regard et plonge sa cuiller dans son pot de yaourt.

– C'est quoi le problème avec ton prénom ?

– Je ne comprends pas pourquoi ma mère l'a choisi, avoue-t-elle.

– Il n'y a pas de Pénélope connue dans l'histoire du féminisme mondial ?

– Non. Seulement dans la mythologie.

Je comprends mieux la réaction de Pénélope.

– Ah oui. La femme d'Ulysse qui fait de la tapisserie en attendant le retour de son mari, c'est pas génial.

– Voilà.

– Pourquoi ta mère t'a appelée comme ça ?

– Je n'ai jamais compris. Quand j'étais petite, les autres se moquaient de moi.

Pénélope reste sombre en raclant le fond de son pot de yaourt.

– Avec un prénom pareil, c'était mal parti depuis ma naissance. Pas étonnant que je sois la fille qui est restée coincée au Moyen Âge. Forcément, c'est tombé sur moi.

Nous sortons de la cantine. Pénélope est complètement démoralisée.

Derrière nous, une bande de garçons ricanent. Je les reconnais, ce sont des mecs de première. L'un d'eux semble le leader. J'entends que ses potes l'appellent Hadrien. Je pense que c'est lui qui a mis la main aux fesses de Pénélope. Ils parlent fort, ils la matent. Ils ne sont pas encore passés à autre chose, ceux-là ? Je dois absolument éviter tout autre comportement misogyne. Ils ne se rendent pas compte. J'ai envie de leur crier d'avoir une attitude irréprochable. Soyez sympas ! Prouvez que vous méritez de vivre ! Vous avez devant vous la personne qui détient le pouvoir de vous sauver d'une mort certaine... ou de vous laisser mourir.

Mais ce sont de gros lourds, le genre qui donne raison à Pénélope. J'entraîne ma soi-disant réfugiée un peu plus loin, mais ils nous suivent en continuant de harceler Pénélope.

– Tu es bonne, tu sais, toi ? lance Hadrien.

Pénélope en a assez. Elle stoppe net, excédée. Les garçons s'agglutinent derrière elle. Je sens que, dans un instant, elle va se retourner et répondre avec ses poings, comme elle sait le faire. Ils sont plusieurs mais elle aura le dessus, j'en suis sûre. Je veux éviter tout nouveau conflit avec un garçon. Je m'avance pour l'entraîner ailleurs mais, juste à ce moment-là, quelqu'un passe devant moi et s'interpose. C'est Pierrick.

– Pénélope vit chez moi, dit-il à Hadrien, elle fait partie de ma famille, alors tu ne la touches pas.

Tout le monde au lycée sait que Pierrick pratique la boxe thaïe, mais Hadrien ordonne à ses potes de le laisser gérer seul. Il est tellement sûr de lui, il a l'impression de maîtriser la situation.

– Je fais ce que je veux avec elle, répond-il sur un ton provocant.

Aussitôt, mon frère lui balance un coup de poing en pleine mâchoire. Direct, précis. Comme dans les films.

Hadrien essaie d'en faire autant et ils commencent à se battre.

– Mais enfin, proteste Pénélope, de quoi je me mêle !

– Mon frère est en train de prendre ta défense ! Tu devrais être contente.

– Parce que je ne pouvais pas me défendre moi-même, peut-être ? C'est agaçant !

N'importe quelle fille se sentirait flattée par le geste chevaleresque de Pierrick. Pas Pénélope.

Moi, j'ai quand même peur que mon frère ne se prenne un mauvais coup. Hadrien ne sait pas se battre mais il est hargneux et blessé dans son amour-propre. Il est capable de coups bas. Heureusement, Pierrick a déjà le dessus et il le plaque au sol.

– La prochaine fois que tu veux t'approcher de Pénélope, souviens-toi que je serai pas loin.

Enfin, mon frère le lâche d'un geste méprisant. Hadrien se relève et s'éloigne, suivi de ses potes, tentant en vain de garder un air digne.

Pierrick se tourne vers Pénélope. La bagarre terminée, il ne peut pas s'empêcher de se la jouer.

– C'est bon, dit-il fièrement. Il t'emmerdera plus.

Elle le regarde froidement.

– Je n'avais pas besoin de ton aide.

– Si j'avais pas précisé les choses, il aurait continué de te coller, répond mon frère, sûr de lui.

– Pourquoi es-tu persuadé que j'avais besoin de toi ? Tu crois que je suis faible, c'est ça ?

– Non, mais tu es une fille...

– Je n'ai pas besoin d'un garçon pour m'aider ! explose Pénélope.

– Pour une meuf, tu es pas mal musclée, admet Pierrick, mais sans vouloir te vexer, je suis quand même plus fort que toi.

– Mets-toi là, ordonne Pénélope en désignant un muret.

Et elle se place comme pour un bras de fer.

– C'est n'importe quoi, proteste-t-il. Tu ne peux pas gagner...

– C'est ce qu'on va voir.

Décontenancé, Pierrick me regarde. Je hausse les épaules. Si ça peut faire plaisir à Pénélope...

– Comme tu veux, accepte-t-il, sûr de sa victoire.

Pierrick se met en place à son tour.

J'ai l'impression de deux gamins trop fiers. Main droite serrant fort la main droite de l'adversaire, coude posé sur le muret, ils commencent leur duel. Ils se regardent dans les yeux, concentrés pour prouver à l'autre qui est le plus fort. Pathétique.

Mais ça dure. Aucun d'eux ne veut lâcher. Tantôt je crois que Pénélope va avoir le dessus, tantôt je pense que Pierrick va gagner. Toujours leurs bras reviennent à la position neutre.

– Je pense qu'on est à égalité, dit Pierrick en serrant les dents, ne voulant pas interrompre l'affrontement.

– C'est impossible, rétorque Pénélope, tout aussi tendue.

Aucun des deux ne quitte les yeux de l'autre. Aucun des deux ne veut céder avant l'autre, mais personne ne prend l'avantage.

– Qu'est-ce qu'on fait alors ? demande Pierrick. On arrête ?

– D'accord, avoue Pénélope, déçue. Égalité.

Leurs mains s'ouvrent et se détachent l'une de l'autre. Ils se redressent. Ils ont chacun le bras douloureux à cause de l'effort. J'essaie de détendre l'atmosphère.

– La prochaine fois, vous pouvez vous affronter à SOS ouistitis, ça vous départagera peut-être.

Mais là, Pénélope se met à pleurer. Comme ça, d'un coup, avec de grosses larmes qui roulent sur ses joues.

Pierrick ne s'attendait pas à ça. Il la regarde, démuni. Il amorce un geste gentil pour la consoler, mais il sent que ce n'est pas une bonne idée et il laisse son mouvement en suspens.

– C'est pas si grave, dit-il doucement. C'était juste un bras de fer.

– Laisse-moi tranquille, répond Pénélope d'un ton dur.

Pierrick est peiné.

– Pourquoi tu me détestes ? demande-t-il, sincère.

– C'est comme ça. Je ne pourrai jamais faire autrement.

Et elle se tourne vers moi :

– On a cours de français, non ? Allons-y.

Déjà elle s'éloigne vers les salles de classe.

Je vois que Pierrick est blessé et j'hésite à rester avec lui, mais il prend sur lui et me sourit, frimeur :

– Les filles, c'est toujours compliqué.

Et il me fait un clin d'œil comme pour me dire « même pas mal », avant de partir dans la direction opposée.

CHAPITRE 20

À la fin de la journée, nous devons rentrer directement à la maison. Mon père nous a prévenues, il ne veut pas nous voir traîner dehors jusqu'aux vacances. C'est notre punition après la nuit dans les carrières, et je sais qu'il vérifiera de temps en temps si on est bien rentrées à l'heure.

Mais, en sortant du lycée, Pénélope me prend brusquement par le bras et serre fort, ses ongles me font mal. Je tourne la tête pour regarder dans la même direction qu'elle.

Lionel est devant la grille, en uniforme de flic. Il nous observe.

– Bonsoir les filles. Je vous attendais.

Ça ne me plaît pas du tout. Je réponds quand même poliment :

– Bonsoir.

– Vous allez bien ?

– Oui, merci.

– Vous ne me demandez pas comment je vais ? insiste-t-il.

– Si. Comment allez-vous ?

– Mieux, merci. Je vais bientôt pouvoir faire retirer mes points de suture. Ton amie clandestine ne parle pas beaucoup.

– Elle n'est plus clandestine maintenant. Je vous l'ai déjà dit. Elle est une réfugiée en attente de régularisation.

Lionel fait une moue dubitative.

– J'ai participé aux recherches quand vous étiez dans les carrières. Vous le saviez ?

– Non.

– J'aurais bien aimé vous trouver.

Je frissonne à cette idée.

– On doit rentrer à la maison.

– Je repasserai de temps en temps par ici, pour vérifier que tout va bien pour vous.

– C'est pas la peine.

– J'y tiens. Je vous rappelle que deux filles particulièrement violentes traînent dans le coin. Je ne voudrais pas que vous ayez des ennuis à cause d'elles.

– Au revoir.

J'entraîne Pénélope et on s'éloigne.

– À bientôt ! insiste Lionel derrière nous.

En descendant la rue, Pénélope gémit :

– Je n'aime pas cet homme.

– Moi non plus. Mais souviens-toi que tu lui as cassé la gueule alors qu'il ne t'avait pas fait de mal. C'est normal qu'il s'intéresse à toi.

Pourtant, même si je ne le dis pas, moi aussi je me sens mal à l'aise. Sa façon de nous tourner autour est stressante. Je ne peux pas m'empêcher de vérifier s'il nous suit des yeux mais, quand je tourne la tête, je constate qu'il ne nous regarde plus. Juste devant la grille du lycée, une grande et belle femme l'a interpellé et se présente. Lionel lui serre la main. C'est George.

Elle lui sourit et lui parle. Il écoute, séduit. Ça lui donne une tête différente de d'habitude.

Je croise un bref instant le regard de George. Je n'aime pas ça. Je suis sûre qu'elle lui parle de nous. Et ça n'augure rien de bon.

De retour à la maison, j'ouvre mon ordinateur. Je suis inquiète. Rien ne marche comme prévu. Pénélope est agressive, elle n'imagine pas une relation normale avec un garçon. Combien de temps va-t-il me falloir pour changer son opinion sur les hommes ?

Je veux regarder si les sites d'information évoquent un nouveau virus ou ses premiers symptômes. Je tape différents mots-clés. *Virus, épidémie, conjonctivite, fièvre.* Je ne trouve rien de particulier. Si le virus a commencé à se propager, les médecins ne l'ont pas encore identifié, ou alors la presse n'est pas au courant. Ça me rassure un peu, ça veut dire que la situation n'est pas trop grave, pour l'instant du moins.

À côté de moi, Pénélope est allongée sur son matelas, les yeux dans le vide. Elle déprime. Il faut que je lui remonte le moral.

– Il me reste des Bounty. Tu en veux ?

Elle secoue la tête. J'insiste.

– Demain, on pourra faire du shopping. On est samedi, je pense que mon père acceptera.

– Non merci.

– C'était quoi, ton loisir préféré, avant de venir à mon époque ?

– J'allais nager dans la Seine.

Je fais la grimace.

– À ton époque, c'est sûrement répugnant, m'explique-t-elle, mais à la mienne l'eau n'est presque plus polluée.

– Pour la Seine, ça ne va pas être possible, mais on peut aller à la piscine.

Et sans attendre son avis, je vais chercher des serviettes dans la salle de bains pour préparer nos sacs. Quand je reviens, Pénélope secoue vigoureusement la tête.

– C'est hors de question.

– Mais si. Ça nous fera le plus grand bien.

– Qu'est-ce que tu cherches ? À attirer encore plus l'attention des garçons sur moi ? À me faire du mal ? Comment crois-tu que ça va se passer quand je vais nager toute nue ?

– Tu ne vas pas nager toute nue. Tu vas mettre un maillot.

– Ne me dis pas que vous êtes obligés de mettre un vêtement pour nager ?

– Vous vous baignez toutes nues à ton époque ?

– Évidemment. Sinon c'est désagréable.

– Ici, on met un maillot de bain.

– Montre.

Je sors du tiroir mon maillot une pièce. Quand nous avons fait les courses samedi dernier, je n'en ai pas acheté pour Pénélope mais je me dis qu'un maillot, c'est très extensible, et que le mien a l'habitude de se détendre dans le sens de la largeur. Il pourra bien se détendre pour une fois dans le sens de la longueur. Pour moi, j'ai un maillot de secours, celui de l'an dernier.

Pénélope le touche, curieuse.

– Il est tricoté en plastique ?

– En Lycra, je pense.

– De toute façon, je ne veux pas aller à la piscine, tranche-t-elle. Même si je porte un vêtement comme celui-ci, tous les garçons vont vouloir me toucher. Je suis trop belle.

Dans la bouche de quelqu'un d'autre, ça sonnerait très prétentieux, genre j'ai la grosse tête. Mais Pénélope a raison. Dans son cas, c'est juste une constatation.

– On va y aller à l'ouverture. Il n'y aura presque personne.

Je vois que Pénélope est tentée... Je donne mon dernier argument :

– Et le bassin extérieur est ouvert en cette saison.

– D'accord, acquiesce-t-elle. Demain, on va nager.

Bien. Sauf que moi, je ne peux pas aller à la piscine dans l'état où je suis. Je ne me suis pas épilée depuis...

depuis longtemps. Je déteste ça et je mets tout le temps des pantalons.

D'accord, c'est idiot de penser à mes poils alors que j'essaie de sauver la moitié de l'humanité. Comment font Beatrix Kiddo, Trinity ou Beatrice Prior pour jouer les héroïnes avec des jambes parfaites ? Quand s'épilent-elles ? On ne le voit jamais dans les films.

Je fouille dans mon placard et j'en sors ce que j'appelle ma boîte-à-poils. Dedans, un pot de cire au sucre et un épilateur électrique. Dans les deux cas, c'est la corvée.

J'opte pour la cire. D'habitude, je préfère l'épilateur électrique. Ça picote fort mais c'est plus simple. Sauf que là, j'ai attendu trop longtemps depuis ma précédente épilation et la cire s'impose.

Je descends à la cuisine pour faire chauffer le pot de cire au micro-ondes. Quand je remonte, j'ai déjà les mains qui collent. Ça m'énerve.

D'un œil éteint, Pénélope me regarde étaler la cire sur mes jambes. Quand je tire sur la première bande, c'est elle qui sursaute.

– Mais pourquoi fais-tu ça ?

– Je m'épile.

– Tu arraches tes poils ? Mais ça doit faire très mal !

– On s'habitue. Enfin non, on ne s'habitue pas, mais comme on va à la piscine demain...

Pénélope hoche la tête, compatissante.

– Je comprends. Ce sont les hommes qui vous obligent à avoir les jambes sans poils.

– Personne ne m'oblige. Je le fais pour être plus jolie.

– J'ai vu les jambes des garçons en cours de sport. Ils gardent leurs poils.

– C'est normal, ce sont des mecs.

– Ils sont plus malins que vous. Ils savent que ça fait mal.

– J'avoue, je me suis déjà dit que c'était injuste, mais c'est culturel. Les femmes doivent s'épiler les jambes et sous les bras.

– Les aisselles aussi ? Je te plains. Rassure-moi, après c'est tout ?

– Euh... ça dépend.

– Non ? hallucine Pénélope.

– Parfois. Seulement celles qui veulent.

– Les masochistes ?

Je tire sur une nouvelle bande de cire en serrant les dents.

– C'est de l'aliénation, commente Pénélope.

– C'est facile pour toi. Regarde tes jambes, tu n'as presque pas de poils.

Elle relève le bas de son pantalon.

– Si, quand même, regarde.

Je jette un coup d'œil. C'est vrai mais, même comme ça, elle est belle. C'est vraiment injuste.

– À mon époque, nous gardons toutes nos poils. Même les femmes qui en ont plus que moi. Ça ne gêne personne.

– Ça doit être moche.

– Vous avez vraiment un problème avec votre pilosité, vous, les gens du Moyen Âge. Les cheveux, les poils, tout ça est très compliqué chez vous.

J'aimerais lui répondre qu'elle dit n'importe quoi, mais j'avoue qu'elle n'a pas tort. Je me contente d'appliquer une troisième bande de cire sur ma jambe. Je soupire avant de tirer dessus courageusement.

Pendant que je me bats contre mes poils, Pénélope s'installe pour surfer sur Internet, assise sur son matelas, mon ordi portable sur ses genoux. Je ne sais pas ce qu'elle regarde. Sans doute des sites d'associations féministes grâce auxquelles elle se sent moins seule. C'est bizarre tout de même car elle fait une drôle de tête.

Mais quand j'ai fini de m'épiler, je me redresse et je constate avec surprise qu'elle est en train de mater des hommes nus. Elle se rend compte que je l'ai vue et change vite de site, mal à l'aise.

– Je me documentais un peu, se justifie-t-elle.

Je rêve ou elle est troublée ? L'air de rien, je l'interroge :

– Et alors ? Tu en penses quoi ?

– C'est bien ce qu'il me semblait. Les hommes sont déjà repoussants quand ils sont habillés, mais c'est encore pire quand ils sont nus.

– Les hommes sont comme les femmes. Certains sont moches, mais d'autres sont beaux.

– Non, justement. Tous les hommes sont laids. Ils n'ont même pas de seins !

– C'est normal puisque ce sont des mecs.

– C'est disgracieux, cette poitrine toute plate.

– Ça ne te plaît pas, les tablettes de chocolat ?

– Que vient faire la nourriture dans cette discussion ? demande Pénélope, interloquée.

– C'est le nom qu'on donne aux abdos quand ils sont bien visibles.

– Tu veux dire, quand on devine les muscles sous la peau ? Ce n'est pas très harmonieux.

– À mon époque, tous les mecs rêvent d'avoir des tablettes de chocolat.

– Quelle drôle d'idée. Je serais un homme, je m'efforcerais au contraire de paraître le moins masculin possible. Par exemple, je me laisserais pousser les cheveux pour essayer d'adoucir un peu mes traits.

– Certains hommes portent les cheveux longs.

– « Certains », ce n'est pas assez. Il faudrait aussi qu'ils se parent de vêtements plus jolis, avec des couleurs joyeuses, du jaune, du corail, du vert amande. Et puis surtout, il faudrait qu'ils s'épilent.

– Il faudrait savoir. C'est le Moyen Âge qui a un problème avec la pilosité ou ce sont les femmes du futur ?

– Quelques poils de-ci de-là habillent joliment la nudité d'une femme, mais il y a des limites à ne pas franchir. Et les hommes la dépassent clairement.

– C'est hormonal.

Elle baisse la voix comme si elle allait dire un gros mot :

– Ton père a même des poils dans les oreilles. Je l'ai vu. Pourquoi n'avez-vous pas essayé de rendre l'épilation obligatoire pour l'ensemble de la population masculine ?

– Dans ton idée, il faudrait inverser les choses ? L'épilation deviendrait un truc de mecs ?

– Ça serait plus logique, non ?

Pouvoir me dispenser de la corvée d'épilation ne me déplairait pas… mais j'ai du mal à imaginer les hommes version Pénélope.

– Tout te déplaît chez les hommes ? Leurs cheveux courts, leurs poils, leurs muscles ?

– Et je ne te parle pas du reste… Rien que d'y penser, ça me fait frissonner. Rassure-moi, demain à la piscine, ils porteront des maillots eux aussi ?

– Évidemment.

– Ouf. J'avais peur que vous ayez encore une de ces coutumes inégalitaires, obligeant les femmes à se vêtir pour nager tandis que les hommes pourraient plonger dans l'eau entièrement nus.

– Non. Personne ne se baigne tout nu.

– J'aime mieux ça. C'est déjà assez répugnant de nager dans la même eau qu'eux.

Et elle s'allonge sur son matelas, façon de me faire comprendre qu'elle n'a pas l'intention d'échanger plus longtemps ses impressions sur l'anatomie masculine.

CHAPITRE 21

Mon réveil sonne et l'écran affiche 6 : 30. Dur. J'aimerais me rendormir et oublier tout ce que je sais, mais évidemment, je ne peux pas.

– Je suis réveillée, s'exclame Pénélope. Habillons-nous.

Au moins, elle semble contente d'aller à la piscine. C'est déjà ça.

Nous nous préparons pour aller nager. Il est trop tôt pour moi, le petit déjeuner ne passe pas, mais Pénélope mange de bon appétit. Elle me presse.

– On y va ?

Nous arrivons aux portes de la piscine juste quand elle ouvre. J'avais raison, dans les vestiaires, il n'y a que quelques nageurs, les habitués du matin qui viennent faire leurs longueurs.

Nous passons à la douche puis nous accédons au bassin. Les autres nageurs, hommes et femmes, nous jettent un coup d'œil curieux, mais ils me dévisagent autant que Pénélope. Ce qui les intrigue, c'est que nous ne faisons pas partie des habitués. Deux filles de notre âge dans l'eau froide aussi tôt le matin, c'est rare. Pour le reste, ils ne s'arrêtent pas sur le physique de Pénélope. Ils viennent pour nager, pas pour draguer. Elle doit le sentir car je la vois souriante et à l'aise. Mon maillot lui va à peu près, même si elle doit tirer un peu dessus pour l'ajuster.

– Je peux y aller ?

J'ai à peine le temps d'acquiescer que Pénélope plonge et se met à nager sous l'eau, jusqu'à la moitié du bassin. Quand elle ressort la tête, elle est essoufflée mais a le sourire. Elle me fait signe de la rejoindre et nage vers moi.

– Ça va ! chuchote-t-elle en s'accrochant au bord. Il y a des hommes dans le bassin, mais l'eau est propre quand même !

Je descends par l'échelle en levant les yeux au ciel. L'eau froide me fait frissonner. Je rattrape facilement Pénélope. Moi aussi je nage plutôt pas mal, même si ma silhouette ne le laisse pas présager.

Nous nageons côte à côte, de longues brasses qui nous réveillent. Puis nous nous amusons à faire la course en crawl. Pénélope gagne mais je ne suis pas loin derrière.

– Ça serait plus agréable sans maillot, dit Pénélope, mais ça fait du bien quand même.

Alors que nous faisons une pause en bout de ligne, je remarque une petite silhouette qui arrive de la douche, sa serviette sous le bras. Son allure me dit quelque chose. C'est Yoan. Qu'est-ce qu'il fait là ?

Pénélope l'a vu, elle aussi, et fait une drôle de tête.

– Oh non, gémit-elle.

Je ne comprends pas. Comment a-t-il pu savoir qu'on viendrait à la piscine ce matin ? Il nous espionne ou quoi ?

Mais Yoan ne nous a même pas vues. Il n'a pas ses lunettes et, myope comme il est, il passe devant nous sans nous prêter attention. Il descend dans le bassin et vient se placer au départ de la ligne d'eau juste à côté de nous. Il plisse les yeux. C'est seulement à ce moment-là qu'il nous remarque.

– Qu'est-ce que vous faites là ? demande-t-il, tout étonné.

– Et toi ?

Il semble embarrassé.

– Je viens de temps en temps.

Et il met ses lunettes de piscine sur ses yeux avant de commencer sa longueur.

– C'est très contrariant, maugrée Pénélope. Il va nous embêter. Nous sommes obligées de partir, maintenant.

– J'ai l'impression qu'il va au contraire nous laisser tranquilles, alors on peut rester. Viens, on va dans le bassin extérieur.

L'eau y est encore plus froide, mais la lumière du soleil lui donne une couleur merveilleuse. Le bassin est désert. Nous nageons du côté le plus profond et nous nous amusons à récupérer la clé du casier qui coule à pic. Alors que je remonte à la surface juste avant elle, la clé m'échappe des mains, coule de nouveau et Pénélope réussit à la rattraper avant moi. Elle reprend son souffle en riant de plaisir. Je me rends compte que c'est la première fois que j'entends son rire.

Mais au bout de quelques minutes, Yoan nous rejoint.

– Je peux venir avec vous ?

– Non, répond Pénélope.

Je pense à mon projet et je me dis que c'est une occasion comme une autre pour qu'elle s'habitue à la présence d'un garçon. Alors je m'exclame :

– D'accord !

Pénélope me regarde comme si je l'avais trahie. Je n'en tiens pas compte et je laisse à nouveau la clé du casier couler jusqu'au fond. Yoan plonge en canard pour la récupérer, j'en fais autant. Pénélope nous observe, elle reste à la surface. Je n'insiste pas.

À la troisième tentative, elle plonge sous l'eau et en quelques mouvements nous devance. Elle saisit la clé et donne un coup de talon au fond pour remonter à la surface.

– C'est moi la plus forte, déclare-t-elle.

– C'est ce qu'on va voir !

Et je fonce sur elle pour reprendre la clé et la laisser couler à nouveau.

Nous passons un bon moment à batailler pour récupérer la clé en premier. On se marre bien, Yoan et moi, même si on boit souvent la tasse en s'agrippant l'un à l'autre pour s'empêcher de gagner. Pénélope, elle, veille en permanence à éviter tout contact physique, toute proximité avec Yoan. Mais elle joue avec nous quand même. C'est pas si mal.

Au bout d'un moment, nous n'en pouvons plus et nous sortons du bassin. Nous nous mettons aussitôt à grelotter.

– Vous reviendrez demain ? demande Yoan.

Demain… Je n'ai aucune idée de quoi demain sera fait.

– Je ne sais pas.

– Dommage, regrette-t-il.

– Tu viens tous les matins ?

– Oui. Avant les cours.

– Aussi tôt ? Tu es fou !

– C'est comme ça. Salut.

Il nous laisse pour se rendre dans les douches des hommes.

Ça fait du bien de se doucher à l'eau chaude avant de se rhabiller. J'ai du mal à démêler mes cheveux, comme d'habitude. Ils sont courts mais réussissent toujours à faire des nœuds et à se mettre n'importe comment. Quand je sors de la cabine, Pénélope a déjà fini. Je la vois à travers les portes vitrées, à l'entrée de la piscine.

Elle parle avec Yoan. Elle ne le frappe pas, ne lui crie pas dessus, ne lui impose pas un bras de fer. Je considère ça comme un progrès de taille. Ça a même l'air de bien se passer.

Je reste volontairement à distance, je les observe. Puis Yoan s'en va. J'approche enfin, l'air de rien.

– Ça va ?

– Oui. Yoan m'a promis de ne dire à personne que je viens d'une autre planète.

Je ne peux pas m'empêcher de sourire.

– Ce mec est vraiment délirant.

– Il m'a dit pourquoi il vient chaque matin.

– Je le sais déjà. Parce qu'il est fou.

– Non. Il essaie de se muscler. Sa mère est médecin mais elle refuse de lui donner des médicaments pour grandir. Elle dit qu'il doit être patient et que, en attendant, il doit faire du sport.

– Ça ne marche pas. Il est toujours aussi maigre.

Nous le regardons tourner au coin de la rue et disparaître. C'est vraiment une crevette.

– Si tous les garçons étaient comme lui, dit Pénélope, ça serait différent.

« Différent » ? Que veut-elle dire exactement ? Tout en marchant vers la maison, j'observe Pénélope plus attentivement.

– Comment ça ?

– Je veux dire… C'est un peu dommage que Yoan soit obligé de mourir quand la grippe masculine sera là.

Je n'ose pas y croire. J'essaie de garder un air détaché et je questionne avec précaution :

– Tu le regrettes ?

Pénélope n'hésite pas :

– Non, bien sûr. C'est un homme, c'est son destin de mourir. Mais si un garçon pouvait survivre à la Grande Grippe, ça serait bien que ce soit Yoan.

Si ça n'est pas une première victoire, ça y ressemble beaucoup. Je ne montre pas à quel point je jubile. Bon, Yoan et Pénélope forment un couple improbable, mais l'essentiel est ailleurs.

– C'est vrai que Yoan est sympa, dis-je prudemment.

– Les hommes comme lui pourraient peut-être vivre à mon époque sans que les femmes en souffrent. Au contraire même.

Je n'en reviens pas. C'est une victoire incroyable. Finalement, ça a été facile. Peu importe que Pénélope soit amoureuse de Yoan ou qu'elle ressente simplement de l'amitié pour lui, l'essentiel est qu'elle accepte l'idée d'un monde mixte.

Je réfléchis déjà à la bonne façon de transformer l'essai, tandis qu'elle poursuit :

– Il serait peut-être utile, finalement. Lui et d'autres hommes qui lui ressembleraient.

Je renchéris aussitôt :

– C'est vrai, ça serait le début d'une nouvelle cohabitation entre les hommes et les femmes… Tout le monde apprendrait à vivre de nouveau dans une société mixte, et je suis sûre que tout se passerait bien.

– Il n'est pas très costaud mais il pourrait se charger de toutes sortes de tâches. Faire le ménage par exemple.

– Oui, les hommes aussi feraient le ménage, tout autant que les femmes. La société serait absolument égalitaire.

– Non, pourquoi ? Si les hommes étaient tous aussi petits que Yoan, ils seraient obligés de nous obéir. Ce serait eux qui feraient le ménage.

Je sens que ça dérape. J'essaie de le faire comprendre à Pénélope :

– C'est pas vraiment une façon d'améliorer les rapports entre les hommes et les femmes…

– Au contraire. Ça serait parfait. Les hommes se chargeraient des tâches ménagères, des courses et de la cuisine du quotidien. Les femmes qui aiment cuisiner pourraient continuer à le faire, être chef dans un restaurant par exemple, mais elles ne seraient plus obligées de préparer le dîner tous les soirs. Les hommes pourraient aussi s'occuper des bébés et des jeunes enfants pendant que les femmes se consacreraient à leur métier. Ça nous ferait gagner beaucoup de temps. Bien sûr, comme les hommes seraient plus petits, on n'exigerait pas d'eux des efforts trop pénibles. Mais ils pourraient fournir un vrai travail de façon discrète et efficace. Évidemment, ils feraient tout ça sans être payés, sinon ça reviendrait trop cher.

Les bras m'en tombent.

– Tu te rends compte que tu es en train de proposer une société médiévale ? Comme à mon époque, mais à l'inverse !

– Ah oui, c'est vrai, admet-elle. Ce n'est peut-être pas si mal, finalement.

– Ça ne te gênerait pas que des êtres humains soient traités comme des personnes de seconde zone ?

Pénélope rit.

– Tu exagères ! Nous serions gentilles avec eux. Tiens, nous pourrions même être galantes, puisque la galanterie leur plaît. On leur tiendrait la porte, on les laisserait s'asseoir dans les autobus et on porterait leurs courses quand ils seraient vieux. Peut-être même qu'ils auraient le droit de vote !

J'en reste muette. Il me vient à l'idée que Pénélope plaisante, mais non, elle est parfaitement sérieuse. Affligée, je mesure tout le chemin qu'il lui reste à parcourir. Je ne sais même pas si c'est possible. Je pensais Pénélope plus intelligente que ça. Elle voit toujours les choses à travers le prisme de son éducation et ne réussit pas à s'en affranchir.

Mais après tout, cette vision inégalitaire du futur pourrait quand même m'être utile...

– Tu as raison, dis-je finalement, ça pourrait être bien. Après tout, les femmes ont bien subi ce genre de situation pendant des siècles, alors pourquoi ne pas imposer l'inverse maintenant ?

Tout ce que je veux, c'est convaincre Pénélope de me dire comment combattre le virus, même si c'est pour utiliser les hommes survivants comme serviteurs. Peu importe si elle se rend compte plus tard que je lui ai menti et que je suis contre l'esclavage des hommes tout autant que celui des femmes. J'en rajoute donc une couche :

– C'est vrai que moi aussi, je déteste passer l'aspirateur. Je ne serais pas contre un homme qui le ferait à ma place.

– Mieux vaut arrêter d'y penser. En réalité, c'est impossible, me rappelle Pénélope d'un ton gentil. Tous les hommes doivent mourir.

– Peut-être pas. Je sais que les hommes sont censés être condamnés, mais il y aurait peut-être un moyen de les protéger contre la grippe masculine...

– Ça ne serait pas une bonne idée.

– Pourquoi pas ? Si tu préfères, on donnerait le vaccin seulement aux hommes petits comme Yoan. Ça serait bien, non ?

Si Pénélope livre les informations qui permettent de fabriquer le vaccin, ne serait-ce que pour sauver un seul homme, alors on aura le moyen de sauver tous les autres hommes, les grands comme les petits, que Pénélope le veuille ou non.

– Je ne peux pas envisager ça, dit-elle en secouant la tête.

– Mais pourquoi ? Tu viens toi-même de dire que les hommes comme Yoan seraient bien pratiques.

– Oui, mais ils sentent vraiment trop mauvais.

J'hallucine. Qu'est-ce que c'est que cette affirmation ?

– Les hommes puent, répète Pénélope. Je pense que tu ne t'en rends pas compte car tu es habituée, mais moi, je n'arrive pas à m'y faire.

Je suis sidérée.

– Les hommes se lavent, comme les femmes... Quand ils sont propres, ils ne sentent rien de spécial...

– Je t'assure que si. Ils sentent l'homme. C'est très désagréable. Tu te souviens le premier soir, chez toi, quand j'avais pulvérisé du parfum ?

– Oui... L'odeur du steak t'avait dérangée.

– Non. Je l'ai compris après. Les steaks sentent mauvais, c'est vrai, mais les hommes encore plus.

Le découragement s'empare de moi. D'un coup, je me sens très seule.

Nous arrivons à la maison et Pénélope, indifférente à mes sentiments, déclare :

– J'ai faim, pas toi ?

Je la laisse aller se chercher des BN dans la cuisine.

Mon portable est dans ma poche. J'hésite. Mathias me manque… J'ai juste besoin d'oublier Pénélope un instant. Je ne sais pas ce que je vais lui dire mais je veux le voir, alors je lui envoie un texto. Puis j'attends.

Mais je ne reçois pas de réponse. Il est dix heures du matin maintenant et je suis presque sûre qu'il est dans sa chambre en train de réviser pour le bac de français. Il ne s'éloigne jamais de son portable, il a forcément vu mon texto. La tristesse m'envahit.

Avant, on passait notre temps ensemble. On se marrait bien et je pouvais lui raconter mes emmerdes. Il faisait pareil et on se comprenait. Maintenant, j'ai comme seule amie une fille qui n'a aucun scrupule à voir mourir toute ma famille, mon meilleur ami, et la moitié de l'humanité avec. Je me sens fatiguée.

– Tu attends un message ? me demande Pénélope en revenant, la bouche pleine de BN.

– Oui. De Mathias.

– Il ne te répondra pas.

– Pourquoi ?

– Parce qu'il est amoureux de toi.

Je ne comprends pas. Où Pénélope a-t-elle été chercher ça ?

– Tu dis n'importe quoi.

– Ça se voit pourtant.

– Qu'est-ce que tu en sais ?

– Je connais les signes caractéristiques de cet état d'esprit. Il y a un chapitre là-dessus dans mon livre d'EPS.

– Alors tu vois bien que je ne suis pas comme ça avec Mathias.

– Je sais. Mais Mathias est comme ça avec toi.

– Tu n'y connais rien. Mathias est très à l'aise avec moi. Il ne bafouille pas, ne rougit pas. Il n'est pas amoureux de moi.

– Je ne parle pas des signes de l'amour débutant. Je parle des signes de l'amour confirmé. Quand tu es avec lui, il te regarde toujours attentivement, et ton opinion compte plus que tout. Il fait ses choix en fonction des tiens. Et si tu le déçois, il est plus blessé par toi que par n'importe qui d'autre.

Ça alors. Je n'avais jamais remarqué ça. Mathias amoureux de moi ?

– C'est dommage pour lui, constate Pénélope. Il ne se rend pas compte que toi, tu n'es pas du tout amoureuse de lui.

Je me lève, énervée. Pénélope m'agace à se poser en spécialiste des sentiments amoureux.

– Qu'est-ce que tu connais de l'amour ? À ton époque, ce sentiment n'existe plus.

– Bien sûr que si, réplique-t-elle. À mon époque, les femmes sont presque toutes asentimentales, mais une minorité d'entre elles sont amoureuses.

– D'une autre fille ?

– Évidemment. De qui d'autre ?

– C'est clair, vous n'avez pas le choix.

– À ton époque, les filles tombent forcément amoureuses de garçons ? demande Pénélope.

– Non, pas toutes.

– J'aime mieux ça. Je pensais que c'était obligatoire.

– Bien sûr que non. On tombe amoureux de qui on veut. Il y a des filles qui préfèrent les filles et des garçons qui préfèrent les garçons. C'est parfaitement autorisé.

– Tu me rassures.

– Bon, je reconnais que, parfois, c'est pas simple. Certaines personnes n'apprécient pas les couples homosexuels. Et dans certains pays, c'est même interdit...

Pénélope hoche la tête, compréhensive.

– Ce n'est pas étonnant. On est encore au Moyen Âge. Si ton époque était civilisée, ça se saurait.

– Et toi, tu as déjà été amoureuse ?

– Non, répond-elle. Je suis asentimentale. Mais je n'ai que seize ans. Tout est encore possible.

– Tu penses que ça pourrait t'arriver ?

– J'espère. J'aimerais bien devenir une amoureuse, un jour.

Ça, c'est bon pour moi. Je reprends un peu espoir.

– C'est vrai ? Ça te plairait ?

– Oui. À mon époque, c'est un atout. En 2187, les amoureuses ont un statut spécial. On leur confie des emplois intéressants et des responsabilités dans la vie politique.

– Seulement parce qu'elles sont amoureuses ?

– Être amoureuse, ça donne énormément d'énergie. Ça décuple les capacités de chacune. C'est quelque chose de très valorisant.

– Tu pourrais devenir amoureuse, tu sais. Même à mon époque.

Pénélope me regarde avec compassion. Elle pose gentiment la main sur mon épaule et prend le ton de quelqu'un qui annonce une dure nouvelle :

– Je suis désolée, Andrea, mais si je devais tomber amoureuse de toi, ça serait déjà fait.

Je lève les yeux au ciel.

– Mais non, pas de moi.

– Alors de qui ? Je n'ai pas rencontré beaucoup d'autres filles que toi. Enfin, à part Nelly, mais elle ne me plaît pas.

– Encore heureux. Nelly est une conne.

J'hésite... Est-ce que je dois avancer un de mes pions, au risque de braquer Pénélope ? Je tente le coup, avec prudence, en surveillant bien sa réaction.

– À mon époque, il n'y a pas que les filles. Tu as le choix.

– Qu'est-ce que tu veux dire par là ? demande-t-elle, méfiante.

– Il y a aussi les garçons.

– Ne compte pas sur moi pour devenir amoureuse d'un garçon, affirme Pénélope avec un air écœuré. C'est dégoûtant.

– Tu pourrais t'habituer à leur odeur.

– Impossible.

– Tu ne t'es jamais dit qu'avec le temps tu pourrais être attirée par l'un d'entre eux ?

– Bien sûr que non. Enfin, réfléchis.

Alors pourquoi a-t-elle cherché des images d'hommes nus sur Internet ? Dans un but documentaire, peut-être, mais dans ce cas, pourquoi était-elle embarrassée quand je l'ai surprise en train de les regarder ?

Elle ment, j'en suis sûre. Les hommes l'intéressent plus qu'elle ne l'avoue.

CHAPITRE 22

Pénélope s'est endormie, même si c'est la fin de matinée. Elle finit sa nuit écourtée par la piscine.

Moi, j'attends. Une solution pour sauver les hommes, un texto de Mathias. Je ne sais plus.

Mon portable bipe. Je l'attrape aussitôt, pleine d'espoir. Mais c'est mon opérateur qui m'informe que ma facture est disponible en ligne.

Je repose mon téléphone, déçue.

C'est là que je réalise. Sur l'écran est indiquée la date du jour. Samedi 15 juin. Mathias a dix-huit ans aujourd'hui !

Je me sens nulle. J'ai complètement oublié. C'est pour ça qu'il me faisait la gueule hier à la cantine. Mon meilleur ami fête l'anniversaire le plus important de sa vie et je n'y pensais plus. Pas étonnant qu'il ne me réponde pas. Il m'en veut et je le comprends.

Je sais qu'il projetait d'organiser une soirée à la pizzeria. Son père avait accepté de fermer le restaurant pour ce soir-là. On devait passer la journée à préparer la salle en poussant les tables dans un coin et en arrangeant la déco. J'avais promis de l'aider, de toute façon ça allait sans dire.

Mais je ne suis pas avec lui. Je ne sais pas comment me faire pardonner. Je ne suis pas sûre que ça soit possible.

Je passe la journée à ruminer mes idées noires. J'ai tout gâché, j'ai définitivement perdu mon meilleur ami. Pénélope s'est réveillée mais elle s'en fout, elle a découvert Candy Crush sur mon portable et ne s'arrête plus de jouer.

Quand le soleil baisse dans le ciel, je comprends que je ne peux pas rester là. Je dois aller à l'anniversaire de Mathias, même s'il me jette.

Alors j'annonce à Pénélope :

– On sort.

Je dois insister auprès de mon père qui ne veut pas donner son autorisation, toujours à cause de cette histoire de carrières. Je joue les violons, je lui rappelle qu'il s'agit des dix-huit ans de mon meilleur ami, j'évoque le traumatisme de Pénélope réfugiée d'un pays en guerre, son besoin de se changer les idées, et ça marche.

– Bon, d'accord. À condition que Pierrick passe vous rechercher en voiture, et pas trop tard.

De retour dans ma chambre, j'attrape un tee-shirt propre et je passe un coup de brosse dans mes cheveux. Ça suffira.

Pénélope me regarde faire, sceptique.

– À quoi ressemble une soirée au Moyen Âge ?

– Musique, danse. Soirée, quoi.

– Pourquoi ne l'as-tu pas dit plus tôt ? s'exclame-t-elle. J'adore danser ! Mais tu ne vas pas y aller comme ça ?

– Pourquoi pas ?

– Quand on va danser, on se fait belle !

Enthousiaste, Pénélope ouvre le placard.

– Je vais mettre ma robe. Et si un garçon m'embête, je l'assomme d'un coup de poing. Tu peux m'aider à me coiffer ?

– On n'a pas le temps.

– Alors on va le prendre. Je refuse d'aller danser sans être bien coiffée.

Et elle me tend une brosse et un peigne, et des élastiques aussi, sans oublier une pince à cheveux. Je perds patience :

– Qu'est-ce que ça peut te faire d'être belle puisque tu t'en fous de plaire à un garçon !

– Oui, mais je veux me plaire à moi. Fais-moi des tresses sur le côté que tu attacheras comme ça, derrière et ici aussi.

Et Pénélope attend, toute contente.

Je me dis que ça ira plus vite de la coiffer plutôt que de négocier. Je commence les tresses. Mais très vite, mon incompétence est évidente. J'emmêle les cheveux, je mélange les mèches. Pénélope s'en étonne :

– Tu ne sais pas faire de jolies coiffures ?

– C'est pas mon truc, les tresses.

– Les chignons alors ?

– Non. Les queues-de-cheval pour faire du sport, à la rigueur.

Pénélope me regarde en hochant la tête, compatissante.

– Je sais pourquoi. Personne ne t'a appris.

D'un coup j'ai mal au cœur. Je pense à ma mère. Je m'assieds, la brosse et les élastiques dans les mains. Pénélope devine ce que je ressens.

– Ta mère doit te manquer très fort, dit-elle doucement.

Elle a dû avoir un cours d'EPS sur la tristesse.

Je reste silencieuse. D'habitude, je n'en parle jamais. Autour de moi, tout le monde s'est fait à l'absence de ma mère et plus personne ne me pose de questions. Ceux qui savent que je suis orpheline ne s'en étonnent plus et les autres l'ignorent, tout simplement.

– L'homme qui lui a fait du mal a été guillotiné ? demande-t-elle.

– La peine de mort n'existe plus depuis longtemps.

– Il est en prison alors ?

– Non plus. On ne sait pas qui c'est.

– Il n'y a pas eu d'enquête ?

– Elle a duré des années mais ça n'a rien donné.

– Il y avait forcément des indices, des empreintes... s'étonne Pénélope.

– Non. Un matin ma mère est partie de la maison, c'est tout. Elle était en train de préparer un biberon. Tiago était encore bébé, il dormait dans son petit lit à barreaux. Moi, je prenais mon petit déjeuner en regardant des dessins animés avec Pierrick. Je mangeais des tartines au chocolat. C'est la seule chose dont je me rappelle. Elle est sortie, on ne sait pas pourquoi. Je ne l'ai pas vue partir. Peut-être que quelqu'un l'a appelée de la rue. C'était tôt le matin, un dimanche. Aucun voisin n'a rien remarqué. On l'a cherchée longtemps, pendant des mois, mais on ne l'a jamais retrouvée.

– Je suis triste pour toi.

– Il me reste des photos mais je n'aime pas les regarder. Ça me fait trop mal. Il n'y a que Pierrick qui se souvienne vraiment d'elle.

– Heureusement que tu as ton père.

– Parfois, je lui en veux.

– Pourquoi ? Il s'occupe bien de toi.

Je lui dis ce que je n'ai jamais dit à personne :

– Je pense qu'il n'a pas fait tous les efforts possibles pour retrouver ma mère. Il aurait dû exiger que l'enquête continue.

– Il ne l'aimait pas ?

– Si… Mais je sais ce qu'il imagine. Il pense qu'elle est partie volontairement.

– Alors qu'elle venait d'avoir un bébé et que tu n'avais que six ans ?

– C'est absurde. C'est aussi ce que je pense. Je ne comprends pas pourquoi il s'est mis une chose pareille en tête. Au fond de lui, il croit qu'elle est toujours vivante, quelque part.

– Je suis d'accord avec toi. La seule hypothèse logique, c'est que ta mère a été agressée par un homme.

– Je suppose.

Pénélope me regarde et me parle avec bienveillance.

– Tu vois... Le monde sera meilleur quand il n'y aura plus d'hommes sur Terre.

– Non. Quand il n'y aura plus d'hommes sur Terre, je serai seule.

– Tu auras des amies qui seront comme une famille pour toi.

– Arrête de dire des conneries. Ma famille, c'est mon père et mes frères.

– De toute façon, tu n'auras pas le choix. La Renaissance commence.

Je danse. La musique est assourdissante. Je veux oublier.

Oublier que ma mère n'est pas là.

Qu'une époque terrible va débuter.

Ne pas penser que les hôpitaux seront débordés, que les morts se compteront par milliers, millions, milliards... Ne pas me dire que toute ma famille va mourir.

Abandonner cette angoisse qui ne me quitte plus.

La musique accélère et je suis son rythme. Ça me grise.

Je ne sais pas où est Pénélope et je m'en fous. Je ne crois plus à mon idée de la rendre amoureuse d'un garçon. J'ai perdu espoir, je pense que je ne peux pas changer l'avenir.

Un peu plus loin, Mathias parle avec ses amis. Ils rient. En arrivant, j'ai essayé de m'excuser. Il a dit que ce n'était pas grave mais il ne me regardait pas dans les yeux. Je sais que je l'ai blessé. J'ai oublié le jour de ses dix-huit ans, je n'ai pas fait attention à lui.

Je vois les autres qui dansent aussi. Je vois Nelly entourée de garçons empressés. À côté de moi, une fille ondule des hanches en regardant un mec avec provocation. Dans un coin, un couple s'embrasse. Je vois Yoan qui se goinfre de pizza. Comme d'habitude, sa mère l'a accompagné et n'a pas manqué de poser un bol plein de préservatifs au milieu du buffet, entre les tomates cerises et les Chamallows. Elle fait ça lors des soirées en rappelant d'une voix forte qu'il faut se protéger. Elle laisse aussi l'adresse du dispensaire où elle travaille au cas où l'un d'entre nous souhaiterait se faire dépister, ou juste parler. Avant je trouvais ça bien ; maintenant je sais que c'est inutile. Le sida n'est rien à côté de la grippe masculine.

Tout tourne autour de moi. Je n'ai jamais rien compris à ces soirées. J'ai toujours trouvé les relations humaines compliquées. Pour les autres filles, cela semble évident. Avoir des copines, sortir avec un mec. Elles savent comment se comporter, elles savent qui elles sont. Moi pas. Je dois être asentimentale, comme Pénélope. Pas douée. Pas adaptée.

Soudain, je m'immobilise.

J'ai vu George.

C'était fugitif, juste une silhouette dans le jardin à l'arrière du restaurant, pourtant je suis sûre que c'était elle.

Je me précipite mais il y a tellement de monde… Je suis bousculée par ceux qui dansent, je dois jouer des coudes pour passer entre les groupes qui bavardent. Quand j'arrive dans le jardin, elle a disparu.

– Vous avez vu la prof de SVT ? La remplaçante ? Quelqu'un sait où elle est ?

J'interroge tout le monde autour de moi mais personne ne me répond. Ils me regardent en riant. Ils croient que j'ai bu. Qu'est-ce qu'une prof ferait ici ?

Pénélope aussi est introuvable. Elle n'était pas à l'intérieur et je ne la vois pas dehors. Il faut que je la retrouve. Je dois la prévenir que George est là.

Je l'aperçois enfin, assise dans un coin sombre au fond du jardin. Il y a un garçon juste à côté d'elle.

Leurs visages sont proches l'un de l'autre. Je regarde plus attentivement. J'ai l'impression qu'ils vont s'embrasser… Ça n'a pas de sens…

Je crie.

Je hurle le nom de Pénélope pour qu'elle ne fasse pas ça. Pas maintenant, alors que George peut la voir. Si Pénélope embrasse ce garçon, c'est une preuve de trahison pour les femmes de son époque et ça justifie une peine de mort immédiate.

Je hurle mais Pénélope ne m'entend pas. La musique est trop forte. Je cours.

– Pénélope !

Le garçon m'entend et tourne la tête vers moi. Il se lève en me voyant.

C'est Pierrick.

Je m'arrête. Je ne comprends plus rien.

Pierrick et Pénélope viennent vers moi.

– Je viens d'arriver, dit Pierrick, faussement nonchalant.

Il est déjà une heure du mat' et papa a demandé que je vous ramène pas trop tard. On y va ?

Il sort les clés de la voiture de sa poche en évitant mon regard et avance sans nous attendre. Je retiens Pénélope par le bras.

– Qu'est-ce que vous faisiez ?

– Rien, répond Pénélope avec un air coupable.

– Je vous ai vus. Est-ce que vous vous êtes embrassés ?

– Moi, embrasser un garçon ? Ne raconte pas de bêtises.

– Ce n'est pas le moment de mentir. George est quelque part dans le jardin.

Les lumières de la fête éclairent brièvement le visage de Pénélope. Elle a peur, soudain. Elle regarde tout autour d'elle.

– Elle est ici ?

– Oui. Est-ce qu'elle a pu vous voir vous embrasser ?

Maintenant Pénélope comprend à quel point cette question est vitale. Elle me répond avec fermeté :

– Nous ne l'avons pas fait.

Je suis soulagée. J'ai dû me tromper. Pénélope ne peut pas avoir été aussi près d'embrasser mon frère. Elle le déteste comme tous les hommes, plus encore même.

Dans ce cas, George ne détient pas la preuve fatale qui lui permettrait de tuer Pénélope.

C'est pour ça que je ne comprends pas pourquoi Pénélope reste inquiète. Je le sens. Elle avoue, embarrassée :

– Je n'ai pas touché Pierrick mais... mes lèvres étaient vraiment très près des siennes.

– Pourquoi tu l'as laissé faire ? Devant tout le monde ! C'est trop dangereux, tu sais bien que George se méfie !

– Tu as raison, je ne sais pas ce qui m'a pris...

Mais il me semble que Pénélope est troublée. Je ne comprends plus rien.

– Mon frère... il te plaît ?

– Non, bien sûr que non !

– Dis-moi la vérité !

– Ne raconte pas n'importe quoi. C'est juste que... quand j'étais près de lui, c'était plus fort que moi. Je me sentais attirée.

– Je croyais que les hommes puaient !

– Les autres oui, mais pas Pierrick... Lui, je trouve qu'il sent bon, murmure-t-elle, honteuse.

Je n'y crois pas. Pénélope est tombée amoureuse de mon frère ?

– Pourquoi me regardes-tu comme ça ? s'alarme Pénélope.

– Pour rien.

– Tu me regardes comme si tu pensais quelque chose mais que tu ne voulais pas me le dire !

– Pas du tout.

– Si tu crois que je suis amoureuse de lui, alors sache que tu te trompes complètement !

– OK.

– C'est impossible. C'est un homme. Je hais les hommes. Je ne peux pas être amoureuse de l'un d'eux.

Mais alors que Pénélope proteste avec véhémence, je cherche George du regard. Pénélope amoureuse de

Pierrick, ça voudrait dire que je ne me suis pas trompée tout à l'heure et qu'ils étaient réellement sur le point de s'embrasser. Ce que j'ai vu, George a pu le voir aussi. Il ne faut pas rester ici.

– Viens, on part.

Je me dirige rapidement vers le portail qui donne sur la rue pour rejoindre Pierrick mais, au même moment, un mouvement d'agitation se crée autour de nous. Des cris, des protestations. La musique s'arrête et je vois deux policiers en tenue dans la maison, et deux autres qui arrivent par le jardin avec des lampes-torches. L'un d'eux est Lionel.

– Un voisin s'est plaint de tapage nocturne, affirme une fille à côté de moi.

Tout autour de nous, ça proteste.

Mais moi, je trouve ça bizarre. Pour les plaintes de ce genre pendant une soirée, la police gère en douceur. Une discussion suffit, on baisse un peu la sono et c'est fini. Ce que je vois est d'un autre ordre.

Pierrick revient vers nous en courant. Il remet son portable dans sa poche et a l'air inquiet.

– Suivez-moi. Papa vient de m'appeler. Il y a eu une dénonciation pour détention de stupéfiants. Cocaïne.

– Cocaïne, ici ? C'est n'importe quoi.

– Je crois aussi. Mais papa préfère qu'on ne soit pas mêlés à ça.

Inquiète, je cherche Mathias des yeux. Comprend-il pourquoi sa soirée d'anniversaire est interrompue ? Je ne le trouve pas, il y a trop de monde. Je veux prendre mon téléphone pour le prévenir mais je sens quelque chose dans ma poche…

C'est un petit morceau de plastique. Je devine sous mes doigts la ligne plastifiée plus rigide qui sert à fermer le sachet, comme pour un minisac de congélation.

Je l'ouvre discrètement sans le sortir de ma veste. Il y a de la poudre à l'intérieur. Fine, comme de la farine. De la cocaïne, évidemment.

N'importe qui a pu glisser ça dans ma poche. Quand je jouais des coudes pour sortir dans le jardin par exemple. Il y a tellement de monde. Et il y a George…

Je ne pense plus à Mathias. Je veux juste sortir d'ici. Je sais ce qui arrivera si je suis arrêtée pour détention de stupéfiants. Je vais être emmenée au poste. Je suis mineure mais je n'échapperai pas à la garde à vue, sans oublier le risque réel de sanction pénale. Ce sachet n'est pas lourd mais il pèse quand même quelques grammes, peut-être même dix ou vingt. Je ne suis pas une spécialiste mais, avec un père flic, on est plutôt bien informé. Il y a là de quoi m'éloigner de Pénélope quelque temps et la laisser seule à la merci de George.

Je vois d'autres policiers approcher. L'un d'eux a un doberman qui renifle tout le monde. Lionel est juste derrière le maître-chien. Je me sens acculée. Ma veste doit sentir la cocaïne et maintenant ma main aussi. Pour cet animal, je suis une lumière rouge clignotante qui me désigne comme sa cible.

– Il y a un passage par-derrière le garage, dit Pénélope. Je l'ai vu tout à l'heure.

Je lui dis de foncer et je cours derrière elle. Pierrick nous suit. Heureusement qu'il fait plus sombre par là.

Nous débouchons dans une ruelle à l'arrière de la pizzeria.

– Je suis garée devant l'entrée, dit Pierrick. On va pas pouvoir récupérer la voiture.

Le faisceau d'une lampe-torche approche de nous.

– Merde, chuchote Pierrick.

On s'enfuit en descendant la ruelle et on tourne dans la première rue, dans la direction opposée aux gyrophares. Je glisse de nouveau la main dans ma poche et je fais tomber discrètement le petit sachet dans une bouche d'égout.

Pierrick n'a rien vu mais Pénélope si.

– Ça va ? me demande-t-elle, inquiète.

– Oui, on rentre à la maison.

Je regarde tout autour de nous. Pourvu que George ne nous ait pas suivis. Nous sommes seuls dans une rue déserte, en pleine nuit.

J'avance d'un pas rapide, je ne me sens pas en sécurité. Pierrick et Pénélope en font autant. Même mon frère n'est pas à l'aise après cette soirée qui a mal tourné. Je le vois qui jette un coup d'œil derrière lui comme si lui aussi avait l'impression d'être suivi. Comme s'il sentait le danger qui pèse sur nous.

Nous arrivons à la maison. Mon père nous attend, rassuré de voir que nous n'avons pas eu d'ennuis. Il déplore que des jeunes du quartier fassent usage de cocaïne et nous demande de ne plus les fréquenter. Je ne le contredis pas.

Maintenant, nous sommes dans ma chambre. Pénélope dort mais moi, j'ai les yeux grands ouverts.

Je repense à ce qu'elle m'a dit. Malgré ses dénégations, je sais qu'elle est amoureuse d'un garçon. Je devrais me réjouir mais c'est le contraire. Si elle rêve en ce moment même, c'est de mon frère...

Ça me fait peur. Pénélope est dangereuse, qu'elle le veuille ou non. Elle porte le virus en elle et même si je ne peux pas l'accuser avec certitude d'être à l'origine de l'épidémie, ça ne me donne pas très envie de la voir embrasser mon frère.

Et puis elle a passé toute sa vie à haïr les hommes. Je n'ai jamais tellement apprécié les précédentes copines de Pierrick, mais Pénélope est la pire des options. Une fille intimement persuadée que les hommes méritent de mourir et que le monde est meilleur sans eux. Pierrick l'ignore mais, contrairement aux apparences, Pénélope n'est pas un cadeau.

J'essaie de maîtriser mon angoisse et je me force à voir le bon côté des choses. Pénélope est tombée amoureuse et c'est ce que je voulais.

Demain, je lui ferai avouer comment fabriquer le vaccin.

Je me réveille en sursaut. Je ne sais pas pourquoi, tout est silencieux dans la maison. Pourtant il fait jour. J'attrape ma montre. Il est onze heures passées. À côté de moi, Pénélope dort encore.

Dehors il fait un temps superbe. Je me sens reposée. Je vais attendre que Pénélope se réveille et je commencerai à lui faire prendre conscience qu'elle doit agir si elle veut que Pierrick reste en vie. Ça prendra sans doute du temps, mais je me sens optimiste. Elle l'a avoué elle-même, c'est plus fort qu'elle, Pierrick l'attire.

En bas, mon père se prépare à sortir avec Tiago qui l'attend dehors.

– Andrea, tu es levée, ça tombe bien. J'emmène Tiago chez le médecin de garde. Tu peux surveiller le gratin dans le four ?

– D'accord. Qu'est-ce qu'il a ?

– Rien de grave. Ça doit être son allergie au pollen qui recommence.

– Il a le nez qui coule ?

– Non, seulement une conjonctivite, mais je préfère ne pas laisser traîner.

Et mon père referme la porte.

J'ai l'impression que mon cœur s'est arrêté de battre.

Mon petit frère a une conjonctivite. Le premier symptôme de la grippe masculine.

Pénélope a dû le contaminer.

J'essaie de me rassurer. Ce n'est pas la première fois que Tiago a une inflammation des yeux. Il est allergique au pollen depuis qu'il est tout petit et ça provoque des rhinites ou des conjonctivites.

Mais si ce n'est pas ça ? Si c'est la grippe masculine ?

Je remonte aussitôt dans ma chambre et je secoue Pénélope sans ménagement. Elle se réveille, l'air égaré.

– Tiago a une conjonctivite.

Pénélope perd son air ensommeillé en un instant. Elle comprend tout de suite pourquoi je suis paniquée.

– Peut-être que ce n'est pas le virus, essaie-t-elle de me rassurer. Peut-être que c'est vraiment une simple allergie.

– C'est quoi les autres symptômes de la grippe masculine ? Ceux qui apparaissent en premier, à part la conjonctivite ?

– Il n'y en a pas d'autres.

– Après, c'est la fièvre ?

– Oui.

– Combien de temps après ?

– Ça dépend, répond-elle, embarrassée.

– Je t'ai demandé combien de temps !

– Quatre ou cinq jours sur un adulte. Deux ou trois sur un enfant. Maximum.

Ça me fait un choc. Si c'est bien la grippe masculine, en quelques jours, Tiago sera mort. Mais je chasse vite cette idée de mon esprit. Cela n'arrivera pas. Cela ne peut pas arriver. Pénélope va nous aider.

– Habille-toi. On va rejoindre mon père au centre médical. Tu vas parler au médecin.

– Andrea...

– Dépêche-toi.

Mais Pénélope secoue la tête.

– Je suis désolée.

– Tu ne m'as pas bien comprise. On n'a plus de temps

à perdre. Il faut que tu me dises comment fabriquer le vaccin.

– Non. Ce qui arrive est dans l'ordre des choses.

J'ai l'impression que ma chambre tangue autour de moi. Pénélope n'est pas censée réagir comme ça. Elle devrait me dire qu'on va trouver une solution, que Tiago ne peut pas mourir, qu'il faut empêcher ça.

Au lieu de quoi, elle se contente d'ajouter :

– Que ce soit maintenant ou dans quelques années, tous les hommes vont mourir.

– Comment tu peux dire ça ? Tu connais mon petit frère ! Comment tu peux trouver normal qu'il meure ? Il n'a que dix ans !

– C'est comme ça.

– Je sais que tu l'aimes bien. Ne dis pas le contraire.

Pénélope évite de me regarder dans les yeux.

– Il est gentil, c'est vrai.

– Alors fais quelque chose pour l'empêcher de mourir !

– Quand il sera grand, il ne sera plus mignon du tout. Il sera un homme avec tous les défauts des hommes. C'est regrettable, mais je ne peux rien faire pour lui.

– Et Pierrick ? Lui aussi sera bientôt contaminé. Ça t'est égal ?

– Oui, ment-elle.

– Tu es prête à le voir mourir ?

– Je t'ai déjà répondu. Je n'y peux rien. C'est la Renaissance qui commence.

CHAPITRE 23

Je passe l'heure qui suit à guetter le retour de Tiago. J'ai laissé Pénélope seule dans ma chambre, je ne supporte plus d'être à côté d'elle.

J'éteins le four trop tard. Le gratin est carbonisé.

J'attends. Mon père et Tiago ne sont toujours pas rentrés. Les minutes durent des heures.

Pierrick révise distraitement sa philo. Il tourne les pages de la main droite tout en musclant son bras gauche avec un haltère. Il s'étonne de me voir aussi nerveuse.

– Qu'est-ce que tu as ?

– Rien.

– Tu as des emmerdes ?

– Laisse-moi tranquille.

– Tu as toujours la tête ailleurs en ce moment.

– Je t'ai dit de me lâcher !

Mon frère se replonge dans son bouquin sans insister.

Mon père et Tiago rentrent enfin. Je me lève aussitôt.

– Alors ? Vous êtes restés là-bas super-longtemps !

– Il y avait la queue, répond mon père, mais c'est réglé. Une petite cure d'antihistaminiques et tout ira mieux.

– Le médecin est sûr que c'est une allergie ?

– Oui. Tu peux mettre la table ? On va manger tout de suite, il est déjà tard.

Tiago regarde à travers la vitre du four.

– Le gratin est cramé.

– Andrea, soupire mon père, je t'avais demandé de surveiller la cuisson...

Mais je me fous du gratin. J'insiste :

– Il faudrait vérifier que c'est seulement une conjonctivite. Faire des analyses de sang par exemple. Au cas où ça serait autre chose...

– S'il y avait quelque chose d'inquiétant, le médecin nous l'aurait dit.

– Je suis sûre qu'il a examiné Tiago en deux minutes à peine et qu'il n'a pas cherché plus loin.

– Que voulais-tu qu'il fasse de plus ? On ne fait pas passer un scanner pour des yeux irrités.

J'espère que mon père a raison. Que Tiago fait seulement une réaction au pollen. Mais comment savoir ? Peut-être qu'au contraire, dès ce soir ou demain, il commencera à avoir de la fièvre... Je ne veux pas imaginer ça.

Je remonte dans ma chambre. Pénélope est assise en boule sur son matelas. Elle lève la tête en m'entendant.

– Va-t'en. Je ne veux plus de toi dans ma maison.

Elle ne répond pas. Je me doute bien qu'elle a peur de se retrouver seule dans mon monde mais elle ne proteste pas. Elle sait qu'elle ne peut plus rester ici.

Elle sort de ma chambre. Je descends les escaliers derrière elle.

Dans le salon, Tiago s'est installé devant l'ordinateur et joue avec un zoo virtuel. Il soigne les animaux, les nourrit, nettoie les enclos avec la touche « espace » et se réjouit tout haut quand un bébé koala naît. D'habitude, quand il se comporte ainsi, je le trouve ridicule, mais aujourd'hui il me bouleverse.

– Tu trouves vraiment qu'il mérite ça ?

Je regarde Pénélope avec insistance. Elle finit par avouer :

– Non.

En entendant sa réponse, je reprends espoir. Je l'entraîne dans le couloir pour que personne ne nous entende.

– Alors je t'en supplie. Aide-moi. Dis-moi ce que tu sais au sujet du vaccin.

Elle me regarde, le visage fermé.

– Tu n'as pas compris ? Jamais je ne te le dirai.

– Mais pourquoi ?

– Si je parle, c'est comme si je me condamnais à mort.

– Tu as peur de George, je sais, mais on peut trouver une solution. Tu ne repartiras pas chez toi, tu ne seras pas jugée par les femmes de ton époque. Tu peux rester chez nous tant que tu veux. Tu seras comme ma sœur. J'expliquerai la vérité à mon père et il sera tellement reconnaissant qu'il fera tout pour te protéger. Jamais on ne te laissera tomber.

– Arrête d'imaginer que je vais vous aider. Je t'ai pourtant dit mille fois qu'il ne fallait pas changer le cours des choses...

– Si l'avenir qui en découle est meilleur, au contraire, il faut le faire.

Pénélope me regarde avec colère.

– Tu veux que je sauve ta famille, mais as-tu seulement pensé à la mienne ?

Je ne comprends pas... Elle secoue la tête, méprisante.

– Tu n'es qu'une égoïste, doublée d'une idiote. Réfléchis un peu !

Je me sens perdue. Pénélope me regarde de haut pour m'expliquer ce que je n'ai pas su voir.

– Si je sauve les hommes, mon époque n'existera jamais telle que je l'ai connue. Les femmes continueront de faire des bébés avec des hommes et ce seront d'autres personnes qui verront le jour. Ma grand-mère, ma mère et moi sommes nées parce que les hommes ont disparu. Nous sommes issues du patrimoine génétique de gamètes XX. Si je permets à ton époque de trouver le vaccin contre la grippe masculine, je mets fin à tout ça. J'efface tout comme avec une gomme. Je m'efface moi-même.

Je n'avais pas pensé à ça.

Alors c'est normal qu'elle choisisse sa famille plutôt que la mienne...

Je supplie Pénélope mais je n'y crois plus :

– S'il te plaît... Fais-le au moins pour Tiago... Juste pour lui. On n'utilisera pas le vaccin pour les autres, je te le promets...

– Si tu détiens le vaccin, tu l'utiliseras. Tu voudras sauver ton petit frère puis le reste de ta famille, puis tes amis. Chacune d'entre vous voudra sauver son frère ou son fils ou son mari. Tu me l'as dit une fois et tu avais raison. Vous aimez les hommes. Je suis obligée de te dire non.

– Alors ne remets jamais les pieds ici.

Pénélope s'en va sans se retourner.

Quand je reviens dans le salon, mon père m'apprend qu'il a une urgence à régler au commissariat. Il cherche ses clés de voiture en disant qu'il reviendra dans quelques heures. Il faudra qu'on dîne seuls.

– Pénélope est où ? me demande Pierrick.

Je mens :

– En haut. Elle dort encore.

Pierrick semble déçu. Il attrape sa veste pour sortir lui aussi.

– Je vais réviser chez un pote.

– Vous ne pouvez pas partir alors que Tiago est malade !

– C'est juste une conjonctivite, Andrea, répond mon père.

Indifférents à mon angoisse, mon père et Pierrick claquent la porte sans scrupule. J'ai envie de pleurer. Je vais rester seule pour veiller sur Tiago.

De tout l'après-midi, je ne quitte pas mon petit frère. Au début, il est content d'avoir une partenaire pour jouer au zoo sur l'ordinateur. Puis il se lasse et me reproche de le coller. Il ne supporte pas quand je le touche pour sentir si la fièvre apparaît.

– Arrête ! Je ne suis pas malade, j'ai seulement une conjonctivite.

– Est-ce que tu as mal à la tête ?

– Non.

– Je ne voudrais pas qu'il t'arrive quelque chose.

– Qu'est-ce que tu veux qu'il m'arrive de mal ? Tu ferais mieux de penser aux rhinocéros noirs d'Afrique de l'Ouest. Eux, ils sont tous morts.

– Il y a encore des rhinocéros sur Terre.

– Pas de rhinocéros noirs. Ils se sont éteints en 2011. Tu sais combien d'espèces animales ou végétales disparaissent chaque jour ? Plus de cent. Pas chaque année, non. Chaque jour. Alors tu vois, ma santé, on s'en fout.

Je ne réponds pas.

Je m'assieds sur le canapé pas trop loin de lui, un bouquin entre les mains, mais je ne lis pas. J'en suis incapable.

Soudain j'ai un mouvement de recul.

Il y a un visage collé à la fenêtre du salon. Les mains en pare-soleil autour des yeux, quelqu'un essaie de voir à l'intérieur de la maison.

C'est Yoan. Je pousse un soupir de soulagement et je vais ouvrir la porte. Je trouve quand même ça surprenant, jamais Yoan n'est venu chez moi auparavant.

– Qu'est-ce que tu fais là ?

– Salut, répond-il simplement.

– Tu ne peux pas sonner à la porte, comme tout le monde ?

– J'aurais bien aimé voir Pénélope.

– Elle est sortie.

– Dommage. Je voulais qu'elle me raconte comment c'est, là d'où elle vient.

Il m'agace. Je réponds sèchement :

– Laisse tomber. Elle ne vient pas d'une autre planète.

– Je sais bien, répond-il en chassant cette idée de la main. C'était idiot de ma part. Un vieux fantasme de gamin. En réalité, s'il y a des êtres intelligents dans d'autres systèmes solaires, la probabilité pour qu'ils soient humanoïdes est hyper-faible.

– Je dirai à Pénélope que tu es passé. Salut

Je vais refermer la porte mais Yoan la bloque avec son pied.

– Tu ne me fais pas confiance ? Pourtant, j'ai compris la vérité sur ta fausse réfugiée.

Est-ce que Pénélope a trop parlé à la piscine ? Est-ce que Yoan est suffisamment malin pour deviner seul ? Sans même que j'ouvre la bouche, il m'explique fièrement les conclusions de ses réflexions :

– Pénélope est issue d'une expérience scientifique secrète menée par un groupe néonazi qui essaie d'obtenir l'humain parfait avec des manipulations génétiques. Ça se passe sûrement dans un lieu isolé, un bunker souterrain dans le désert de Mojave peut-être, et Pénélope s'est échappée. Tu ne pensais pas que je devinerais, hein ?

– Tu ferais mieux de rentrer chez toi. Mon petit frère a une conjonctivite et c'est très contagieux.

– Ce n'est pas dangereux, une inflammation de la conjonctive. Je peux attendre le retour de Pénélope avec toi ?

Yoan me regarde, plein d'espoir.

– Non, dis-je fermement.

– Tant pis, soupire-t-il. Je la verrai demain au lycée.

Il fait demi-tour, déçu. C'est vraiment un indécrottable fan de science-fiction.

Tout à coup, un souvenir me revient. Son devoir sur les éléments déclencheurs de la Première Guerre mondiale. Yoan avait rédigé une copie double à peu près normale mais avait dérapé dans la conclusion qui était plus longue que le devoir lui-même. Dedans, il se demandait si on aurait pu éviter la tuerie de 14-18 en envoyant quelqu'un dans le passé pour empêcher l'assassinat de François-Ferdinand d'Autriche et freiner l'escalade de la violence. Sa réponse proposait deux hypothèses. Selon la première, oui, la guerre pouvait être évitée et le cours du temps modifié. Selon la seconde, il existait un nombre infini de mondes parallèles et empêcher l'assassinat de François-Ferdinand d'Autriche aurait juste permis de faire exister une nouvelle version du futur, sans que l'ancienne disparaisse pour autant. Un peu comme quand on prend une voie différente à un aiguillage. Et s'il avait raison ?

Je me précipite hors de la maison pour le rattraper.

– Yoan, attends ! Je suis en train de lire un bouquin en ce moment, une histoire de voyage dans le temps.

– Ah oui ? Lequel ? demande Yoan.

– Un truc pas connu. Un personnage change des choses du passé, ça oriente le monde dans un autre futur, parallèle à tous les autres futurs possibles.

– Et alors ?

– Alors c'est intéressant, non ?

– C'est surtout pas très original. Il y a plein de romans sur les voyages dans le temps qui prennent cette option.

– Ça veut dire que c'est une hypothèse réaliste, alors ? Peut-être même que les scientifiques la trouvent crédible ?

– Franchement, je n'en sais rien. Il faut dire que les voyages dans le temps, c'est super-compliqué à appréhender, on arrive très vite à des paradoxes temporels. Peut-être parce que c'est impossible en réalité, à cause du principe de causalité et tout ça.

– Sûrement.

– Bon, je te laisse. N'oublie pas de dire à Pénélope que je suis venu.

Yoan s'en va.

Et si Pénélope pouvait changer le cours du temps sans mettre fin à la vie des femmes du futur ? Si elle pouvait réorienter l'aiguillage, simplement ?

À ce moment-là, je comprends que j'ai fait une erreur en chassant Pénélope de la maison. Quelle conne je suis !

J'enfile mes tennis et j'attrape mon téléphone.

– Tiago, je sors !

– OK, répond-il sans quitter des yeux son zoo sur l'écran.

Dans la rue, je marche directement vers le lycée. La grille est fermée et les bâtiments déserts. Normal, on est dimanche. Je remonte la rue jusqu'à la forêt et je me retrouve là où nous avons affronté George pour la première fois. Pénélope connaît mal les environs et elle n'a pas un euro en poche. Elle est forcément allée à un endroit qui lui est un peu familier, et je me dis qu'elle a sûrement préféré la solitude des bois plutôt que l'agitation de la ville.

Dans la forêt, je prends la direction des carrières en regardant bien derrière chaque bosquet, dans chaque fossé. Je cherche longtemps, je ne veux pas imaginer que Pénélope a disparu alors que j'ai tant besoin de son aide.

Je n'ai toujours pas trouvé trace d'elle quand j'arrive au bord du talus. En contrebas, un train passe avec fracas, filant vers Paris.

Je descends la pente trop raide, prudemment cette fois, prenant le temps de choisir les passages les plus faciles, ceux où je peux m'accrocher aux racines ou prendre appui sur des pierres.

Je saute enfin en bas et je commence à longer la voie ferrée vers la porte des carrières, celle par laquelle nous étions entrées. Je repousse les broussailles et les ronces mais, quand je me faufile jusqu'à la porte, je découvre un gros cadenas flambant neuf et aucune trace d'effraction. Pénélope n'est pas ici.

Je longe à nouveau les rails dans l'autre sens, vers la porte principale. Elle est plus facilement accessible mais je ne tarde pas à constater qu'elle est toujours bien fermée, condamnée par la même solide barre de métal.

Je suis à court d'idées. Je ne peux pas remonter le talus, alors je marche vers la gare en suivant toujours la voie ferrée. Les trains se font plus rares maintenant. Je me prends les pieds dans le ballast, j'avance lentement, péniblement.

Je rentre à la maison dans l'espoir que Pénélope n'a pas supporté d'être seule et qu'elle est revenue chez nous. Le soir commence à tomber.

CHAPITRE 24

Quand je pénètre dans le salon, mon père est en train de mettre des gouttes à Tiago qui se tortille et n'ouvre les yeux qu'une micro-seconde avant de les refermer encore plus fort. Il m'accueille avec désapprobation.

– Tu as vu l'heure qu'il est ? Je sais que l'année scolaire se termine mais ce n'est pas une raison. Pénélope n'est pas avec toi ?

– Non. La conjonctivite de Tiago s'est aggravée ?

– Pourquoi est-ce qu'elle s'aggraverait ? Il est sous traitement. Dis-moi plutôt où est Pénélope.

– Je ne sais pas.

– Tu peux me dire ce qui se passe ? interroge-t-il en fronçant les sourcils.

En pyjama, prêt à aller se coucher, Tiago se mêle de notre conversation :

– Andrea s'est disputée avec Pénélope tout à l'heure. Je les ai entendues.

Je m'explique plutôt confusément mais mon père retient l'essentiel : Pénélope est dehors quelque part, seule. Il est furieux contre moi et inquiet pour elle. Il m'accuse d'être irresponsable puis, en colère, prend son téléphone pour appeler son équipe au commissariat. Il demande aux hommes de garde de multiplier les rondes en voiture ou à pied et donne le signalement de Pénélope.

– C'est Lionel qui est d'astreinte cette nuit, dit-il en raccrochant. Heureusement qu'il est plus détendu depuis quelques jours. Il s'est montré compréhensif, il a promis qu'il allait quadriller le quartier en voiture jusqu'à ce qu'il retrouve Pénélope.

Moi, je sais pourquoi il est de meilleure humeur depuis peu. C'est sa rencontre avec George qui lui a rendu le sourire. Il la trouve sûrement tellement sexy qu'il serait prêt à tout pour lui faire plaisir. Je ne sais pas ce qu'elle lui a raconté à notre sujet mais je peux facilement l'imaginer. Elle a dû lui dire qu'on était des racailles, qu'il fallait nous surveiller de près. Lionel a certainement répondu qu'il était tout à fait d'accord sur ce point et qu'il avait déjà eu affaire à nous il y a quelques jours. Alors forcément, je n'aime pas du tout l'idée de ce flic cherchant Pénélope dans la nuit.

Mon père prend les clés de la voiture pour essayer lui aussi de la retrouver.

– Je peux venir avec toi ?

– Certainement pas. Tu ne sors pas d'ici. Si Pénélope revient, tu m'appelles tout de suite. Et en mon absence, tu t'occupes de Tiago. Il a déjà dîné, il doit aller se coucher.

Mon père s'en va en claquant la porte.

Pierrick rentre juste à ce moment-là. Il s'étonne que notre père sorte à cette heure. Je lui explique que Pénélope est partie, en essayant d'atténuer ma responsabilité, mais il n'est pas dupe.

– Tu lui as dit un truc méchant, c'est ça ?

– Laisse tomber. Tu ne peux pas comprendre.

– Elle a vécu des choses difficiles, insiste Pierrick, et toi, tu n'es même pas capable d'être sympa avec elle. Tu lui parles durement parfois, j'avais déjà remarqué. Résultat, elle a fugué, bravo.

Pierrick rouvre la porte d'entrée.

– Je vais aider papa à la retrouver. Elle peut pas passer la nuit toute seule dehors. Tu te rends compte que c'est ta faute ?

Et il s'en va en me laissant seule avec Tiago.

– Je suis obligé d'aller dormir tout de suite ? se plaint-il, espérant profiter de l'absence de mon père pour regarder un documentaire sur les dendrobates d'Amazonie.

– Tu dois obéir à papa. Attends...

Je le retiens par le bras. Ce n'est pas dans mes habitudes d'embrasser mon petit frère avant qu'il aille se coucher, mais je veux vérifier s'il a de la fièvre. Je pose mes lèvres sur sa joue et je suis rassurée. Sa peau est fraîche. Pour l'instant au moins. Il monte se coucher sans trop râler.

À minuit passé, mon père et mon frère ne sont toujours pas rentrés, et je n'ai aucune nouvelle de Pénélope. J'attends sur le canapé et je finis par m'assoupir.

Vers trois heures du matin, j'entends la porte qui s'ouvre. Je me lève aussitôt, mais papa et Pierrick sont seuls. Mon père a l'air fatigué.

– On ne l'a pas trouvée. Je vais dormir un peu et je reprendrai les recherches dans quelques heures. Pierrick, monte te coucher toi aussi.

– Réveille-moi quand tu y retournes, demande mon frère. Je viendrai avec toi.

– Hors de question, rétorque mon père. Tu passes la philo mercredi, je te rappelle.

– C'est plus important de retrouver Pénélope.

– Demain, je mettrai du monde sur le coup. On n'a pas besoin de toi. Tu restes à la maison et tu révises.

– Mais papa...

– C'est non négociable.

Pierrick fait la gueule. Moi je demande :

– Et Lionel ? Il l'a peut-être retrouvée.

– Je viens de l'appeler. Aucune trace de Pénélope non plus du côté de l'équipe de nuit. Toi aussi, va dormir.

Inquiète, je monte dans ma chambre et je me mets au lit. Je pense à Pénélope. Elle doit se sentir seule et perdue. En m'endormant, j'essaie d'imaginer. Qu'est-ce que je ferais si j'étais à sa place ?

Le lendemain, je me lève tôt. J'ai à peine fermé l'œil. Je m'habille et je sors de la maison en silence. Le ciel est déjà d'un bleu intense, la journée va être belle.

Quand j'arrive devant le lycée, il n'y a personne, à part un véhicule qui nettoie bruyamment les rues. Puis elle s'éloigne et je suis de nouveau seule. Je me place derrière une camionnette pour ne pas être vue. Il se pourrait que Pénélope arrive par la forêt, alors je surveille plus particulièrement le haut de la rue. Je suis sûre qu'elle va venir.

Petit à petit, les premiers élèves arrivent et quelques profs aussi. L'ambiance est spéciale, c'est le dernier jour de classe. À partir de demain, le lycée sera fermé aux élèves de seconde et se transformera en centre d'examen pour le bac. Je sais que certains ont apporté des œufs et de la farine, des pétards aussi. C'est comme ça chaque année.

Il y a foule maintenant. Les rires fusent, tout le monde est de bonne humeur, et pas mal excité. Si Pénélope arrive maintenant, je risque de la rater. Je décide de sortir de ma cachette, même si j'ai peur qu'elle ne me repère et ne fasse demi-tour. Je circule parmi les élèves, essayant désespérément de l'identifier parmi tous ces gens. Je ne la vois pas, ni dans la rue, ni dans la cour. Pourtant je suis certaine qu'elle est là, quelque part.

Je passe la grille pour entrer dans le lycée. À cette heure-ci, les profs sont tous arrivés et ils se dirigent vers les salles de cours. Ils sont sur le qui-vive, ils n'aiment pas ce dernier jour de l'année où tout peut dégénérer très vite.

Je me mêle à un groupe d'élèves d'une autre classe et j'avance vers le bâtiment des sciences. Je remonte le couloir en regardant à travers les vitres qui laissent apercevoir l'intérieur des salles.

Soudain, je m'arrête. Dans une salle sur ma gauche, je vois deux silhouettes féminines à contre-jour. L'une tend la main à l'autre.

C'est George. Elle va ramener Pénélope dans l'époque à laquelle elle appartient. La fenêtre entrouverte crée un léger courant d'air avec la porte du couloir.

Dans quelques secondes, elles auront disparu. J'entre dans la salle et je crie :

– Pénélope, ne fais pas ça !

Elles tournent la tête vers moi. Pénélope est surprise et a un mouvement de recul. George frémit de colère, furieuse de me voir les interrompre.

Je m'avance vers elles, je veux les empêcher de disparaître. Je parle librement, de toute façon George a compris que je sais tout. Je dois convaincre Pénélope :

– Tu peux m'aider sans condamner ta mère et les autres femmes de ton époque. On peut tous vivre, ta famille et la mienne. Tu n'es pas obligée de choisir !

Je lui explique rapidement, aussi clairement que possible, ce que j'ai compris grâce à Yoan. Les futurs parallèles à l'infini, la comparaison avec l'aiguillage, la possibilité de modifier le cours des choses sans rien détruire.

– Tu peux sauver Tiago, et les autres hommes aussi ! Ça ne changera rien pour toi. Ton monde vivra quand même, avec ta mère, ta petite sœur et tes amies.

Mais j'ai le désagréable sentiment que Pénélope est plus proche de sa prof que de moi. Elles se tiennent l'une à côté de l'autre comme deux personnes d'un même monde dont je suis exclue.

– Laisse-moi, répond Pénélope.

Et sa voix me semble différente, comme si elle m'avait déjà échappé. Je gémis :

– Je t'en supplie, reste avec moi...

Mais George a un air narquois et tourne la tête vers Pénélope.

– Dis-lui.

Pénélope a de la peine pour moi, je le vois. Elle m'explique :

– Nous connaissons cette hypothèse des mondes parallèles. Quand les pionnières de l'époque de ma grand-mère ont commencé à voyager dans le temps, elles ont envisagé cette option.

– Tu vois ! Ça veut dire que c'est possible. Tu ne dois plus avoir peur !

– Elles ont envisagé cette option, poursuit Pénélope, mais n'ont jamais pu en prouver la validité. C'est pour ça qu'elles ont établi la règle selon laquelle on ne doit pas interférer avec le passé. Elles ne pouvaient pas jouer notre existence à pile ou face.

– Je comprends, mais maintenant c'est différent ! Pour sauver des milliards de personnes, ça vaut la peine de prendre ce risque. Toi, tu as bien vu que les hommes ne sont pas si horribles que ça, qu'ils méritent de vivre. Toi aussi tu trouves que c'est injuste si Tiago meurt.

– Tu me demandes de sauver les tiens mais tu n'es même pas sûre que mon époque pourra continuer d'exister quand même. Tu veux que je prenne ce risque... mais toi ? Est-ce que tu prendrais le risque de tuer ta famille pour essayer de sauver la mienne ?

– Ce n'est pas pareil… On parle d'une maladie qui va anéantir la moitié de l'humanité !

– Nous aussi nous sommes nombreuses. Nous aussi nous sommes des milliards.

– Dans le pire des cas, ça ne les tuera pas, ça les empêchera juste de naître…

À ce moment-là, je comprends mon erreur. Pénélope me regarde avec colère.

– Pour moi, cela revient au même. Parmi ces femmes que tu veux empêcher de vivre, il y a ma mère et ma petite sœur. Il y a moi aussi.

C'est l'énergie du désespoir qui me pousse à insister :

– Si tu retournes à ton époque, ça va mal se passer pour toi. Ces femmes que tu considères comme tes amies vont te juger. Tu finiras tes jours en prison.

– Peut-être, mais ma mère viendra me rendre visite. Je serai plus heureuse là-bas qu'ici avec toi.

– Tu es égoïste.

– Non. C'est toi qui es égoïste.

– Pénélope, viens près de moi, ordonne George, satisfaite. On s'en va.

Sans réfléchir, je me jette sur Pénélope pour l'en empêcher. Je m'agrippe à elle, même si c'est ridicule, même si d'un simple geste elle pourrait me repousser. Elle est tellement plus grande que moi. Mais elle ne le fait pas. Je sais qu'elle regrette d'avoir dû choisir entre son monde et le mien. Elle aussi aurait préféré que sa famille et la mienne puissent vivre.

– Vos petits adieux ont assez duré, intervient sèchement George. Dégage-toi de là, Pénélope.

Mais elle reste contre moi et je serre Pénélope dans mes bras de toutes mes forces. Dans quelques secondes, elle va disparaître et tous mes espoirs avec. Elle va unir sa volonté à celle de George et se volatiliser. Je guette le moment où je ne sentirai plus que le vide entre mes bras. Par la fenêtre, j'entends les autres élèves rire et chahuter. Ils ne se doutent de rien.

– Je te demande pardon, me dit Pénélope.

Je sens qu'elle pleure. Moi aussi je pleure.

– Si j'avais pu, j'aurais fait ce que tu me demandes, regrette-t-elle.

– Ça suffit maintenant ! s'impatiente George.

Le visage blotti contre mon amie du futur, je perçois le bruit d'un mécanisme que je connais bien. Celui que j'entends depuis toute petite quand mon père vérifie son arme de service, mais en plus fort. Effrayée, je m'écarte un peu et je tourne la tête.

Debout devant le tableau blanc, George tient une arme de guerre avec le plus grand naturel du monde. Je crois même savoir de quoi il s'agit. Un Uzi, le pistolet-mitrailleur de Lara Croft. Il est énorme, rien à voir avec le Sig Sauer de mon père.

Elle braque l'arme sur moi.

– Laisse Pénélope venir vers moi, assène-t-elle.

Pénélope a les yeux écarquillés.

– Tu as une arme ?

– Il faut bien, puisque tu persistes à mettre notre monde en danger.

– C'est interdit par notre loi ! C'est le symbole de la violence masculine ! Comment as-tu réussi à te procurer un tel objet ?

– Cela n'a pas été si difficile que ça. Le Moyen Âge est gangrené par la corruption. L'argent achète tout ici.

– Comment peux-tu t'en accommoder ? Je suis choquée. Toi, une agrégée ?

L'argument semble porter car George pâlit, mais elle se reprend et me menace de nouveau :

– Libère mon élève, fille médiévale. Tu n'as pas le droit de la retenir ainsi.

Le canon de l'Uzi est pointé vers moi. Mais je me fous de mourir si, en échange de ma vie, Pénélope reste et sauve les hommes. Hélas, George le devine sans doute car elle tourne lentement son arme jusqu'à braquer le canon vers le couloir.

– Recule d'un pas, ordonne-t-elle, ou je m'occupe de ton frère avant que la Grande Grippe ne s'en charge.

Je réplique aussitôt, sûre de moi :

– Mon frère n'est pas là. Il révise à la maison.

– En es-tu certaine ? Regarde bien.

Lentement, sans lâcher Pénélope, je tourne la tête. À travers le store qui masque partiellement la vue sur le couloir, je reconnais Pierrick.

Je me décompose. Il avait affirmé à mon père qu'il éviterait le dernier jour de classe et le chahut prévisible qui s'ensuivrait, mais il a menti. J'aurais dû m'en douter. Il est là en train de préparer des fumigènes avec ses amis. Ils se marrent bruyamment. Pierrick n'est jamais le dernier pour déconner. Je suis horrifiée. Il l'ignore, mais un pistolet-mitrailleur est pointé sur lui.

– C'est seulement la vie d'un homme, murmure George. Pénélope, viens près de moi, s'il te plaît. Je la tiens à distance.

– Si vous faites ça, vous changez le cours du temps ! C'est interdit par votre règlement !

Mais la prof ne se laisse pas émouvoir par mon cri :

– C'est exact. Mais dans la situation actuelle, j'ai une priorité. Protéger mon monde.

Elle a raison. Tant qu'elle tiendra mon frère en joue, je suis impuissante.

Lentement, j'ouvre les bras pour laisser partir Pénélope. Elle s'éloigne de moi et rejoint George.

Dans le couloir, j'entends les voix étouffées de Pierrick et ses amis. Leur fumigène est prêt et ils veulent aller le lancer dans la cour. Ils s'en vont rapidement mais soudain, Pierrick tourne la tête vers moi. Comme s'il avait senti notre présence...

Il me voit et fronce les sourcils. Il ouvre la porte.

– Andrea ? Qu'est-ce que tu fais là ? Tu devrais rentrer à la maison, ça va chauffer ici.

C'est alors qu'il découvre Pénélope. George a reculé d'un pas et se trouve en retrait, derrière lui. Pierrick ne peut pas la voir.

– Tu as retrouvé Pénélope ? s'exclame-t-il. Pourquoi tu m'as pas prévenu ? Papa est au courant ?

– Justement, j'allais l'appeler. Tout s'est bien terminé finalement.

Je me force à sourire mais il n'est pas dupe.

– Il y a un problème ? s'inquiète-t-il.

Ses copains l'appellent et j'espère qu'il va les suivre, mais il leur répond qu'il les rejoindra plus tard.

Le couloir est désert maintenant. Derrière Pierrick, je vois George qui garde toujours son arme pointée sur lui. J'essaie de rassurer mon frère pour qu'il parte d'ici :

– Tout va bien. Laisse-nous.

– J'ai pas l'impression. Vous avez l'air mal, qu'est-ce qui se passe ? Dis-moi la vérité. Pénélope, il t'est arrivé quelque chose ?

Je veux insister mais il est trop tard. Avec horreur, je vois George faire un pas en avant et coller brusquement le canon de l'Uzi sur la tempe de mon frère.

– Ne bouge pas, susurre-t-elle.

Abasourdi, Pierrick comprend aussitôt le danger. Heureusement, il ne tente rien et lève lentement les mains en signe d'apaisement. Je crie :

– Pénélope, dis-lui de le laisser partir !

Mais Pénélope ne montre aucune émotion, alors que mon frère est menacé de mort.

J'ai tout perdu. Je me suis trompée sur toute la ligne. Je pensais que Pénélope était amoureuse de Pierrick mais je vois bien que non. Elle me dit juste :

– Fais-moi confiance. C'est mieux comme ça.

J'ai envie de hurler mais Pénélope tend la main à George.

– Allons-y, lui dit-elle. Je veux revoir ma mère.

– Concentre-toi, répond George.

De sa main libre, elle maintient l'Uzi contre la tête de mon frère. Par la fenêtre entrouverte souffle le léger courant d'air.

– Je suis impatiente de rentrer à la maison, répond Pénélope. Mais ne devrais-tu pas laisser le pistolet ici ? Tu sais à quel point ce serait mal perçu si tu l'emportais avec toi.

– Tu as raison, répond George. Mais avant ça, j'ai des témoins à éliminer. S'ils parlent, ils nous mettront en danger. Je ne peux pas prendre ce risque. Ce cas de figure entre dans la catégorie prévue par les dérogations.

Elle lâche la main de Pénélope pour ajuster son tir sur Pierrick, main droite sur la gâchette, main gauche soutenant le canon de l'arme.

Mais alors que je m'attends à voir mourir mon frère, Pénélope saisit un moulage de crâne d'australopithèque et l'abat de toutes ses forces sur la tête de George.

CHAPITRE 25

Je regarde George qui gît par terre.

– Tu crois qu'elle est morte ?

– Je ne le pense pas, me répond Pénélope. J'ai tapé fort mais elle a la tête dure.

– C'est une psychopathe, lance Pierrick, choqué. Sortez d'ici toutes les deux. Andrea, tu appelles papa, il faut le prévenir. Moi je reste pour la surveiller.

Il a l'air secoué par ce qui vient d'arriver mais prend sur lui pour nous protéger. Je réplique d'un ton impérieux :

– Non. Tu ne dis rien à personne.

– La police doit venir l'arrêter.

– Tu fais comme nous, tu t'en vas.

George ne restera pas longtemps inconsciente. Je prends l'Uzi et je le fourre dans mon sac à dos. Il y rentre de justesse. Je dois forcer pour refermer le zip mais j'y arrive.

– Qu'est-ce que tu fous ? s'écrie mon frère. Laisse ça, c'est dangereux !

– Tu fais ce que je te dis. Sors d'ici et rentre à la maison. Non, mieux, va chez un de tes potes pour qu'elle ne te retrouve pas.

Jamais je ne lui ai parlé sur ce ton auparavant. Aujourd'hui, c'est comme si c'était moi l'aînée.

Je mets le sac sur mon dos et j'ouvre la porte.

– Mais toi, tu vas où ? interroge Pierrick. Et Pénélope ?

– Ne raconte ce que tu as vu à personne.

George gémit. Elle reprend conscience.

J'attrape mon frère par la main et je l'entraîne hors de la salle. Pénélope nous suit.

Dans le couloir, nous courons aussi vite que possible pour sortir du bâtiment de SVT. Heureusement, c'est la pagaille dans la cour à cause des batailles de farine et des pétards, les surveillants sont débordés. Un fumigène pète à mes pieds. J'en profite pour lâcher la main de Pierrick. J'ai juste le temps de croiser une dernière fois son regard inquiet avant de partir en courant, disparaissant hors de sa vue. Ses copains, heureux de le retrouver, se jettent sur lui en riant et l'empêchent de nous suivre. J'espère qu'il fera ce que je lui ai ordonné. Pénélope et moi ne pouvons pas le garder avec nous. Si elle poursuit quelqu'un, George choisira Pénélope. Mieux vaut alors que Pierrick soit loin.

Pénélope et moi traversons la foule et passons la grille. Dans la rue, nous courons droit devant nous jusqu'à ce que nous arrivions dans un quartier plus calme.

Essoufflées, nous poussons au hasard la barrière en bois d'un jardin et nous nous cachons derrière un abri à outils, serrées l'une contre l'autre.

– Tu ne pourras plus jamais rentrer chez toi après ça.

– Je sais, répond simplement Pénélope.

Je suis touchée par ce qu'elle a fait. Je ne sais pas comment le lui dire, alors je fais simple :

– Merci.

Son bras est contre mon bras et en sentant à quel point ses muscles sont tendus, je peux dire qu'elle a peur.

– Ce que George allait faire, c'était un assassinat, dit-elle durement. À mon époque, c'est mal.

Je ne réponds pas. Je suis juste heureuse que Pénélope ait empêché la mort de mon frère. Et la mienne avec.

– Mais maintenant, poursuit-elle, George détient la preuve que je suis une opposante.

– Alors elle n'hésitera plus à te tuer...

– Cela vaut pour toi aussi. À ses yeux, nous sommes définitivement des terroristes.

Comme pour confirmer ses propos, une voiture de police passe dans la rue, silencieusement. Elle roule au pas. Je sais qu'elle nous cherche. George n'a plus qu'une priorité. Nous abattre. Et pour cela, tous les moyens sont bons. Utiliser Lionel Leval par exemple. C'était sûrement lui dans la voiture. Peut-être même que George était assise à ses côtés. Elle a dû trouver un mensonge sur notre compte, quelque chose qui justifie de nous coincer sans que Lionel en parle à sa hiérarchie, donc à mon père. Quelque chose qui lui donne l'autorisation morale de nous faire du mal. George est belle et fascinante. Si elle s'y prend bien, elle peut manipuler à peu près n'importe qui.

Mourir alors que Pénélope a enfin choisi de sauver les hommes ? Certainement pas. Je cherche une solution, je regarde autour de moi, comme si une idée allait m'apparaître. Ridicule.

Il fait chaud aujourd'hui, presque lourd. Autour de moi, il n'y a que des fleurs et des arbres dont les fruits commencent à mûrir.

Je reconnais ce cerisier. J'y ai volé des cerises quand j'étais petite. Je constate d'un ton morne :

– On est dans le jardin de Yoan.

– Il pourrait nous aider, répond Pénélope en s'animant.

– Je ne vois pas comment, mais on peut essayer d'entrer chez lui pour se cacher. Je suis sûre qu'il est au lycée, il ne rate jamais une heure de cours, même le dernier jour. Avec un peu de chance, il n'y a personne dans sa maison.

Nous traversons le jardin en longeant les plantes, tentant de nous faire aussi discrètes que possible. Arrivées à la porte arrière de la maison, nous nous arrêtons. Nous pourrions briser une vitre pour entrer mais ça signalerait notre présence. Il vaut mieux tenter autre chose. Peut-être que la clé est cachée sous le paillasson ou sous un pot ? Je cherche, aidée de Pénélope, quand une voix nous fait sursauter :

– Qu'est-ce que vous faites là ?

C'est Yoan qui a ouvert la porte et nous regarde avec intérêt. Je me redresse, l'air stupide. J'hésite mais je ne veux pas rester là, exposée aux regards.

– Pourrais-tu nous aider ? demande Pénélope.

Quelques secondes plus tard, nous sommes à l'intérieur.

– Pourquoi n'es-tu pas en cours ? demande Pénélope.

– C'est le dernier jour. Je ne voulais pas me prendre un œuf sur la tête.

Je regarde autour de moi. Il règne ici un désordre incroyable.

– On peut aller dans ma chambre si vous voulez.

Yoan pousse la porte au bout du couloir. Je m'attends à trouver des figurines *Star Wars* sur des étagères, des affiches *Battlestar Galactica* ou *La Planète des singes*, mais je ne vois rien de tout ça. La déco est minimaliste ici et rien ne laisse deviner la passion de Yoan pour la science-fiction. Je le lui fais remarquer.

– Tout est dans ma tête, répond-il. Vous me dites ce que je peux faire pour vous, maintenant ?

Pénélope et moi échangeons un regard emmerdé. Au point où nous en sommes, nous pourrions dire la vérité à Yoan mais ça le mettrait en danger. Dans l'hypothèse où il croiserait George, mieux vaut s'en tenir au minimum.

Yoan me devance :

– Ne vous prenez pas la tête. Je sais bien que vous ne voulez pas me raconter toute l'histoire. De toute façon, je me trompe ou on n'a pas le temps ?

– C'est vrai. On est pressées.

– Alors expliquez-moi l'essentiel. Vous devez vous cacher ? Vous voulez rester chez moi quelque temps ? D'accord. Mes parents ne sauront rien.

Se cacher n'est pas une solution à long terme. Je réponds :

– Il faudrait plutôt qu'on puisse prendre le train sans être reconnues.

– Compris, répond Yoan. Je vais vous prêter des vêtements. Pénélope, on commence par toi ?

Trouver des vêtements à la taille de Pénélope n'est pas une mince affaire… Mais Yoan revient avec des vêtements d'homme.

– Tu vas t'habiller avec les vêtements de mon père. Il est un peu plus grand que toi, mais ça devrait aller.

En prenant les habits, Pénélope renifle le tissu et réprime une grimace de dégoût. Je me doute qu'elle n'a aucune envie de porter les vêtements d'un homme mais elle se raisonne. La fin justifie les moyens.

Yoan sort de sa chambre le temps que Pénélope s'habille. Elle enfile un pantalon à pinces, une chemise à carreaux et une veste très masculine, pleine de poches façon explorateur de la jungle. Ce déguisement n'est pas très convaincant…

Quand il revient, Yoan confirme mon impression :

– Ça ne va pas du tout. On voit encore plus que tu es une fille.

En effet, les vêtements d'homme soulignent la silhouette hyper-féminine de Pénélope, et puis surtout il y a ses cheveux… Yoan propose une casquette mais ça ne suffit pas. On essaie ensuite un bonnet dans lequel on cache sa chevelure. C'est un peu mieux mais trop de mèches dépassent encore, sans oublier qu'on est en juin et que ça fait bizarre.

– Il faut me couper les cheveux, dit Pénélope.

Je la dévisage, surprise. Ses cheveux sont fabuleux, longs et frisés. Exactement la chevelure que j'aurais rêvé d'avoir. Les couper ? Ça me fait mal rien que d'y penser.

– Nous n'avons pas le choix, ajoute-t-elle en me regardant. Tu le sais bien.

– Je peux le faire, dit Yoan.

Houlà, mauvaise idée. J'interviens aussitôt :

– Non, je vais m'en occuper...

– Tu as déjà fait ça ? demande Yoan.

– Non, mais toi non plus.

– Si. C'est moi qui coupe les cheveux de ma petite sœur. Mon père m'a appris, il est coiffeur.

Encore quelque chose que je ne soupçonnais pas chez Yoan. Il sort de la chambre pour aller chercher une paire de ciseaux, un peigne, un vaporisateur et une serviette. Une minute plus tard, Pénélope est assise sur la chaise de bureau, une serviette sur les épaules et les cheveux humidifiés. Yoan commence à couper les longues mèches, qui tombent par terre.

Quand il a terminé, il fait pivoter Pénélope pour que je la voie. Le résultat est saisissant. Habillée en homme, les cheveux courts, Pénélope est encore plus belle. Mais on dirait maintenant un jeune homme encore imberbe, terriblement séduisant.

Elle se regarde dans le petit miroir que Yoan lui a donné. Elle observe longuement son visage, troublée.

– J'ai l'air d'un garçon, constate-t-elle. À quoi ça tient…

– À toi maintenant, dit Yoan. Je sais comment faire pour que personne ne te reconnaisse.

– Pas moi… Les vêtements de ton père vont être beaucoup trop grands pour moi.

Je n'ajoute pas que les siens au contraire seraient trop petits. Alors, comment changer mon apparence ?

– C'est simple pourtant. Tu dois t'habiller en fille. Tu es toujours en pantalon avec un tee-shirt ou un sweat. Si tu mets une robe, des bijoux et des chaussures de fille, personne ne te reconnaîtra.

Je trouve ça un peu vexant. Il ne faut pas exagérer, je ne suis pas très *girly* mais quand même, ça se voit que je suis une fille.

– Les affaires de ta petite sœur ne m'iront jamais.

– Je crois que si. Elle a un an de moins que moi mais elle est plus grande quand même. Je tiens de ma mère et elle de mon père.

Tout semble très simple avec Yoan. Il choisit pour moi une robe à petites bretelles et des sandales dorées.

Il hésite maintenant entre différents bijoux.

– Je suppose que tu n'as pas les oreilles percées.

– Non.

– Tant pis. De toute façon, il faut pas en faire trop non plus. Mets juste ce bracelet. Allez, enfile-moi ça !

À mon tour de me regarder ensuite dans la glace. Je me sens mal à l'aise. J'aimais me déguiser quand j'étais petite mais c'était toujours en chevalier ou en pirate, jamais en fille.

Yoan n'en a pas terminé avec moi. Il apporte la touche finale... Une perruque blonde.

– C'est de la très bonne qualité. Ma mère la met parfois. Elle en a d'autres mais c'est celle-là qui t'ira le mieux.

En d'autres circonstances, j'aurais été curieuse de voir la famille de Yoan au complet.

Il m'aide à mettre la perruque, s'assure que mes cheveux châtains ne dépassent pas et me recoiffe avec un peigne.

Pénélope et moi contemplons le résultat dans un miroir.

Si on reste à distance de George et Lionel, ça peut marcher. Ils cherchent les silhouettes de deux filles, une grande et une petite. Là, ils verront un grand jeune homme et une fille un peu ronde mais coquette.

Nous sommes prêtes à quitter la maison de Yoan. Sur ses conseils, Pénélope a amélioré encore son allure générale en enroulant, par-dessous sa chemise, une écharpe qui enserre sa poitrine et épaissit sa taille.

Avant d'ouvrir la porte, je remercie Yoan.

– Ce qui vous arrive, c'est vraiment grave ?

– Plus encore que tu ne peux l'imaginer.

– Alors, bonne chance.

– Merci Yoan, répond simplement Pénélope.

Je reprends mon sac à dos et j'ouvre la porte.

Nous marchons dans la petite rue bordée de maisons en meulière, avec leurs jardinets et leurs haies de troènes parfumés. Tout semble tellement paisible.

Mais Pénélope et moi avançons la peur au ventre. La gare est encore à plusieurs rues d'ici et je sais que George peut surgir à chaque instant et nous tuer. Rien ne la fera reculer et sûrement pas la crainte d'être arrêtée par les flics. Trop facile de leur échapper : elle n'aurait qu'à se concentrer pour repartir dans le futur, sa mission enfin accomplie.

Une voiture de police passe lentement au bout de la rue. Je prends sur moi pour continuer de marcher avec naturel. Pourvu que notre nouvelle apparence soit convaincante.

Nous ne croisons plus qu'un vieil homme qui revient du marché, puis une femme qui pousse un landau. Ils ne nous prêtent pas attention. Nous tournons à droite après la boulangerie.

La gare est là, à cent mètres à peine. L'heure de pointe du matin est passée depuis longtemps mais il y a quand même un peu de monde. Je cherche parmi les gens qui se trouvent là. Une silhouette de femme, grande, me fait tressaillir, mais elle se retourne et je me détends en voyant son visage ; il ne s'agit pas de George. Aucun signe de Lionel non plus.

Nous avançons vers la gare, aux aguets. Je n'ai pas de tickets. J'hésite, vaut-il mieux en acheter pour plus de discrétion ? Mais en cherchant dans les poches de mon jean, je me souviens que je porte une robe. J'ai laissé mes affaires chez Yoan et je n'ai pas pensé à prendre les quelques pièces que j'ai toujours sur moi.

Nous entrons dans la gare et je consulte les écrans. Le prochain train pour Paris passe dans sept minutes. Je me dirige vers les tourniquets et je vérifie qu'aucun contrôleur n'est là. Je pose les mains de chaque côté du passage et je m'apprête à sauter par-dessus le tripode... mais ça bloque. Cette robe entrave mes mouvements, je ne suis plus libre comme lorsque je suis en jean.

Je sens des mains me saisir par la taille et me soulever de vingt centimètres. J'ai une sueur froide, je me retourne, prête à donner un grand coup de coude dans la poitrine de mon agresseur, mais c'est seulement Pénélope. Elle me fait passer le tourniquet.

– Merci.

– De rien, répond-elle.

Avec facilité, elle enjambe à son tour le tripode. Non seulement elle est grande mais elle est en pantalon, elle.

Arrivée en haut de l'escalier qui mène au quai, je cherche George parmi les voyageurs qui attendent le train. Je ne la vois pas. Peut-être n'a-t-elle pas compris que le meilleur moyen de quitter la ville est de passer par la gare... Peut-être nous cherche-t-elle ailleurs, faisant le guet devant ma maison par exemple... Soulagée, je descends l'escalier, Pénélope à mes côtés. L'écran sur le quai n'annonce plus que quatre minutes d'attente.

C'est là que je vois Lionel.

Il se tient debout juste au-dessus de nous, les mains posées sur le parapet du pont qui enjambe les voies. De là, comme d'une tour de contrôle, il a une vue dominante sur les deux quais. Il est en uniforme et je peux distinguer son arme de service accrochée à sa ceinture.

Il ne nous a pas encore identifiées. Il cherche deux filles, pas un couple. C'est notre seule chance de lui échapper. J'attrape Pénélope par la taille et je me serre contre elle.

– Ne lève pas la tête. Lionel est sur le pont. Il faut qu'on ait l'air de deux amoureux.

Pénélope comprend et passe un bras autour de mes épaules.

Nous restons ainsi sans bouger durant ce qui me semble être une éternité. J'aimerais regarder le décompte des minutes sur l'écran mais je n'ose pas tourner la tête et exposer mon visage au regard scrutateur de Lionel.

Enfin, j'entends le train arriver.

Il ne faut pas nous précipiter. Nous devons attendre le dernier instant, quand les portes seront ouvertes. À ce moment-là seulement nous pourrons nous détacher l'une de l'autre et monter dans la rame.

Les freins crissent, le train s'arrête. Les portes s'ouvrent, quelques voyageurs sortent des wagons. Je patiente encore quelques secondes, il ne faut pas que Lionel ait le temps de descendre du pont pour monter avec nous dans le train.

Je parle bas :

– Maintenant. Doucement.

Nous marchons vers la porte d'un air aussi tranquille que possible mais d'un coup, j'entends des pas qui se précipitent dans l'escalier. Je lève les yeux. Lionel nous a repérées et descend en courant. Le signal de fermeture des portes retentit. Je me rue à l'intérieur du train, Pénélope sur mes talons.

À peine avons-nous pris pied dans la rame que le signal se tait et la porte se referme. Je lève les yeux vers l'escalier et, à travers la vitre, je croise le regard de Lionel. Il est arrivé sur le quai. J'ai un mouvement instinctif de recul.

Heureusement, le train se met en marche, lentement. Lionel est juste devant moi mais il est trop tard. Impuissant, il nous voit nous éloigner dans le train qui prend de la vitesse. Déjà, je ne distingue plus sa silhouette.

Je me tourne vers Pénélope, le cœur battant. Sans mot dire, nous allons nous asseoir sur une banquette.

Nous reprenons notre souffle, côte à côte dans le sens de la marche. Le paysage défile. Le train passe le long des carrières, j'ai le temps d'apercevoir la lourde porte en fer qui disparaît aussitôt derrière nous.

Je regarde Pénélope. Peut-être qu'elle pense à sa mère. Elle ne la reverra jamais.

– Tu es triste ?

– Oui, répond-elle.

Elle reste un instant plongée dans ses pensées puis ajoute :

– J'étais heureuse avant de me perdre à ton époque. Simplement heureuse. Je ne me posais pas toutes ces questions.

Moi je pense à Tiago qui est parti à l'école ce matin. Que fait-il en ce moment ? Joue-t-il dans la cour de récré, déjà guéri s'il s'agit d'une simple conjonctivite allergique ? Ou sa maîtresse a-t-elle téléphoné à mon père pour le prévenir qu'il a de la fièvre ? J'ai tellement peur pour lui...

Sur cette banquette, juste à côté de moi, est assise la seule personne qui peut le sauver.

Pénélope a réagi pour secourir Pierrick, menacé par l'arme de George. Elle lui a évité une mort immédiate et violente. Mais est-elle prête à aller plus loin en sauvant tous les hommes ? Peut-elle faire ce choix en sachant qu'elle met peut-être la vie des femmes de son époque en danger ?

– Je sais à quoi tu penses, dit Pénélope.

Je ne réponds pas. Je n'ai pas envie de l'entendre m'expliquer qu'elle ne peut pas m'aider, que la disparition des hommes est dans l'ordre des choses, que je me réjouirai quand ça sera fait.

– Je suis prête à changer le cours du temps.

Je tourne la tête vers Pénélope. Je ne sais pas si j'ai bien compris. J'ai leur cœur qui bat fort.

– Je ne veux pas voir Pierrick mourir, ajoute-t-elle.

J'hésite avant de poser ma question mais j'estime que le moment est venu :

– Tu l'aimes ?

Elle prend son temps avant de répondre :

– Je ne sais pas... Peut-être.

Moi je pense que oui. Pour envisager de mettre fin au monde qui a toujours été le sien, il faut qu'elle aime vraiment mon frère.

– Pénélope… si tu agis pour changer l'avenir, tu empêcheras peut-être ton monde de voir le jour.

– Je sais… mais je ne suis pas sûre qu'il mérite d'exister. Je suis bouleversée.

– Et toi ? Tu veux prendre le risque de mourir ?

– De ne jamais naître. Tu l'as dit toi-même. Ce n'est pas exactement la même chose. Ça ne doit pas être douloureux. Et puis, de toute façon, je ne suis pas sûre de pouvoir vivre à ton époque. Je ne suis pas chez moi ici, tu comprends ?

– Tu t'habitueras, c'est seulement une question de temps… Regarde à quelle vitesse déjà tu t'es adaptée, et tu n'es là que depuis quelques jours. Tu vivras chez moi, et ma famille deviendra la tienne… Tu seras heureuse ici aussi…

Je ne veux pas voir ma seule amie disparaître comme si elle n'avait jamais existé. Pénélope sourit tristement.

– Tu veux me convaincre de ne rien faire ? De ne pas changer le cours du temps ? De laisser les hommes mourir pour que moi je puisse vivre ?

Je me mords la lèvre. Elle a raison. Je veux que Pénélope mette sa vie en jeu pour sauver les hommes que j'aime.

Elle le sait et ne m'en veut pas.

– Pendant toute mon enfance, j'ai pensé que la mort des hommes était juste. Maintenant, j'ai compris qu'on ne peut pas laisser mourir des êtres humains, quels qu'ils soient, sans essayer de les sauver.

– Et tu es prête à donner ta vie pour ça…

– Rien n'est certain, dit-elle calmement. Peut-être qu'il existe vraiment une multitude de mondes parallèles. Peut-être que je peux empêcher les hommes de disparaître et continuer à vivre quand même.

J'ai la gorge nouée.

Je me raisonne. Ça fait des jours que je me bats pour sauver les hommes. Maintenant que Pénélope est d'accord, je ne vais pas refuser son aide. Elle mourra peut-être, mais ma famille vivra.

CHAPITRE 26

Je sais exactement comment procéder. Cette fois, je vais apporter la preuve de ce que j'affirme et enfin, je serai entendue.

Décidée, j'interroge Pénélope :

– Vas-y. Dis-moi ce que tu sais sur le vaccin contre la grippe masculine.

– C'est très simple, répond-elle avec assurance. On inocule un agent extérieur dans l'organisme pour créer une réaction immunitaire positive.

– Ça je sais, c'est le principe de tous les vaccins. Mais on va avoir besoin des détails.

– Quels détails ?

J'ai passé du temps sur Internet ces derniers jours et je sais à peu près comment fonctionne un vaccin :

– Par exemple, est-ce que le vaccin est issu d'agents infectieux inactivés ou d'agents vivants atténués ?

– Je ne sais pas...

Pénélope est décontenancée par ma question, et ça m'inquiète beaucoup. J'insiste, et l'angoisse me fait parler avec une drôle de voix :

– Il faut que tu fasses un effort. On va devoir être précises quand on sera arrivées à l'hôpital, sinon personne ne nous croira.

– D'accord, je vais essayer.

– Combien de souches différentes existent pour ce virus ?

– Une seule, je crois... répond-elle, embarrassée. Enfin, je ne suis pas sûre...

– Est-ce que c'est un rétrovirus ?

– Je n'en ai aucune idée, dit-elle en baissant piteusement la tête.

La panique me gagne.

– Tu m'as toujours dit que ton époque était très avancée en biologie !

– Oui, mais moi, je suis seulement au lycée...

– Tu veux dire que tu ignores tout de ce vaccin ?

– Il faut dire qu'il est inutile à mon époque... Et puis, je ne voulais pas être biologiste, j'avais choisi un BAC option maternité... Tu comprends ?

Non, je ne comprends pas. Tous mes espoirs sont en train de s'écrouler. J'ai cru que Pénélope était compétente mais elle m'est aussi utile qu'une gamine de maternelle.

Nous arrivons à Paris. Par la fenêtre défilent maintenant des immeubles de plus en plus nombreux, de plus en plus gris.

Le train entre en gare. Nous descendons et suivons la foule des voyageurs sur le quai. L'atmosphère est pesante, le temps semble virer à l'orage. Je ne demande pas à Pénélope de se dépêcher. Je ne sais pas où aller. Je n'ai plus peur de George non plus. Qu'elle nous tue si elle veut. De toute façon, ça ne changera rien. Les hommes vont mourir et je ne veux pas vivre dans un monde sans hommes.

Nous sortons de la gare et nous nous retrouvons sur le parvis. Les gens se croisent, chacun suit sa trajectoire. Une fille de notre âge se dispute avec son copain, un mec avec des dreadlocks. Rageuse, elle lui donne même des coups de pied et il ne sait pas comment réagir. Un petit garçon réclame un tour sur le manège installé bien en vue ; il trépigne, fait un caprice. Sa mère lui crie dessus. Un vieil homme fait la manche, personne ne lui prête attention.

Mon monde n'était peut-être pas parfait mais j'aurais tellement voulu qu'il ne disparaisse pas.

L'humanité a déjà connu de terribles épidémies. En 1918, la grippe espagnole a fait énormément de victimes, pas loin de cinquante millions, je crois. Et depuis que le sida a été identifié, il a causé vingt millions de morts. Ce sont des chiffres effrayants, mais pourtant… Pour la grippe espagnole, il ne s'agissait que d'un pourcentage relativement faible de la population mondiale. Même pas 3 %. La grippe masculine serait plutôt à rapprocher des virus arrivés en Amérique avec les Européens, comme la rougeole ou même la varicelle. Vers le XVIIe siècle, ces maladies ont décimé les populations d'Amérindiens, ne laissant parfois que quelques dizaines de personnes survivantes pour une tribu qui comptait des milliers de gens.

Mais là encore, la grippe masculine est différente. Avec elle, la moitié de la population mondiale va mourir en quelques mois, quelques années maximum.

Trois milliards cinq cents millions de victimes.

Tous les hommes, pas un seul survivant.

Bientôt, sur le parvis de cette gare, tout sera bien différent. Je regarde cet homme en costume et cravate qui marche d'un pas rapide pour aller au bureau. Dans un mois ou dans un an, quelle différence, il s'arrêtera, portera sa main à la tête, brûlant de fièvre. Il s'assiéra sur un banc et ne pourra plus se relever.

La fille qui se disputait avec son copain aux dreadlocks restera près de lui en silence. Elle essaiera de le soigner, en vain.

Le vieux SDF mourra sans que personne ne s'en rende compte.

Le petit garçon n'aura plus la force de faire un caprice, et sa mère regrettera en pleurant l'époque où il était insupportable.

J'imagine tous ces hommes devant mes yeux et ceux que je ne vois pas derrière les fenêtres tout autour de moi. Ici et dans le monde entier. Malades, bientôt mourants.

Le personnel des hôpitaux sera débordé. Les médecins et les infirmiers seront incapables de travailler.

Les femmes médecins et les infirmières seront trop peu nombreuses pour gérer la situation.

Les trains cesseront de circuler et les avions de voler. Bien sûr, les femmes ont les compétences nécessaires, mais le monde sera bouleversé par la disparition de la moitié des êtres humains.

Les corps seront trop nombreux pour qu'on les enterre. Les cadavres joncheront les rues. Une vision d'apocalypse.

Puis les femmes prendront progressivement le relais, elles apprendront à se passer des hommes. C'est ce que Pénélope m'expliquerait si je prenais la peine de lui en parler. Il y aura une période de transition et finalement, le monde se réorganisera.

Cette période de transition nommée Renaissance par les femmes du futur.

La Renaissance que je vais devoir vivre en connaissant son issue. Impuissante, je verrai mourir mon père et mes frères, mes amis, les hommes que j'aime.

Et quand tous les hommes seront morts, je serai seule.

Il ne me restera plus que Pénélope.

Je la regarde. Elle a tellement changé en quelques jours...

Je ne suis plus en colère contre elle. J'aurais pu être à sa place et naître en 2171. Qui sait ce que ça aurait donné ? J'aurais grandi sans jamais voir un garçon. C'est moi qui aurais été convaincue du bien-fondé d'un monde de femmes. C'est moi qui aurais regardé les hommes avec dégoût. C'est normal d'avoir peur de ce qu'on ne connaît pas.

– Tu as fait de ton mieux, dis-je à Pénélope. Merci quand même.

– Je suis désolée pour le vaccin… Je pensais que tu avais une idée précise en tête… Que tu savais comment faire pour sauver Tiago…

– Moi aussi je suis seulement une lycéenne.

Elle me sourit amèrement et je serre sa main entre les miennes. Je sens son pouls qui bat.

Le sang qui coule dans ses veines.

Son sang.

Je n'ose plus bouger, de peur que cette idée ne tienne pas debout. C'est tellement évident et je n'y avais pas pensé.

– Pénélope… tu as les anticorps du virus dans ton sang !

– Évidemment, répond-elle d'un ton las. Je suis née bien après la Renaissance.

– Tu ne comprends pas ? C'est toi le vaccin !

Pénélope écarquille les yeux. Elle vient de réaliser.

– Tu as été en contact avec le virus.

– Oui.

– Tu es porteuse saine de la grippe masculine. Si les médecins analysent ton sang, ils pourront fabriquer le vaccin à temps !

– Je suppose que oui. En même temps, je ne sais pas si ton époque est suffisamment avancée en biologie et…

Je pourrais la gifler mais j'éclate de rire.

– Tu es incorrigible. Bien sûr que mon époque en est capable.

– C'était en quelle année, Louis Pasteur, déjà ?

Je secoue la tête, amusée. Décidément, Pénélope est nulle en histoire autant qu'en biologie.

– C'était il y a longtemps et, depuis, on a fabriqué plein de vaccins différents. C'est quelque chose qu'on sait très bien faire. Suis-moi.

Quelques minutes plus tard, nous arrivons à l'hôpital. J'ai raconté à Pénélope mes difficultés la première fois que je suis venue ici pour essayer de parler à un infectiologue. Je suis sûre que ça se passera mieux cette fois. Même si elle ne m'avait pas crue, le docteur Fabien s'était montrée plutôt bienveillante. Je me dis que si j'insiste, accompagnée de Pénélope, elle me croira, au moins assez pour examiner mon amie.

En entrant à l'hôpital, je suis décidée à ne pas faire les mêmes erreurs que la première fois. Je guette le moment où, derrière son bureau, l'employée de l'accueil sera trop occupée pour me repérer. Quand enfin c'est le cas, je me garde bien de m'arrêter dans le hall et je marche comme si j'étais une habituée des lieux, sûre de moi. Pénélope me suit et personne ne nous arrête. Tant mieux car j'ai quand même un pistolet-mitrailleur dans mon sac à dos.

Nous prenons l'ascenseur, seules, et les portes s'ouvrent à l'étage d'infectiologie.

Le couloir est désert. Pas d'infirmière pour nous empêcher d'avancer. Je commence à y croire.

Je marche jusqu'à la porte du bureau du docteur Fabien et je frappe.

– Entrez ! répond la voix sympathique du médecin.

Je jette un regard à Pénélope et je lui fais signe que tout va bien se passer.

J'ouvre la porte et je me glace.

George est assise devant le docteur Fabien. Toutes les deux sont souriantes, on dirait presque qu'elles sont en train de prendre le thé entre copines.

Comment George a-t-elle pu nous devancer ? Je me repasse les événements de la journée à toute allure et je comprends. Elle m'a forcément suivie la semaine dernière déjà, quand je suis allée voir le docteur Fabien. Aujourd'hui, informée par Lionel qui nous a vues prendre le train pour Paris, elle n'a eu aucun mal à deviner notre intention d'y retourner. Elle s'est ensuite rendue directement à l'hôpital.

– Bonjour Andrea, dit le docteur Fabien en souriant. Entre, n'aie pas peur.

Je ne lui avais pas donné mon nom la première fois. George lui a donc parlé de moi. Je me sens en danger. J'aimerais m'enfuir mais je ne peux pas. Si je le fais, jamais le vaccin n'existera.

J'avance prudemment dans le bureau. Sur les murs, des affiches rappellent les précautions à prendre pour éviter d'être contaminé par la grippe aviaire ou par le virus HIV. Un ventilateur ronronne, tentant d'apporter un peu d'air dans la pièce étouffante.

À côté de moi, Pénélope prend sur elle pour ne pas céder à la panique. La peur fait battre son cœur à toute allure, je le sais car c'est pareil dans ma poitrine.

– Ta mère m'a tout expliqué, poursuit le docteur Fabien.

Je regarde George avec surprise. Elle s'est présentée comme ma mère ? Ça me dégoûte.

– Approche-toi, sourit George. On va parler deux minutes.

Je ne bouge pas de là où je suis. Je rétorque sèchement :

– Cette femme n'est pas ma mère.

– Je sais que vous êtes en conflit toutes les deux, répond le docteur Fabien. Ça arrive souvent à ton âge.

– Ma mère est morte il y a dix ans. Tout ce que je vous ai dit la dernière fois est vrai.

– Tu vois bien que je ne peux pas te croire. Ta mère est ici avec nous.

– Je suis vraiment désolée de vous déranger avec nos problèmes familiaux, intervient George en jouant parfaitement la mère concernée. Andrea me cause tellement de soucis en ce moment… Je ne comprends même pas pourquoi elle est venue vous trouver la semaine dernière.

– Je vous en prie, répond le docteur Fabien. Mes enfants sont grands maintenant, mais je sais combien le métier de parent est difficile.

– J'aimerais tant qu'Andrea et moi soyons proches, qu'elle me confie ses secrets, ses projets… Mais ces derniers temps, c'est très tendu entre nous. Surtout depuis qu'elle a un copain.

Le docteur Fabien jette un coup d'œil à Pénélope, censée être mon copain puisqu'elle est toujours habillée en garçon, et hoche la tête avec compréhension. Cette complicité entre mères me donne la nausée.

– Je suppose que c'est normal à l'adolescence d'imaginer que sa mère est morte. Mais je ne comprends pas pourquoi elle a inventé cette histoire invraisemblable de virus.

– Andrea a peut-être trouvé ce mensonge pour attirer votre attention, suggère le docteur Fabien.

– Au point de venir frapper à votre porte alors qu'elle ne vous connaît même pas ? reprend George. Vous avez autre chose à faire que d'écouter les affabulations de ma fille.

– Ne vous inquiétez pas pour ça. Comme je vous l'ai dit, je suis mère moi aussi.

– Juste une question... poursuit George. Avez-vous parlé à quelqu'un de cette histoire de virus qui ne toucherait que les hommes ?

– Bien sûr que non, répond le docteur Fabien. Ce virus est sans fondements. Ça n'en valait pas la peine.

– Parfait, sourit George en se levant. Nous vous avons assez dérangée. Andrea, suis-moi, on rentre à la maison. On déposera ton copain chez lui en passant.

Je ne veux pas partir d'ici. Je dois faire comprendre au docteur Fabien que ce que je lui ai déjà dit est bien la vérité. Je la regarde et je parle posément, décidée à ne pas bouger.

– Ce virus existe vraiment et on peut le prouver.

– Cesse de raconter des bêtises, dit George en levant les yeux au ciel.

– Analysez le sang de mon amie. Alors vous verrez !

– Ma chérie, le docteur Fabien a du travail. Ça suffit maintenant.

– Vous êtes une spécialiste. Il y a des anticorps dans son sang, ou peut-être le virus lui-même. Faites un prélèvement et vous comprendrez que j'ai raison.

– Ça suffit, sinon je me fâche, coupe George. Bonne fin de journée, docteur. Les enfants, on s'en va.

Mais le docteur Fabien nous arrête d'un geste de la main. Elle m'observe attentivement.

– Attendez, madame... Vous ne pensez pas qu'il faudrait quand même écouter votre fille ?

Je vois George se durcir mais prendre sur elle pour répondre poliment. Elle se force même à émettre un petit rire :

– Vous l'avez reconnu vous-même. Cette idée de virus masculin est absurde.

– C'est vrai, répond le docteur Fabien, mais dans mon métier, j'ai souvent affaire à des personnes qui craignent d'avoir été contaminées par le VIH. Ça les angoisse beaucoup, mais ces patients n'osent pas avouer qu'ils ont pris un risque en oubliant de se protéger. Et si c'était le cas de votre fille ?

– Je ne pense pas.

– Elle a un petit ami, insiste le docteur Fabien, et malgré son jeune âge, elle a peut-être commencé sa vie sexuelle...

Je ne peux pas m'empêcher de faire une grimace dégoûtée. Un médecin que je connais à peine est en train de parler de ma vie intime avec une femme qui se fait passer pour ma mère. C'est absolument répugnant.

Le docteur Fabien poursuit :

– Andrea... si tu as peur d'avoir le sida, il n'y a pas de honte à avoir. Tu peux me le dire et, dans ce cas, j'analyserai votre sang à tous les deux...

– Oui, dis-je d'un ton ferme. J'ai peur de ça. Faites-nous les analyses, s'il vous plaît.

Le docteur Fabien se tourne vers George.

– Vous voyez ? Tout s'explique. Andrea n'osait pas vous en parler mais maintenant c'est fait. Je vais lui faire immédiatement une prise de sang, à elle et à son petit ami.

Et elle ajoute avec un sourire réconfortant :

– Venez avec moi au labo. Je vais même suivre le dossier personnellement, comme ça vous serez rassurés.

– Ne faites pas ça, dit lentement George.

– Ne vous inquiétez pas. Les virus, c'est ma spécialité. S'il y a quelque chose qui ne va pas, je le trouverai.

Alors tout se déroule très vite.

George se lève et passe son bras gauche autour du cou du docteur Fabien. Elle serre fort. De l'autre main, elle saisit une lamelle de verre posée sur le bureau, une de ces petites plaques transparentes qu'on utilise pour regarder un prélèvement au microscope. D'un coup sec, elle tranche la gorge du médecin. Entre ses mains, la lamelle a été aussi coupante qu'un bistouri. Le sang gicle aussitôt. Le docteur Fabien n'a pas le temps de crier, de se débattre. Ses yeux sont déjà éteints.

Elle est morte.

Je pense hurler mais mon cri reste coincé dans ma gorge. Je ne peux plus bouger.

Pénélope crie à ma place. J'entends sa voix qui me vrille les oreilles. Elle regarde George avec des yeux écarquillés par l'horreur.

– Tu l'as tuée ! accuse-t-elle.

– Elle en savait trop, répond George. J'ai agi pour protéger notre monde. La loi m'y autorisait.

Mais sa voix tremble un peu. Elle porte la main à ses yeux comme si elle voulait effacer la vue de cette femme morte devant elle.

– Tu es une meurtrière ! insiste Pénélope, révoltée.

George fait un effort pour se reprendre et nous regarde de nouveau avec dureté.

– C'est toi qui m'y as obligée. Toi et ton amie. Si vous ne lui aviez pas parlé de notre secret, elle serait encore en vie.

Je voudrais crier que c'est faux, que c'est elle la coupable, que Pénélope et moi n'avons jamais voulu la mort de cette femme, mais ma bouche est pâteuse et je n'arrive pas à faire un geste. C'est comme si mes pieds étaient soudés au sol et mes bras lourds comme du plomb. Moi qui n'ai jamais supporté la violence, cette scène me tétanise littéralement. Depuis la mort de ma mère, j'ai passé trop d'heures à imaginer sa souffrance entre les mains de son ravisseur. Je ne peux plus voir quelqu'un faire du mal à une autre personne sans ressentir cette violence dans mon propre corps.

Je n'arrive pas à détacher mes yeux du sang qui coule lentement de la gorge du docteur Fabien et se répand sur le sol en une flaque sombre.

J'entends mon prénom. C'est Pénélope qui m'appelle. Je reconnais dans sa voix les intonations aiguës de la panique.

Lentement, j'arrive à tourner les yeux vers George. Elle s'est placée devant la porte du bureau, la seule issue possible pour nous. Elle s'adresse à Pénélope comme si je n'existais même pas.

– Ne t'inquiète pas. Toi, c'est différent. Je vais te garder en vie. Tu vas revenir avec moi et expliquer aux Autorités ce que tu as fait.

– Jamais ! crie Pénélope.

– Préfères-tu rester seule au Moyen Âge ? Je ne le pense pas. Alors tu vas redevenir raisonnable et te concentrer pour regagner 2187. Tu parleras aux Autorités et tu leur diras que tu as trahi. Tu seras sanctionnée mais c'est bien normal. Quant à moi, plus personne ne m'accusera d'incompétence.

George se tourne maintenant vers moi.

– À présent, dit-elle, c'est ton amie que je dois tuer.

Et dans sa voix, il n'y a plus trace du doute que j'ai perçu il y a quelques instants. Elle tient fermement Pénélope par le bras pour l'empêcher d'agir.

– Ne lui fais pas de mal, supplie Pénélope. J'accepte de partir avec toi mais laisse-la tranquille.

– Je n'ai pas le choix, répond George. Je ne peux pas la laisser en vie, pas avec ce qu'elle sait sur l'avenir. Elle doit mourir.

George va donc me tuer. Pourquoi n'ai-je pas peur ? On dirait même que je m'en fous. Peut-être que c'est mieux ainsi ? Si je meurs maintenant, je n'aurai pas à voir mon père et mes frères tomber malades puis mourir...

Je vois bien que Pénélope cherche une issue, mais cette fois, un simple coup de pied ou un coup de crâne d'australopithèque n'ont aucune chance d'empêcher George d'agir. Elle est sur ses gardes, elle ne se fait plus d'illusions sur le camp choisi par Pénélope. C'est elle qui va remporter l'affrontement final.

– Andrea ! hurle Pénélope, horrifiée, tentant en vain de se dégager de l'emprise de sa prof.

Mais George maintient fermement Pénélope contre elle et vient vers moi. Ça y est, c'est la fin. La prof a le même regard que le chat de nos voisins quand il s'apprête à sauter sur un oiseau. Je suis sa proie.

Je sens dans mon dos la crosse de l'Uzi.

Je ne veux pas mourir. Pas maintenant, pas si vite.

J'agite doucement les doigts de ma main droite, comme si je me réveillais. Je ne suis plus paralysée. Je contrôle parfaitement les mouvements de mon corps. Je peux agir si je le veux.

– Andrea, crie encore Pénélope. Sauve-toi !

Mais George lâche son bras et la repousse violemment par terre. Main levée, elle menace son élève d'un nouveau coup. L'espace d'un instant, elle ne se méfie plus de moi...

Je n'hésite plus.

Aussi vite que je peux, je retire mon sac de mon dos et j'ouvre la fermeture Éclair.

George se retourne, surprise de m'entendre bouger. Elle voit l'Uzi au moment où je le sors du sac.

La colère envahit son regard. Je sais exactement ce qu'elle pense alors. Elle est furieuse de n'avoir pas envisagé que j'aie l'Uzi sur moi, elle se déteste d'avoir manqué ça et elle me hait d'être, à ce moment précis, plus forte qu'elle.

Je ne la quitte pas des yeux pendant que mes doigts tâtonnent pour trouver la sécurité et la débloquer. Mais ce n'est pas l'arme de mon père et j'ai du mal à faire jouer le mécanisme. George va me stopper avant que j'aie le temps de la neutraliser ! Encore au sol, Pénélope réagit juste à temps. De ses deux mains, elle attrape la cheville de la prof et la déséquilibre.

Au même moment, je trouve comment actionner l'Uzi. J'entends le déclic.

George s'est déjà dégagée de l'emprise de Pénélope. Elle se jette sur moi quand je tire.

J'entends plusieurs coups partir à la suite. C'est un pistolet-mitrailleur, le bruit me vrille l'oreille, et le recul fait taper la crosse contre mon épaule.

Cette fois je n'ai pas peur du sang qui va couler. J'ouvre grands les yeux pour ne pas manquer ma cible.

Mais George a disparu.

D'abord je ne comprends pas. Mourir ne se passe pas ainsi...

Puis je réalise. George a eu le temps de se concentrer pour quitter notre époque. Elle a profité du mouvement d'air créé par le ventilateur, elle est repartie dans le futur. Je l'ai blessée, j'en suis sûre, mais je ne sais pas si je l'ai tuée.

– Viens, dis-je aussitôt à Pénélope.

J'hésite une fraction de seconde, mais je décide de laisser l'arme sur le sol. Nous courons hors du bureau. Dans le couloir, j'entends des cris, des gens qui s'interpellent, ils ont entendu la fusillade et se demandent ce qui se passe. Ils arrivent. Juste à temps, nous disparaissons par l'escalier de secours.

Nous sortons du bâtiment alors que la sirène d'alerte retentit. Nous courons, vite, loin.

CHAPITRE 27

Nous marchons au hasard. Nous ne parlons pas.
Nous sommes vivantes mais nous avons échoué. Comment continuer à vivre en sachant ce que l'avenir sera ? Un monde sans hommes...

Autour de nous, les rues animées de Paris ignorent ce qui les attend. L'été approche, comment mes contemporains pourraient-ils se douter que notre monde va mourir ?

Les pans de ma robe dansent à chacun de mes pas. Je n'ai pas l'habitude, c'est la robe prêtée par Yoan. Moi, jamais je n'aurais eu l'idée d'en acheter une.

Je m'arrête. Cette robe m'a donné une idée.

– Pénélope... la mère de Yoan est médecin !

– Comme cette femme que George vient de tuer, répond-elle. Ce n'est pas trouver un médecin qui est difficile. C'est trouver un médecin qui veuille bien nous croire.

– Tu as raison...

Pénélope est réaliste. Je n'ai pas d'arguments à lui opposer.

– À moins qu'elle ne ressemble à son fils, ajoute-t-elle, l'œil soudain brillant.

Et déjà elle m'entraîne, elle parle vite :

– Si cette femme partage le même goût que Yoan pour les histoires invraisemblables, elle nous croira peut-être. Où peut-on la trouver ?

Je repense à la carte que la mère de Yoan laisse toujours dans les soirées à côté du grand bol de préservatifs. Elle travaille dans un dispensaire du genre Croix-Rouge. Elle n'est pas infectiologue, ni virologue, seulement généraliste, mais si elle nous croit, elle saura à qui s'adresser.

Comment la trouver ? Je ne connais pas l'adresse de son dispensaire.

J'interroge un jeune sans-abri, je lui décris la mère de Yoan mais je ne sais même pas dans quel quartier elle exerce. C'est trop imprécis et il ne sait pas me répondre. Il me renvoie vers un autre SDF, à la rue depuis plus longtemps que lui, il connaît tout le monde, paraît-il. Peut-être saura-t-il nous renseigner. Celui-ci nous indique une direction, vague, que nous suivons. Je ne suis pas sûre qu'il ait compris mes questions, il faut dire que ma description est insolite, mais un peu plus loin, un homme qui fait la manche confirme que nous allons dans la bonne direction. La femme médecin qui change souvent de couleur de cheveux ? Elle est connue parmi les sans-abri de la ville. Il nous explique plus précisément le chemin à suivre.

Nous marchons longtemps. Les rues commerçantes de Paris laissent place à une zone de squats mêlés de chantiers en construction ; nous approchons du périph.

Nous n'avons pas atteint le dispensaire que nous entendons la voix éraillée de la mère de Yoan. On ne peut pas la confondre avec quelqu'un d'autre. Elle est en train de parler à un SDF assis avec ses deux chiens dans une cabane bricolée de tôle ondulée et de bâches de plastique.

– Regarde-moi ces deux-là, dit le sans-abri d'un ton amusé. Ils ont l'air perdus loin de chez eux. Qu'est-ce qu'ils font dans le coin ?

Je me rends compte qu'il s'agit en réalité d'une vieille femme. Quand elle sourit, on voit qu'il lui manque une dent. Elle nous observe.

– Je peux vous aider, les jeunes ? propose la mère de Yoan. Vous ne devriez pas traîner par ici.

– Nous sommes des amies de Yoan.

La mère de Yoan nous regarde maintenant avec méfiance. Aujourd'hui, ses cheveux sont noirs de jais.

– Je croyais que ton fils n'avait pas d'amis, commente la vieille SDF.

– Je confirme, répond la mère de Yoan. Il est trop différent, alors les autres le regardent de travers. Il tient de moi pour ça. Quant à ces deux-là, je ne les ai jamais vus.

– D'habitude on n'est pas habillées comme ça. Yoan vous a peut-être parlé de nous... Je suis Andrea et mon amie s'appelle Pénélope. On dirait un garçon, mais en réalité c'est une fille.

La mère de Yoan me dévisage soudain d'un air bizarre. Elle avance la main vers moi, je recule instinctivement mais trop tard, elle m'arrache ma perruque.

– C'est à moi, ça !

Elle me toise, interloquée.

– Pourquoi tu portes ma perruque ? Et la robe de ma fille ? Et toi, les vêtements de mon mari ?

– C'est Yoan qui nous les a donnés...

– Pourquoi il aurait fait ça ? À moins que...

Elle lève les yeux vers Pénélope.

– C'est toi, la fille extraterrestre ? s'exclame-t-elle.

J'échange un regard nerveux avec Pénélope. Que faut-il dire pour attirer sa sympathie ? Pénélope répond à ma place :

– Oui, c'est moi.

La mère de Yoan nous gratifie alors d'un large sourire.

Quelques minutes plus tard, elle nous offre un café dans le coin détente du dispensaire. Les fauteuils sont tachés et défoncés, mais je les trouve confortables. J'ai l'impression que ça fait un siècle que je ne m'étais plus assise.

– Je n'ai que ça, dit la mère de Yoan en nous tendant deux gobelets. Les subventions ne vont pas en augmentant.

– Merci madame.

– Vous pouvez m'appeler par mon prénom. Marthe.

D'habitude je n'aime pas le café, mais cette fois je l'apprécie. J'ai mis trois sucres et ça me fait du bien. Je bois lentement puis je me lance :

– On a besoin de votre aide.

– Je vous écoute, répond-elle simplement.

Alors j'explique. Marthe ne me quitte pas des yeux, attentive. Je lui dis tout. Que Pénélope n'est pas une extraterrestre, qu'elle est née ici, mais en 2171. Je dis que dans le futur les hommes n'existent plus, qu'un virus va les décimer, qu'il faut faire quelque chose. De temps en temps, Pénélope confirme ou apporte une précision. La mère de Yoan ne nous interrompt pas. Parfois elle fronce les sourcils ou hoche la tête, surtout quand Pénélope explique que c'est l'inégalité entre les hommes et les femmes qui a poussé les femmes du futur à accepter la situation et à vouloir qu'elle perdure.

Ça fait tellement de bien de pouvoir me confier à quelqu'un. Je termine mes explications en lui disant que le virus existe dans le corps de Pénélope, qu'elle est une porteuse saine et qu'avec ça on va pouvoir sauver les hommes.

Quand nous avons terminé, Marthe reste silencieuse, perdue dans ses réflexions. J'échange un regard avec Pénélope, je ne sais pas si on doit ajouter quelque chose ou la laisser réfléchir. Ça dure une éternité avant qu'elle ne demande :

– Et vous dites que ce virus va commencer à se propager dans les semaines ou les mois qui viennent ?

– Oui.

– Alors il faut agir, dit-elle en se levant. On doit l'identifier précisément. Viens avec moi.

Et elle fait signe à Pénélope de la suivre. Je n'arrive pas à le croire. Nous propose-t-elle vraiment de chercher le virus dans le sang de Pénélope ?

Je devrais être soulagée, nous n'avons jamais été si près du but, mais j'ai un gros doute. Cette femme a l'air un peu folle.

– Ça ne vous dérange pas, que Pénélope soit une fille du futur ? Vous ne trouvez pas ça incroyable ?

– Des choses incroyables, j'en vois tous les jours. Des gens à la rue dans une société qui pourrait leur permettre de vivre dignement, par exemple. L'indifférence tout autour, aussi. Moi, c'est ça que je trouve incroyable. Que le monde dans lequel vivent nos arrière-arrière-arrière-petits-enfants soit très différent du nôtre, ça ne me semble pas surprenant au contraire. Bon, on s'occupe de ces analyses, oui ou non ?

– Et... vous êtes capable de faire ça ? je demande. Je veux dire, vous avez le matériel nécessaire pour l'analyse de sang ?

– Tu veux savoir si j'ai les compétences voulues ou si je suis juste bonne à nettoyer les abcès de mes sans-abri ?

J'ai peur de l'avoir vexée mais, visiblement, cette idée l'amuse.

– Franchement, non, je n'ai pas le matériel pour des analyses aussi pointues et, de toute façon, ça fait des années que je n'ai pas fait ce genre de chose. Depuis mes études de médecine, pour tout vous dire. Je ne suis pas un rat de laboratoire, moi, je suis une femme de terrain, en revanche j'ai un ami chercheur dans un labo, qui est plus que qualifié. Je vais l'appeler. En attendant, donne-moi ton bras.

La mère de Yoan prépare la seringue et les petits tubes pour recevoir le sang de Pénélope. Celle-ci remonte courageusement sa manche. Elle n'en mène pas large. Marthe n'est pas le genre de médecin dont on rêve pour faire une piqûre.

– D'habitude, je fais appel à une infirmière qui vient une fois par mois pour les prélèvements, mais si c'est urgent on peut se passer de son aide. En principe, je devrais me souvenir à peu près comment on pique.

Pénélope fait une drôle de tête et je vois qu'elle est tentée d'abaisser sa manche. Je la comprends. Marthe lève les yeux au ciel.

– Je plaisante. Il faut vous détendre un peu, les filles !

Elle noue un ruban de caoutchouc autour du bras de Pénélope et lui demande de serrer le poing. Elle cherche la veine en tapotant le creux de son bras puis, précise et rapide, elle introduit l'aiguille et dénoue le caoutchouc. Le petit tube se remplit de sang.

Une minute plus tard à peine, Marthe a rempli trois tubes. Elle retire la seringue et colle un pansement sur le bras de Pénélope.

– Voilà. Je fais partir ça demain matin.

– Vous expliquerez bien à votre ami ce qu'il doit chercher ?

– Les traces d'un virus inconnu, j'ai compris.

Marthe voit qu'on hésite à la croire. Elle précise :

– Des nouveaux virus, il y en a de temps en temps. J'étais étudiante quand le HIV est apparu. Je me souviens très bien de ce que ça donnait dans les hôpitaux. Les malades mouraient et on ne savait pas comment les soigner. C'est quelque chose qu'on ne peut pas oublier.

Marthe étiquette soigneusement les tubes de sang et ajoute :

– Alors, si vous dites vrai, ça serait pas du luxe qu'on prenne un peu d'avance sur ce virus-là.

J'ai encore du mal à lui accorder ma confiance :

– Vous pensez que l'analyse prendra du temps ? Vous pouvez dire à votre ami que c'est urgent ?

– Promis, répond-elle.

J'hésite toujours et Marthe s'en aperçoit.

– Je vais finir par me vexer ! Qu'est-ce que vous croyez ? Je n'ai pas l'habitude de manquer à ma parole.

– Vous nous direz si vous avez trouvé le virus ?

– Oui, je vous tiendrai au courant par l'intermédiaire de Yoan. Si, au labo, ils découvrent un virus inconnu dans ce sang, je peux vous dire qu'ils ne laisseront pas passer le truc. Un nouveau virus, c'est le rêve pour des chercheurs. Ils adorent ça, plus encore que de soigner les gens. Ils sont un peu timbrés.

– Ils sauront le repérer ?

– Sans problème. Et alors là, réaction en chaîne garantie. Et je te mets toute l'équipe sur le coup, et je t'écris des articles pour les revues scientifiques. Le monde médical dans sa totalité sera mis au courant, c'est clair.

– Mais ils chercheront aussi le vaccin ?

– Évidemment. Ça sera même une course à celui qui trouvera le premier. C'est un coup à récupérer le prix Nobel, ça. Toutes les équipes compétentes s'y mettront à temps plein.

– Vous pensez qu'ils trouveront rapidement ?

– Ça va demander un peu de travail. Il faut du temps pour ce genre de chose. Mais un virus qui tue tous les hommes, si vous dites vrai… c'est une bonne motivation, non ? Dans les labos, les patrons sont majoritairement des hommes, alors vous vous doutez bien qu'ils auront chaud aux fesses.

Je scrute ses yeux et je finis par conclure qu'elle pense ce qu'elle dit.

– Alors les hommes vont être sauvés ?

– Je suis sûre que oui, répond-elle avec sincérité. En tout cas, on va faire ce qu'il faut pour ça. Rentrez chez vous maintenant. Il est déjà tard.

Par la fenêtre, je vois que le ciel a viré à l'orange vif, comme s'il y avait un incendie. Mais c'est seulement le soleil… Marthe a raison, c'est déjà le soir.

Nous repassons devant l'abri de la vieille femme SDF. Elle vide une boîte de conserve dans une petite casserole qu'elle fait chauffer sur son réchaud. Elle nous salue de la main et nous lui répondons avant de nous éloigner.

– Tu crois que ça se passera comme Marthe l'a dit ?

– Ça semblait cohérent, répond Pénélope. Elle avait l'air un peu folle, au début, mais en réalité c'est une femme intelligente.

Pénélope a raison, il fallait un peu de folie pour nous croire.

Alors ça veut dire que nous avons sauvé le genre masculin. Le prélèvement de sang va arriver entre les mains de ce biologiste, il va l'analyser, trouver les traces d'un virus inconnu, puis tout s'enclenchera. Ça prendra du temps, peut-être que le virus tuera certains hommes, peut-être des centaines ou des milliers même, mais pas des milliards. Pas tous.

Deux filles de seize ans ont sauvé les hommes.

Je devrais être soulagée, heureuse, mais je ne peux pas me réjouir. Je pense à Tiago. Où est-il en ce moment ? Dans le jardin en train de jouer, ou couché dans son lit, frappé par une forte fièvre ? Est-ce que Pénélope et moi avons agi à temps ? Ou fera-t-il partie des premières victimes que nous n'avons pas pu sauver ?

J'entends un train qui passe. J'accélère le pas, je veux rentrer chez moi. Vite.

Une heure plus tard, je pousse la porte de ma maison. Je sens l'odeur de chez moi, cette odeur que l'on ne remarque que lorsqu'on est resté ailleurs pendant longtemps. Je suis partie ce matin seulement mais j'ai l'impression d'avoir été absente pendant des jours.

La porte d'entrée n'était pas fermée à clé et, pourtant, il n'y a personne dans le salon ni dans la cuisine. J'entends des bruits de voix à l'étage, du côté de la chambre de Tiago.

Pénélope reste en retrait derrière moi.

– Vas-y, murmure-t-elle. Va voir s'il va bien.

Je monte les escaliers, le cœur battant, mais je m'arrête net. Ce que j'entends me glace le sang.

De l'autre côté de la porte, Tiago pleure.

– Il faut qu'on fasse quelque chose, dit Pierrick.

– Je vais appeler les hôpitaux, répond mon père. Peut-être qu'ils pourront nous en dire plus.

Je reste dans le couloir, figée par le désespoir. Il était donc trop tard. Le virus était déjà là, dans ma maison, et a contaminé mon petit frère. Il doit être brûlant de fièvre. Dans quelques jours, demain peut-être, il sera mort.

Défaite, je pousse la porte de sa chambre. Papa et Pierrick sont assis au bord du lit, près de Tiago en larmes. Ça me fait tellement mal de le voir comme ça... Il tourne ses yeux rouges vers moi.

– Andrea !

Et il saute hors de son lit pour me serrer dans ses bras. Il me serre fort comme si c'était la dernière fois. Je murmure :

– Je suis désolée. J'ai fait tout ce que je pouvais, si tu savais... Je t'aime, tu es mon petit frère...

– Tu étais où ? me reproche Tiago. Pourquoi tu répondais pas à ton téléphone ? J'ai cru que tu avais été kidnappée !

Dans leur cage, Naruto, Ichigo et Luffy s'agitent, stressés. Ils sentent sûrement que leur maître est gravement malade, les animaux devinent ce genre de chose. Je force Tiago à retourner sur son lit.

– Ne crie pas... Tu dois te reposer, il faut pas rester debout comme ça...

– Qu'est-ce que tu racontes ? proteste Tiago. Je me sens très bien !

– On t'a cherchée partout, dit mon père, ému de me voir. On a passé la journée à tourner en ville, à demander à tous les gens qu'on croisait s'ils t'avaient vue…

– Je vais bien, ce n'est pas moi qui compte, c'est Tiago ! Il a de la fièvre depuis quand ?

– J'ai pas de fièvre, répond mon petit frère, surpris.

– Mais… ta conjonctivite ne s'est pas aggravée ?

– Je mets des gouttes, répond-il en levant les yeux au ciel. C'est seulement une allergie, pourquoi tu veux que j'aie de la fièvre ?

Je ne comprends plus rien.

– Alors pourquoi vous parliez d'appeler les hôpitaux ?

– Pour savoir s'ils avaient accueilli une jeune fille correspondant à ton signalement, répond mon père. Ça fait des heures qu'on est sans nouvelles de toi !

Tiago pleurait donc d'inquiétude pour moi. Il n'est pas malade. Je respire profondément.

– Je suis tellement soulagé que tu ailles bien, me dit mon père.

Et il me serre dans ses bras.

– C'est vrai que j'ai toujours un peu peur pour toi, avoue-t-il à voix basse. Tu es mon unique fille. Pardonne-moi. J'ai tort et c'est toi qui as raison. Je dois apprendre à te faire confiance.

Tiago nous rejoint pour un câlin groupé. Je le chatouille et il proteste en pouffant de rire. Je souris. Je me sens bien dans ma famille.

Seul Pierrick reste à l'écart. Il me regarde attentivement.

– Et Pénélope ? demande-t-il, anxieux.

– Tu as des nouvelles d'elle ? reprend mon père. Les recherches se poursuivent mais, de notre côté, toujours rien depuis hier, ni au lycée ni en ville.

Ça veut dire que Pierrick a suivi ma consigne. Il n'a rien dit à mon père. Il n'a pas parlé de George, ni du pistolet-mitrailleur...

– Est-ce que Pénélope va bien ? insiste Pierrick en me scrutant avec inquiétude.

– Oui. Ça va aller maintenant.

Et, pour la première fois, je le pense vraiment.

– Tu sais où elle est ? interroge mon père.

– Je l'ai retrouvée. Elle est de retour à la maison.

Je vois que mon père est soulagé, et Tiago aussi est content.

Mais Pierrick m'entraîne à l'écart dans le couloir. Il chuchote, nerveux :

– Dis-moi la vérité. C'était qui, cette femme avec le flingue, tout à l'heure ?

– Ne t'inquiète pas. Elle est repartie chez elle.

– Elle bosse pour un réseau de passeurs, c'est ça ? Pénélope a des emmerdes avec elle ? Elle lui doit de l'argent ?

– Oui, mais tout est réglé.

Mon frère semble sceptique.

– Tu es sûre ? Pénélope n'a rien de grave au moins ? demande-t-il, toujours inquiet.

– Elle nous attend dans le salon. On va pouvoir vivre tranquillement maintenant.

J'entends la voix de mon petit frère qui vient de descendre au rez-de-chaussée et s'étonne en voyant Pénélope.

– Tu es allée chez le coiffeur ? s'exclame-t-il. Ça te fait une drôle de tête, les cheveux courts. C'est pas si mal. En tout cas, c'est mieux que ma sœur qui met une robe. Ça ne lui va pas du tout !

Je ne peux pas m'empêcher de sourire. Il a raison, et je suis impatiente d'enfiler de nouveau un jean.

Il subsiste à la maison comme une vague de tristesse, comme si ces quelques jours d'angoisse avaient laissé des séquelles chez nous tous... Mon père le sent car il s'efforce d'avoir l'air joyeux. Toujours un peu maladroit dans ces circonstances, il reprend ses vieilles recettes pour détendre l'atmosphère et propose une soirée pizzas. Comme d'habitude, je suis volontaire pour aller les chercher. Ça me fait plaisir de voir que la vie reprend comme avant.

Et puis j'ai envie de voir Mathias. Je veux me réconcilier avec lui, peut-être même tout lui raconter pour qu'il comprenne enfin. L'arrivée de Pénélope, la fin programmée des hommes... Le cauchemar que ça a été pendant plusieurs jours.

Je cherche de l'argent dans le tiroir de l'entrée pour payer les pizzas quand mon père précise :

– Mathias ne sera pas là. Il est passé tout à l'heure. Il voulait te dire au revoir.

– Il est parti ? dis-je, surprise.

– Il prenait un train de nuit pour Sarajevo. Il doit avoir quitté la gare à l'heure qu'il est.

– Mais… et son bac ?

Je ne comprends pas, on avait toujours prévu de partir après les épreuves anticipées, on n'avait jamais envisagé qu'il les rate…

– Il a décidé de ne pas le passer, m'explique mon père. J'ai croisé son père devant la pizzeria. Il était déçu que Mathias prenne une telle décision, mais il comprenait. Apparemment, Mathias n'allait pas très bien depuis quelque temps. Il avait besoin de prendre ses distances.

À cause de moi… Je ne sais pas si je dois être triste qu'il compromette ses études ou heureuse qu'il soit parti comme il en rêvait.

– Et les pizzas alors ? réclame Tiago. Sans jambon, ni chorizo, ni steak haché, merci. L'OSAT interdit la viande, je vous rappelle.

Pénélope sort avec moi et je referme la porte de la maison. Pourquoi ai-je le sentiment qu'une page de ma vie est en train de se tourner ?

CHAPITRE 28

Pénélope à mes côtés, je respire l'air chaud de ce début d'été.

J'ai des projets. Pour commencer, je vais réaménager ma chambre. Pénélope ne peut pas continuer à dormir sur le matelas d'appoint. On va lui acheter un vrai lit. Je tournerai le mien contre le mur et on placera le sien de l'autre côté de la fenêtre. Elle pourra choisir ses draps et je ne protesterai pas si elle veut du rose. Je vais aussi vider la moitié de ma penderie et de mes tiroirs pour lui faire de la place. Elle va s'habituer au lycée et on lui achètera un portable. Et bien sûr, pour que tout ça soit possible, on va déposer le dossier de demande d'asile politique. Je la brieferai pour qu'elle se montre convaincante, que l'Ofpra la croie et lui accorde le statut de réfugiée. Elle aura des papiers et vivra comme une fille d'aujourd'hui. Dans un monde mixte.

Nous longeons le grillage qui empêche d'accéder à la voie ferrée.

– Margarita avec supplément anchois, ça te va ?

Mais Pénélope s'arrête.

– Andrea...

– Oui ?

– Je veux repartir à mon époque.

Je sens mon cœur se serrer. Je m'en veux. Elle m'a suivie toute la journée pour m'aider à sauver mon monde, et moi je ne fais pas attention à ce qu'elle éprouve. Pourtant, elle a toutes les raisons de se sentir mal.

Elle répète :

– Je veux rentrer chez moi.

Je lui réponds doucement :

– Tu ne peux pas. Tu sais bien.

– Je veux essayer quand même.

– C'est impossible. Tu ne peux pas voyager seule. Tu as besoin de l'aide d'une voyageuse expérimentée.

– Peut-être que je peux y arriver. George voyage seule, pourquoi pas moi ?

– Elle a l'habitude, elle a déjà fait ce voyage des dizaines de fois. Elle est agrégée, c'est toi-même qui me l'as expliqué.

– Ma volonté compensera mon manque d'expérience.

Pénélope semble décidée à essayer, mais je pense que c'est une très mauvaise idée.

– Si tu réussis à retourner dans ton futur, tu seras mal accueillie par les femmes de ton époque. Tu seras jugée pour trahison.

– Mais je pourrai revoir ma mère.

– Tu seras jetée en prison.

– J'aurai des visites. Ma mère viendra, et ma petite sœur, et mes amies aussi.

– Les femmes de ton époque te condamneront peut-être à mort.

– Je prendrai une avocate.

J'assène mon dernier argument :

– Pénélope... peut-être que ton monde n'existe plus.

Pénélope me regarde avec un sourire triste.

– C'est pour ça que j'ai besoin de repartir. Je dois savoir.

Que répondre à cela ? Si j'étais à sa place, je ferais la même chose, mais c'est tellement risqué... Que se passe-t-il si quelqu'un voyage dans le temps et ne trouve à son arrivée que le néant ?

J'essaie de la dissuader :

– Si les mondes parallèles n'existent pas, c'est de la folie. Tu vas te concentrer pour aller dans un endroit qui a disparu.

– Si on a changé le cours du temps et que le monde n'a qu'un seul futur, ne devrais-je pas avoir disparu moi aussi ? Et pourtant, je suis toujours là, devant toi. C'est la preuve qu'il existe autant de mondes parallèles que d'avenirs possibles.

Son raisonnement se tient. Je n'ai plus d'argument à lui opposer.

– Tu partiras quand ? Dans quelques jours ?

– Non. Maintenant.

Je lève les yeux vers le ciel. Pas un souffle de vent. À l'est se lève la pleine Lune.

– Regarde... Tu dois attendre la nouvelle Lune.

– Tu ne comprends pas ? Je ne peux plus rester ici. Loin de chez moi, j'étouffe.

Je me sens seule, d'un coup.

– Alors c'est le moment de nous dire au revoir ?

– Il s'agit plutôt d'un adieu, répond-elle. Je ne sais pas exactement comment je vais être reçue... Peut-être que je serai arrêtée, peut-être que George m'attendra...

– ... Mais je ne te reverrai jamais.

– Non. Quoi qu'il en soit, pour mes dix-sept ans, je subirai les ultrasons.

La modification de l'oreille interne qui empêche de voyager dans le temps... Ce sont donc bien mes derniers instants avec elle. J'ai les yeux qui picotent.

– Ne sois pas triste, dit-elle. Nous avons sauvé Tiago et les autres hommes.

– Qu'est-ce que je vais leur dire ? À ma famille, à Yoan ?

– Tu trouveras.

– Et à Pierrick ?

Elle se tait un instant avant de répondre simplement :

– Dis-lui que je penserai à lui, parfois.

Je sens mes larmes déborder de mes paupières et couler sur mes joues. Tant pis, je ne m'en cache pas. Je la serre dans mes bras, fort. Puis je desserre mon étreinte et je fais un pas en arrière pour la laisser partir. Elle lève les yeux vers le ciel qui s'obscurcit.

– Si seulement ton voyageur était plus puissant ! regrette Pénélope.

– Mon quoi ?

– Ton sèche-cheveux. À mon époque, on appelle ça un voyageur.

Bien sûr. Une machine à fabriquer du vent...

– Tu veux qu'on aille le chercher dans la salle de bains ?

– C'est inutile, répond-elle, dépitée. Il ne souffle pas assez fort. Je dois réussir sans ça.

Mais je vois qu'elle doute de ses capacités à mener à bien son voyage de retour. Je l'encourage :

– Si tu veux vraiment retourner chez toi, alors tu vas y arriver. Même sans sèche-cheveux. Même avec la pleine Lune.

Elle acquiesce bravement.

Il n'y a personne autour de nous, la rue est déserte. Pénélope ferme les yeux et se concentre. Je ne fais pas un bruit, pas un mouvement.

Je la regarde pour ne pas oublier son visage. Je me souviens de la première fois où je l'ai vue, sale, couverte d'acné, cachée derrière de grosses lunettes, vêtue de façon improbable, avec ses chaussettes léopard et ses claquettes de piscine.

Maintenant, elle se tient devant moi habillée comme un homme, ses cheveux courts un peu ébouriffés après cette longue journée. Je guette le moment où elle va disparaître comme si elle n'avait jamais existé, comme si tout cela n'avait été qu'un rêve.

Elle se concentre longuement mais elle reste là.

Elle rouvre les yeux, déçue.

– Je n'y arrive pas.

– Essaie encore.

Je cherche autour de moi quelque chose qui pourrait me servir à créer un mouvement d'air, comme un éventail… Je trouve une plaque de plastique qui traîne, je la ramasse, mais Pénélope secoue la tête, en colère contre elle-même.

– C'est inutile. Comment ai-je pu croire que j'avais assez de force ? J'ai toujours été une élève moyenne. Si j'avais les capacités pour voyager seule, ça se saurait. Je sens que je manque de puissance… La Lune est contre moi. Le vent n'y changera rien.

J'ai pris ma décision. Je m'entends dire :

– À deux on va réussir. Je viens avec toi.

– Plaisantes-tu ? s'exclame-t-elle, interloquée.

– Deux filles, deux fois plus de puissance. Explique-moi comment je dois faire.

– Ce n'est pas la peine. Tu ne peux pas. Tu ne l'as jamais fait.

– On est toutes les deux des *homo sapiens*, non ? On a exactement le même cerveau ?

– Oui. Enfin, peut-être pas, moi je suis une *mulier sapiens*…

– Pénélope, le cerveau des gens n'a pas évolué depuis Cro-Magnon. *Homo sapiens*, *mulier sapiens*, c'est sûrement pareil.

– Alors pourquoi n'avez-vous pas inventé le voyage dans le temps ? objecte-t-elle.

– Laisse-nous juste un peu de temps. Je suis sûre qu'on y arrivera un jour. En attendant, je veux essayer.

– Tu ne t'es jamais entraînée. C'est impossible.

– Tais-toi. Il faut du silence pour que ça marche.

Et je ferme les yeux pour commencer à me concentrer.

– Et si tu réussis ?

– Ça sera cool.

– Non. Tu seras malheureuse comme j'étais malheureuse en arrivant chez toi. Ton père et tes frères te manqueront. Tu regretteras ton choix.

– Je ferai comme toi. Je m'habituerai.

– Tu serais prête à quitter les tiens pour moi ?

Je rouvre les yeux.

– Ils vont vivre. Ça me suffit. Alors que toi, tu seras toujours triste si tu ignores le sort de ta famille.

– C'est généreux de ta part mais je ne peux pas accepter.

– Toi, tu as été encore plus généreuse pour moi. Tu as mis ta vie en danger. C'est à mon tour de t'aider.

Pénélope hésite… Elle me regarde, émue.

– Alors j'accepte. Merci.

Maintenant j'ai la peur au ventre. Partir comme ça sans dire au revoir à mon père et à mes frères ? Sans revoir Mathias ? Sans avoir la certitude qu'un retour est possible ? Mais je ne recule pas. Après tout, je voulais passer l'été à prendre des trains au hasard… Un voyage dans le futur, c'est encore mieux que le pass Interrail, non ?

– Allons-y. Qu'est-ce que je dois faire ?

– C'est très simple. Sens le vent sur ta peau. Imagine

que tu es déjà chez moi. Concentre-toi sur ta volonté de t'en aller.

– Et puis ?

– Et puis c'est tout.

Pénélope me tend la main. Je la saisis et je fais comme elle, je ferme les yeux.

Je pense au monde de Pénélope. Mon futur. 2187. J'essaie d'oublier tout le reste. Mon père, mes frères. Mathias. Yoan. Le goût du café de Marthe dans ma bouche. L'odeur du printemps mêlée à celle de la pollution. Je veux aller dans le futur.

Je fais ce que m'a dit Pénélope. Je me concentre sur ma volonté de partir.

Soudain, un train passe à toute allure sur la voie, juste de l'autre côté du grillage. Il crée un appel d'air violent qui plaque mes cheveux contre mon visage. J'ai l'impression que le monde tourbillonne autour de moi et je lâche la main de Pénélope. La terre sous mes pieds a disparu, c'est comme si j'étais quelque part dans l'espace... Je ne sens plus rien, j'ai l'impression de tomber...

Puis j'atterris, je retrouve l'équilibre et le sol sous mes Converse. J'ouvre les yeux.

J'ai le cœur qui bat très fort. Je regarde autour de moi pour découvrir le futur. Je cherche ce qui a changé, je vais enfin voir de mes yeux tout ce dont Pénélope m'a parlé et tout ce qu'elle a refusé de me décrire.

Pourtant... Le grillage et la voie ferrée sont toujours là... La gare un peu plus loin... Je reconnais cette rue que j'ai empruntée si souvent...

Peut-être que c'est normal… Ça veut juste dire que la ville n'a pas beaucoup changé en 2187 et que les femmes du futur ont conservé la voie ferrée pour faire circuler leurs trains. Le quartier n'a pas encore été modernisé, c'est tout. Si je marche un peu, je verrai à quel point le monde est différent et si j'attends quelques minutes, un train futuriste passera juste sous mon nez.

Mais en levant la tête, je vois la grande affiche de pub qui surplombe la gare. *Shampoing L'Oréal 5 en 1. Élu produit de l'année 2019.*

Je n'ai pas bougé. Je n'ai pas quitté le présent.

Je tourne la tête vers Pénélope pour lui dire que nous devons recommencer mais elle n'est nulle part.

Alors je comprends. Elle est partie et moi je suis restée.

Je me sens abandonnée. Même si c'était risqué, même si j'avais peur, j'aurais aimé voir le futur… J'ai toujours voulu passer les frontières.

Je lève les yeux vers la Lune et je me dis que, là où elle est, Pénélope la voit aussi. Je ne peux pas m'empêcher de sourire… Elle était peut-être une élève médiocre dans pas mal de matières, mais pour ce qui est des voyages dans le temps, on dirait qu'elle était plutôt douée.

Jamais je ne l'oublierai.

Mon amie est repartie mais, grâce à elle, mon père et mes frères vivront. Le monde restera mixte. Des femmes et des hommes qui vivent ensemble, c'est quand même pas mal.

REMERCIEMENTS

À Arthur-Emmanuel Pierre, mon premier lecteur de toujours, pour l'acuité de son regard et la pertinence de ses remarques.

À Martine Deren, pour ses compétences en SVT, et Philippe Balon, pour son avis de médecin.

À Sylvie Thierry-Askevis et Christophe Nicolas, pour leur confiance à mes débuts et leurs conseils professionnels.

Et à Henri, mon mari, Clarisse, Luc et Garance, mes enfants, pour leur soutien.

L'AUTEUR

Nathalie Stragier est née en 1971 et a grandi à Tourcoing, dans le Nord. À dix-neuf ans, elle intègre la Fémis à Paris, département scénario.

Dès sa sortie de l'école, elle participe à l'écriture de séries télé. En 1995, elle remporte la bourse de la Fondation Hachette/Jean-Luc Lagardère « jeune scénariste télé ». Elle écrit par la suite plusieurs téléfilms.

Depuis quelques années, tout en poursuivant son activité de scénariste, elle invente des histoires pour « J'aime lire » ou « Je bouquine ».

Ne ramenez jamais une fille du futur chez vous est son premier roman au long cours...

RETROUVEZ BIENTÔT PÉNÉLOPE ET ANDREA DANS...

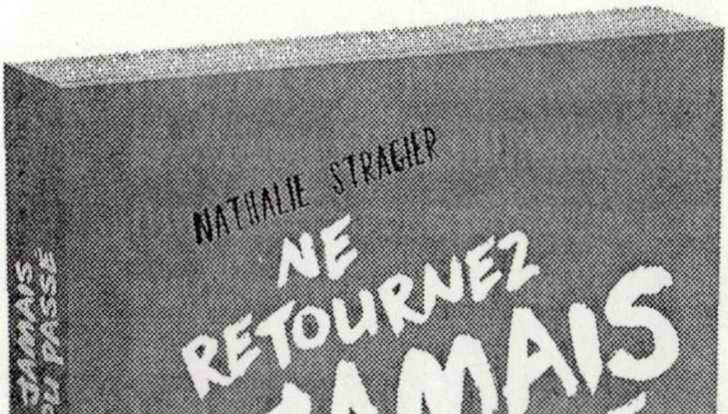

JUIN 2016

2017

Loi n° 49.956 du 16 juillet 1949
sur les publications destinées à la jeunesse,
modifiée par la loi n° 2011-525 du 17 mai 2011.

Mise en pages : DV Arts Graphiques à La Rochelle
N° d'éditeur : 10217375
N° d'impression : 132341
Achevé d'imprimer en décembre 2015
par CPI Firmin-Didot (27650 Mesnil-sur-l'Estrée, Eure, France)